W0361769

# 7 octobre

Je le sens, c'est mon jour, après tout ce temps à patienter, quelque chose va enfin se passer. Combien de fois je me suis imaginé le faire, à visualiser l'enchaînement et décomposer les mouvements, l'attention aux détails, comme un athlète répétant le trajet mental de son exploit, les plans d'un architecte avant la construction ou l'élaboration d'une recette pour un cuisinier. J'ai tout prévu, déterminer un objectif pour ma petite entreprise, une étude de marché, une cible commerciale et un plan de communication, sans oublier quelques règles et valeurs, tracer des flèches avec des feutres de couleurs, trouver des réponses, des mots écrits en forme de cœur ou de bite, ça concrétise le projet.

D'accord, sur le plan logique, espérer de toutes ses forces ne précipitera pas l'événement, mais il faut tout mobiliser, surtout s'appuyer sur les statistiques qui me placent en plein dans l'âge moyen. Aucune option n'est écartée, si croire en son étoile peut fonctionner, je n'hésite pas, toutes les énergies me conviennent, quitte à être ridicule, invoquer la déesse grecque qui sort du coquillage ou le dieu ailé qui bande son arc, brûler un cierge, mais je suis pas sûr que ma demande soit très catholique, l'astrologie, pourquoi pas ? consulter un marabout ou quelqu'un qui tire les cartes, je suis prêt à tout.

Possible que je stresse pour rien, suffirait d'attendre que l'occasion se présente, sans forcer et confiant, à moins de disparaître très jeune, c'est un passage obligé. Mourir pile dans l'âge moyen sans l'avoir fait, ce serait un coup du sort pas possible, carrément tragique, je suis pas à ce point malchanceux.

Si je pouvais lâcher prise, prendre de la hauteur, arrêter de me soucier du facteur temps, classe et calme, sans jalouser ceux qui prennent de l'avance, pas grave si je suis ce mec inactif, qui n'apprend pas, qui ne sait pas. Mais c'est bizarre, j'ai beau me persuader que ça finira par m'arriver, impossible de me détendre, au contraire, rien que l'idée de dépasser ce fameux âge moyen et donc d'élever le pourcentage, ça me rend dingue.

Toute cette préparation, un engagement total de ma part, ne me garantit pas d'atteindre mon but, ma force de proposition a ses limites, celles d'un contexte hors de mon contrôle, en particulier ce qu'elle va décider. Par chance, elle est, comme moi, à un âge où ces choses se produisent. Je peux donc compter sur les hormones, pas au point de penser au cycle de la vie et à la procréation, vaut même mieux éviter, mais le fonctionnement biologique joue en ma faveur. Ça va bien se passer.

Les creux dans nos emplois du temps se coordonnent. Et j'ai consulté l'appli météo au moins dix fois, manque de soleil, mais ça restera stable, pas de pluie ni avant ni pendant, pelouse sèche, conditions pas idéales, mais favorables.

À chaque fois ça m'apaise d'entrer dans la verdure du parc, ces arbres qui courbent leurs branches et leurs feuilles vers nous. Constance l'a sûrement senti aussi, elle a glissé son bras sous le mien, m'a souri et m'a attiré contre elle.

On a jeté les sacs en tas derrière nous, on voulait plus entendre parler du lycée, elle est montée sur le banc, les fesses sur le dossier, les pieds sur l'assise, moi de travers avec les genoux au menton, surtout pas s'asseoir comme en classe.

Elle m'a tendu un bijou qu'elle retire pour le sport, fallait que je le lui rattache, une chaîne en or avec un pendentif trèfle marqué de son prénom. Elle a basculé ses cheveux sur le côté, sa chevelure si lourde s'est faufilée entre mes doigts comme du pétrole. Je me suis penché sur sa nuque, pour centrer l'anneau dans le mousqueton ouvert, tout était si mini, pincé du bout des ongles, que ça m'a échappé, j'ai recommencé la manip, louché pour viser, c'était presque rentré, mais encore loupé. Elle s'est moquée.

Le parfum d'un shampoing s'est libéré, un truc frais, mais pas du tout naturel, avec entre les mèches une pointe d'aigre. Mais, mais, des odeurs corporelles ? Elle en aurait donc comme tout le monde. On ressort souvent suants et rouges des après-midis dans nos salles de cours surchauffées, à l'exception de Constance avec sa peau poudreuse. En apparence donc, puisque j'ai décelé de l'organique sous le vernis, ça m'a plu d'être seul à savoir.

J'ai redoublé de concentration pour insérer ce foutu crochet dans ce minuscule trou, la chaîne s'est pendue à son cou, dans le même abandon j'ai approché mon visage de sa nuque, mes lèvres sur le duvet des cheveux, ma joue frôlant une vertèbre. Avec son dos voûté, Constance en a une qui dépasse, un pic. Mes doigts ont glissé de son poignet à l'angle du coude, puis l'épaule, où mon avant-bras s'est engouffré dans l'emmanchure ample de son tee-shirt, en entier, ça m'a collé à elle, ma deuxième main a trouvé un passage, par en bas cette fois, j'ai caressé sa taille, mes bras se sont rejoints en diagonale dans son dos, accrochés en bandoulière. Ça m'a ramolli, quelque chose nous berçait, un moment suspendu.

Puis une de mes mains s'est rabattue, fourbe, sans que j'aie l'impression de la commander, vers un sein pour le dénuder en remontant l'élastique. C'est plus possible de peloter des soutiens-gorge. Ma paume s'est adaptée à sa forme, avec une chaleur plus élevée que la mienne et les grains de l'aréole qui chatouillaient.

Constance a descendu son visage vers le mien, j'ai pas su s'il fallait s'embrasser par en dessous ou sur le côté, mais l'hésitation nous a pas gênés longtemps. La salive s'est écoulée de sa langue sur la mienne, toute ma peau s'est contractée d'envie, je me resserrais vers elle. Ce qui palpitait, d'où ça venait, comment ça se propageait, j'en sais rien, mais y avait des répercussions partout, nos souffles se sont emmêlés. J'ai ouvert les paupières pour m'assurer qu'elle fermait bien les siennes, c'est sûrement con, mais je voulais mesurer son abandon, ça m'a suffi.

On pouvait néanmoins se questionner sur les miennes qui étaient ouvertes et le restaient. L'ennui. C'est vrai quoi, on tourne en rond à se tripoter sous les vêtements, à s'embrasser en craignant qu'un gardien nous siffle dans l'oreille, sans compter qu'un clebs risquait de nous pisser sur les pieds. À quel moment on va se mettre à poil ?

presser nos corps l'un contre l'autre, notre nudité sur toute la longueur.

J'avais repéré un coin isolé du parc où personne viendrait nous déranger avec au moins la possibilité d'ouvrir nos braguettes. Je lui ai proposé de bouger. Elle a répondu : Hein ?

Ça doit être sa tête au réveil, à se demander où elle est et ce qu'on lui veut. Je lui ai souri :

Y a un coin du parc que je veux te montrer. C'est juste à une minute.

La colline à gravir était assez raide, je lui ai pris la main, elle traînait. Une fois là-haut, j'ai fouillé dans le fond de mon sac à dos, un feutre sans capuchon m'a foutu de l'encre sur les doigts, une feuille froissée, le capuchon et finalement le paréo. Je l'ai étalé, le vent en a soulevé un coin, je l'ai remis à plat, à quatre pattes pour tenter de le maintenir.

Constance m'observait debout, bras croisés. Un quart de sa bouche avait disparu, un tic qui pince un bord inférieur de la lèvre sous les dents, ça forme une épaisseur à l'opposé, même pas laid. Le paréo enfin maitrisé, je me suis étalé pour l'empêcher de voltiger, si elle avait pu m'aider. J'ai voulu savoir pourquoi elle s'asseyait pas.

On était pas bien sur le banc ? elle m'a lancé.

Ben, c'est mieux ici.

On semblait pas d'accord, mais je comprenais pas trop sur quel point, quand elle a désigné le paréo :

T'avais prévu en fait ?

Voilà ce qui lui plaisait pas. Ça oui, j'avais prévu, même pas ce matin, mais au moins depuis deux jours, avec carrément des repérages pour trouver ce coin discret.

L'idée du paréo, c'était attentionné, j'avais même rajouté du chocolat et deux canettes de soda. Elle a pris celle que je lui ai tendue, sa lèvre s'est décoincée de sous ses dents pour boire une gorgée, mais impossible de la faire asseoir. Il aurait fallu que je m'excuse d'avoir pris soin de nos fesses et de nous rassembler sur un carré de tissu ? Certainement pas.

J'avais prévu, oui, à plusieurs reprises, en la visualisant dans des poses aguicheuses. Si elle savait, mais si elle savait, ces minutes qui valent des heures où j'explore, comment je me prélasse dans les recoins de mon cerveau, la volupté d'une plage où je m'allonge pour que chaque grain me caresse, l'eau qui fouette les orteils, elle qui se baigne avec un tee-shirt devenu translucide, jusqu'au moment où je flotte, perdu, avec des difficultés pour m'orienter et des vagues de sang qui pulsent dans les extrémités. Au point de me demander si je ne préfère pas inventer plutôt qu'agir.

Si Constance savait qu'elle est présente dans chaque rêverie, seule, mêlée à d'autres ou confondue en elles. Hier soir, métamorphosée, nue sur la souche d'un arbre, ses fesses sur le paréo, elle exposait sa fente d'une jambe relevée, moi à genoux devant elle, mon bout gorgé de sang qui accédait au rouge humide.

Obligé de me planquer dans les chiottes pour, du calme, poser une main sur l'érection, sans bouger, revérifier que le loquet était bien poussé, puis me concentrer pour que les images reviennent. Constance sur la souche, ses plis qui se déployaient à ouvrir les cuisses, mon bout sur l'échancrure qui frémissait, pour ensuite le cacher dans le chaud serré. Je me suis d'abord branlé sur le gland, sans trop de pression, en gestes rapides, puis j'ai ralenti en fermant davantage ma paume pour la coulisser doucement sur toute la longueur. Constance réclamait Continue, tu es fou, j'adore être fou dans mes fantasmes. La culbute au point d'imaginer ses seins ballotter, nos pubis qui se frappaient, elle qui s'agrippait à l'écorce. Une pression électrique derrière les oreilles m'avait emporté, la fièvre, bite échauffée et poignet crispé, jusqu'à la plainte retenue dans la gorge pour pas que le reste de la famille entende.

Est-ce que Constance se doute de son rôle dans mes séances de branlette ? Elle en serait choquée ou flattée ?

En tout cas, changement d'ambiance, le nez sur nos téléphones, elle a eu d'un seul coup quelque chose de très important à faire, moi aussi d'ailleurs. J'ai remballé le paréo, l'ai bien tassé sur ma frustration et on s'est séparés.

Elle est repartie de son côté du parc, Salut, moi du mien. Fallait que je me tire loin de cette colline, de ce qui avait foiré, les poings enfoncés dans les poches, les épaules remontées, le regard plaqué au sol et la démarche frappée.

J'ai traversé au plus court par l'aire de jeu. Les gosses hurlaient et bougeaient dans tous les sens, avec le toboggan ça circulait aussi de haut en bas, tout ce bazar m'a surpris, je me souviens pas d'un truc pareil quand j'étais petit. J'ai essayé d'aller tout droit, au plus vite vers la sortie, mais les enfants m'en empêchaient, ils se déplaçaient sans cohérence.

Quand, évidemment, un gamin m'a percuté. Il a rebondi sur mes jambes pour tomber sur ses fesses. Sa bouche s'est tordue, les lunettes de traviole, mais aucun son n'est sorti, encore une longue seconde puis ça s'est décoincé, il a braillé.

J'ai ressenti un mélange de pitié et d'exaspération, surtout j'ai eu l'impression d'être repéré au milieu de tous ces mômes et de leurs parents, personne de mon âge. Le gosse hurlait, j'ai réajusté ses lunettes, mais aucune larme coulait, alors j'ai essayé de me montrer ferme tout en chuchotant :

Vas-y arrête, tu pleures pas pour de vrai !

Ses cris ont redoublé quand sa mère a surgi, le mauvais œil qu'elle m'a lancé, avant de se pencher vers son garçon : Qu'est-ce qu'il t'a fait ? comme si j'étais pas là. Elle l'a soulevé, ça allait mieux, sauf que posé sur l'épaule maternelle il m'a lancé une grimace, j'ai levé l'index pour me défendre, mais j'ai renoncé. Si sa mère ressemble à la mienne, elle m'aurait jamais cru.

J'ai filé. À la sortie de l'aire de jeux, la barrière a claqué derrière moi et j'ai sursauté, tellement con que je l'avais rabattue trop fort. Quand j'ai relevé les yeux, ça m'a frappé la hauteur de la verdure, la nature qui surplombe. Les feuilles ont dévoilé leur face argentée dans un coup de vent. Je me suis assis.

Mon plan avec Constance, le film que je me suis joué, les motivations qui m'ont mené, franchement j'y croyais, mais objectif non atteint, essaie encore, rate encore, rate mieux.

Quels moyens me permettent de transformer l'excitation ? Est-ce que je les ai en ma possession ? Comment j'arrête de me trimballer ces envies ? D'où elles sortent en vrai ? Elles me hantent, me mettent de sale humeur à la maison, m'empêchent de me concentrer sur mes devoirs et perturbent mon attitude avec Constance, sans elles, je serais probablement très calme et très apprécié, avec des notes exceptionnelles.

Je suis pas seul, si on compte six milliards d'adultes sur terre, Google me dit que multiplié par la moyenne d'actes sexuels par année, ça en fait six mille par secondes, le temps d'écrire six mille, y en a eu six mille, et ainsi de suite. Mais rien, nada pour moi, la libido serrée dans le pantalon, inclus dans la minuscule communauté qui n'a pas de sexualité, tellement obsédé par ma non-baise que mes recherches sur les baiseurs alimentent ma frustration, la déprime.

Et mon âge, plus vraiment un adolescent, ni encore un jeune adulte, je me retrouve dans une zone de transition qui n'a pas de nom. Ma situation de fils, soumis à des droits et des devoirs envers mes parents, on en parle ? Mon père en télétravail le mardi, ma mère dans le petit bureau du salon le mercredi, tous les deux à la maison le vendredi, ma sœur qui traîne à l'appart le lundi parce qu'elle a pas beaucoup de cours et le jeudi, où l'espace est libre pour moi, mon emploi du temps trop chargé m'empêche d'en profiter. Ma maison, c'est pas vraiment chez moi.

D'accord, y a des problèmes bien plus graves que les miens. Papa gère le frigo et les soins. Ma mère s'occupe du scolaire. Ils contrôlent nos temps d'écran bien sûr. Aucun d'eux ne crie, les explications sont longues et redondantes, mais pas de violence. Si le secret réside dans l'attention réservée aux enfants, comme certains spécialistes le disent, chez nous c'est la maison du bonheur. J'ai pas de diabète, de cancer, ou de maladie dégénérative, sans oublier le choléra, la guerre, les migrations et la famine. Mes privilèges sont évidents, j'en suis conscient, mais c'est con, ça me console pas. Ma virginité reste le problème le plus important du monde.

Papa nous aime collés-serrés, dans nos soixante mètres carrés qui tiennent chaud. Génial pour des petits, mais j'ai doublé de taille en huit ans, question muscles c'est pas encore ça, mais ma hauteur, je la mets où ? En plus, rien ne ferme chez nous en dehors des toilettes, y a même pas de loquet dans la salle de bain. Et vas-y que quelqu'un rentre pendant la douche, Ça te dérange pas ? et ressort, puis une autre a oublié le peigne, Promis je regarde pas, laissez-moi au moins m'enrouler dans la serviette, merde. Comment je fais pour avoir une vie sexuelle ? Ben, c'est juste pas possible. Il faut donc comprendre mon enthousiasme stupide au moindre rayon de soleil qui annonce une occasion de rouler à l'horizontale avec quelqu'un sur l'herbe.

Même si on me donnait les clés d'une chambre d'hôtel, pas sûr que j'irais, puisque tous ils nous effraient comme il faut sur les risques de grossesse, le consentement et les infections sexuellement transmissibles, plutôt faire marche arrière. J'en parle, de mon père, qui s'assure régulièrement que j'ai tout bien compris ? Comme si j'étais un chien prêt à grimper sur n'importe quelle femelle en chaleur. Bien sûr papa, j'ai hâte de violer et d'engrosser la première venue pour foutre ma vie en l'air avec un rejeton qu'aurait la syphilis.

Sans compter l'acte lui-même. Assez tôt, j'ai remarqué des différences avec les filles, le fait que leur engin dépasse pas, mais la possibilité de s'assembler, j'ai pas compris tout de suite. En CM2, David Chabridon expliquait que son père mettait sa quéquette dans la zézette de sa mère pour faire des bébés, ses parents à lui étaient les plus dégueus de toute l'école puisqu'ils battaient le record de cinq fois avec leurs cinq gamins. Je riais avec les autres, pourtant je ne visualisais pas du tout la méthode, franchement c'était quoi tout ce tapage, quel intérêt de coincer une kikoune dans une chatoune, en dehors de la perdre ? Monsieur Marinet, en cours d'éducation sexuelle, avait pas vraiment éclairci le mystère avec sa prise électrique mâle qu'il enfonçait dans la prise femelle.

À mon âge, d'un point de vue mécanique, quand même, j'ai compris, mais l'approche reste floue, il reste des tas d'autres interrogations. L'hygiène par exemple, si ça se présente faudra pas s'appesantir sur certains aspects, mais je me pose la question du sale, est-ce qu'il faut se laver avant ou après ? les deux ? est-ce que mes odeurs corporelles vont dégoûter ? Ça existe, un déodorant de bite ? Paraît que c'est dur de trouver le clitoris, pas le toucher trop tôt, ni le bousculer, sauf qu'à un moment faut y aller, le branler dans tous les sens, incompréhensible. Et c'est quoi cette histoire d'orgasme vaginal mieux que le clitoridien, comment je peux aider ? Si j'étais éjaculateur précoce ? Si on restait coincés ? Comment j'évite de la blesser ? Qu'est-ce que je peux savoir de l'orgasme au milieu d'une femme ? Ça doit être autre chose qu'avec mon poignet, jouir dedans plutôt que dehors, s'enfoncer dans le noir, prendre le risque de l'inconnu, qu'est-ce qui s'y cache ?

Avec qui je pourrais échanger sur le sujet ? Mes parents, hors de question, pas mieux avec les profs. J'y arrive pas non plus avec ceux de mon âge, soit ils se vantent soit ils se taisent, jamais sincères.

Faudrait que les géants de la tech nous créent ça, quelques swipes qui rassureraient les puceaux, après tout c'est leur boulot d'inventer le bonheur. Je peux leur proposer une idée.

Ma mère utilise l'app Decathlon pour sa gym, il en faudrait une pour le cul. Restez, 4, 3, 2, 1, vous pouvez maintenant vous enfoncer un peu plus, 4, 3, 2, 1, Respirez. Adaptée aux sexualités et aux genres. Un choix de voix, aiguë, rauque ou chantée. Différents niveaux, celui du puceau aurait beaucoup de succès. La diversité des pratiques, la fellation : Si vous vous étranglez, c'est que vous êtes allée trop loin, reprenez en détendant votre gorge. Ou sodomie : La position au-dessus est plus sécure pour celleux qui veulent essayer pour la première fois. Mais l'apprentissage du fist n'aurait pas encore reçu les autorisations administratives. Ça s'appellerait Decuthlon.

Les adultes se préoccupent beaucoup de mon avenir professionnel, mais personne ne s'inquiète de ma manière de baiser. Pourquoi pas des épreuves au bac, un oral du dépucelage, une analyse sexuelle et un TP des zones érogènes ? L'Éducation nationale au service de mes hormones. Pourquoi mes soucis intimes ne sont pas aussi cruciaux qu'une formation à un métier ?

Compte tenu de mes succès avec Constance, ma situation risque pas de s'améliorer, on est bien ensemble, je dis pas, nous partageons quelque chose, mais je me sens seul dans nos étreintes. Va pour les effleurements de la vertèbre, des baisers avec de plus en plus de langue, les secrets de sa peau découverts pixel par pixel, l'extase au ralenti, lenteur et douceur sont avec moi, personne peut me reprocher d'aller vite. Mais on en parle, de l'apogée de ma sexualité ? Mes doigts compressés dans la ceinture du jean slim de Constance, quand mes phalanges ont atteint la naissance de la fente, ah sur le moment c'était une victoire, mais bon, il serait temps de passer à autre chose.

Askip, les rapports sexuels doivent être reconsidérés, sans rendre la pénétration obligatoire, des féministes le répètent sur les réseaux. À la pointe de la mode, je confirme qu'il est possible de la garder dans la poche, si Constance ne veut pas, je respecte. Mais jusqu'où je peux aller dans le dévouement ? Je pourrais remplir mon calbut de glaçons pour soulager mes bourses bleuies par une trique omniprésente, mieux, je pourrais me castrer, symboliquement faut quand même pas exagérer, bannir ma libido.

En mode XVIII^e, la transe d'une relation abstinente, mon grand rôle, le romantique qui se flagelle de vertus, transi par les promenades sous l'ombrelle en compagnie de ma bien-aimée et l'orgasme grâce à un murmure.

Aux ordres de ses caprices, les anticiper, surtout ne pas satisfaire mes envies, le don de soi, ça durerait des années. Un jour elle se déciderait, non pas en cédant, mais avec le désir de toucher l'expérience, le grand moment aurait enfin lieu. Catastrophe, l'acte sexuel serait décidément contre nature pour Constance. Alors elle renoncerait totalement et partagerait son constat sans la moindre honte, sa chaîne YouTube adulée par des milliers de followers, sainte patronne de la chasteté sur les réseaux, au moins quelques louanges me parviendraient par ricochets. Mon engin inutile et moisi agoniserait en silence pendant que les autres mâles multiplieraient les conquêtes en trinquant avec des potes. Je me suiciderais sexuellement ignorant.

Eh bien ça va pas être possible, je refuse ce rôle du trentenaire ventru qui gâche ses plus belles années, enfoncé dans un canapé à se déposséder, entre autres, de ses cheveux. Tant pis si je ne suis pas un grand amoureux.

Faut pas croire, moi aussi la peur me tord le ventre, sauf qu'elle m'attire, je veux la prendre dans mes bras avec le reste. J'en peux plus de la prudence, il serait temps que ça s'accélère, en mode sauvage, que ça gagne en vulgarité et en sale. Vivre d'amour et d'eau fraîche, non merci, je suis un dalleux carnivore, mes coups de dents cognent pour l'instant dans le vide, mais je vais finir par en croquer de la viande, à moi la boucherie. Pourquoi je devrais m'excuser et culpabiliser pour le paréo ? J'en veux à Constance parce qu'elle l'a refusé, elle m'en veut de l'avoir sorti et je m'en veux à moi-même d'espérer. Ça dure depuis des mois, la bouche pleine de salive, j'en peux plus de cette interdiction de goûter à la chair.

Avant de pousser la porte de l'appartement, composition d'une tête neutre, je voulais pas que l'épisode du parc se voie. Mon père m'a interrogé sur ma journée, c'est son truc d'essayer de savoir comment les cours se sont passés, si j'ai traîné ensuite, qui j'ai vu, mais là, mon sujet de préoccupation était plutôt ce qui n'avait pas eu lieu. J'aurais pu m'asseoir et lui raconter, ça lui aurait plu de me soutenir et de chercher des solutions, mais bon. J'ai grommelé et filé.

Dans la chambre, penchée au-dessus d'un cahier, ma sœur a pivoté sa tête casquée quand j'ai posé un marron sur son manuel de français.

Déjà ! elle a crié, à cause du volume sur ses oreilles, en le faisant rouler dans ses paumes.

J'avais des devoirs moi aussi, mais j'ai grimpé dans mon lit et sorti mon carnet, coincé entre le rebord du caisson et le matelas, pour griffonner. Encore en colère, ou frustré, ça revient au même, Constance s'est esquissée sans que j'anticipe, le papier crissait sous les traits appuyés de la mine, ses cheveux en pétard, la langue pendante, cuisses ouvertes, lèvres bien écartées et la mouille qui dégoulinait sous la forme d'un paréo. Vengeance mesquine, j'avoue.

Quand Maman est venue nous voir après sa journée de travail, j'ai rabattu les pages sur ma poitrine, la proximité entre ses yeux et la vulgarité m'a préoccupé. Mes dessins choqueraient mes parents, qui le serait pas ? mais au fond, si l'obscénité peut m'être reprochée, je ne suis pas coupable, personne ne pourrait s'opposer à ma liberté d'expression, ma défense serait évidente. Mais est-ce que j'ai vraiment envie de livrer ce combat ? C'est de l'inconscience de laisser mes carnets secrets en libre accès, je devrais m'en préoccuper et les enfermer à clé.

Ma mère a pris Héloïse dans ses bras, puis elle s'est approchée de moi, j'ai tendu la joue pour un bisou sans y répondre. La tendresse est un courant circulaire qui part de maman, doit être reçu et retransmis. Elle a noté ma froideur, sa main s'est alourdie sur ma cuisse : Ça va avec Constance ? Sans que je l'aie planifiée, une rage m'a redressé de ma position allongée, j'aurais pu mordre.

Pourquoi tu me parles encore d'elle ? Quand ça va pas, c'est elle, quand ça va, c'est encore elle. J'existe, en fait, hein !

Houla, crise existentielle, a lancé ma sœur avant de replonger dans ses cahiers en montant le son de sa musique.

C'est juste pour prendre des nouvelles, a précisé ma mère en ponctuant sa phrase d'un petit rire inhabituel.

J'ai une théorie sur les rires de ma mère. Quand elle a décidé de venir vivre en France avec mon père, tout lui a plu, en dehors de la façon dont les Français se moquent de la religion, c'est trop. Elle est croyante, les dimanches matin, elle se rend toute seule aux messes de l'église polonaise de Notre-Dame de l'Assomption. Aussi le français, quel combat, elle explique que la phrase se traduisait si lentement dans sa tête, au moment de la dire c'était trop tard, impossible d'être drôle ou d'avoir de l'esprit, les réparties lui venaient le lendemain. Et elle a détesté nous embarrasser avec son accent et ses approximations.

D'après moi, elle a développé ses rires pour compenser. Celui qui motive ou abrège une discussion, le diplomate qui ne veut pas froisser, le froid avant de tourner les talons et tellement d'autres suivant les situations, ils varient aussi selon les interlocuteurs, le solennel avec les médecins ou les enseignants, le principe de précaution avec ses collègues ou les parents d'élèves, le bruyant avec les amis, le coquin avec ses copines et le complice avec son mari. Pour nous, ses enfants, ils sont caresses, aucune parole, aucune expression n'est aussi tendre que ces rires-là. Mais à l'avoir bousculée, elle m'a servi le méprisant, un de ceux réservés aux idiots ou aux colériques qu'elle ne fait pas rentrer à la maison.

Ça ne m'a pas atteint, qu'elle se les garde ses reproches, j'allais pas culpabiliser. Elle est sortie. J'aurais dû cacher à mes parents que j'ai une petite amie, peut-être même que je devrais pas en avoir du tout, ce serait la fin des emmerdements.

# 9 octobre

Réveil moyen, même humeur qu'avant-hier, les nuits et les heures passent sans atténuer mon exaspération envers ma famille.

Pour le petit déjeuner, je me suis assis sur un bout de chaise, en mode pas le temps, si ça pouvait limiter les échanges. Quand je suis dans cet état, ça me prend par périodes, les parents redoublent d'attentions et pèsent leurs paroles. Experts en faux sourires, s'ils veulent aller au musée ou faire une visite à grand-mère, ce sera suivi d'un Mais t'es sans doute occupé, sûr qu'ils sont comme ça avec leurs collègues odieux. Et moi, hautain jusqu'au bout, je leur réponds par un long regard sans émotion. Pourquoi ça me plaît d'être sec et arrogant alors que je devine leurs inquiétudes ? Aucune idée.

J'ai refusé la poire que mon père a épluchée et coupée avec amour. Ma sœur m'a traité de Poutine familial, mérité j'avoue, mais ça m'a pas empêché de lui renvoyer un Occupe-toi de tes coloriages, en claquant la porte de l'appartement. Elle déteste les petits, pour elle c'est la pire des insultes d'être traitée de maternelle.

En route pour le lycée, pas la franche gaieté non plus, le porridge figé dans l'estomac et les pieds qui traînent, la faute au paréo, j'ai pas croisé Constance hier, mais difficile d'être chanceux deux jours de suite. En même temps, quelle erreur j'ai commise ? Je vois pas bien, même si ce fond de culpabilité révèle sûrement quelque chose, OK, mes carnets et mes pensées profondes peuvent heurter sa sensibilité, j'ai tellement de dessins de nus d'elle, mais elle n'y a pas accès, donc tout va bien, non ?

Et ma collection de seins, faudrait que j'en aie honte ? Une bonne moitié des paires du lycée, celles des copines de ma mère, la boulangère, sa remplaçante du mercredi, les caissières du supermarché, les profs bien sûr, pareil pour la proviseure avec ses grandes chemises pour les cacher. Et les schnecks, cette certitude que chaque femme que je croise en possède une, je me réserve cette série pour plus tard, trop d'émotions.

Dans mon *Livre des masturbations*, j'y vais fort, plusieurs techniques listées comme des recettes, avec le matériel requis, les ingrédients, le temps de réalisation, le niveau de difficulté, le déroulé des étapes et des propositions de variations. Il date de l'année dernière, faudrait que je le retrouve. Y a la méthode qui consiste à évider une pomme pour la fourrer, la meilleure manière d'enfiler un canapé entre deux coussins, la possibilité de laisser l'aspirateur en marche ou non quand on le fait, ou encore farcir un rôti, à remplacer par du pain pour les végétariens.

Si n'importe qui voyait mes dessins ou lisait ce que j'écris, des tas de trucs me tomberaient sur le coin de la gueule : la honte, une baffe de ma mère, l'angoisse de mon père et un psy. Et lui m'enverrait probablement à l'HP. Pourtant c'est pas ma faute, pas forcément, encore un coup des hormones qui me rendent obsédé, ajouté à mon côté monomaniaque, ça donne des pages remplies de variantes érotiques. Mais quand j'irai mieux, je pourrais entamer une série de vélos, des dizaines de pages de vélos différents.

Impossible de réaliser l'inventaire de mes carnets, ils sont éparpillés dans tous les coins, aux toilettes, sur mon bureau, le bord de mon lit, dans plein de sacs et presque tous mes blousons, faudrait réunir les plus osés pour les enfermer. En même temps, une caisse avec un cadenas risque d'éveiller les soupçons, mes parents vont se demander ce que je cache, alors que, pour l'instant, ils me prennent pour un agneau aux longs cils.

Constance aussi me voit innocent et naïf, je manque de courage en fait, suffirait d'assumer, lui montrer ma vraie personnalité et lui avouer mon désir. C'était tellement ridicule ce paréo, moi à quatre pattes en train d'essayer de la pécho en lissant le tissu, je comprends son dégoût face à quelqu'un d'aussi faux. Si elle a raconté l'anecdote à ses copines, le malaise, sûr que je vais me prendre des coups d'œil noirs ou dédaigneux, manquerait plus que les copines aient répété aux copines, ça va vite, alors toute la zone à vulve va me cataloguer de dalleux sournois.

Elles attendent que ça, des trucs à dire et à voir, pareil pour les mecs, tous guettent. Dans la cour, c'est différent de la rue où chacun va d'un point A à un point B sans se préoccuper des autres, nous sommes des animaux en captivité qui dessinons des huit dans un espace surpeuplé, goudronné et fermé de hauts murs. On se répartit par meutes dans des habitats qui nous correspondent, les politisés dans la partie humide, ça leur permet de se plaindre un peu plus, les mâles alpha et les bonnes meufs attirés par le centre, en pleine lumière, les gamers rasant les murs par binômes, les bécoteurs dans les angles morts des surveillants et les agités de service qui bourdonnent d'un groupe à l'autre. Leur point commun, l'hypocrisie, ils prennent des façons dégagées alors que chacun cherche à voir ou à être vu. Ça mate de loin et en douce, ça fixe ou ça baisse les paupières, ça s'échauffe avec des clins d'œil, ça rit au passage de quelqu'un, ça pointe du doigt avec des messes basses, tout est dans la vision, pas étonnant qu'ils se préoccupent quasiment tous de leur apparence, avec pour meilleurs amis les miroirs et les selfies.

Certains parents d'élèves déplorent notre manque d'espace, dans un environnement bétonné, sans arbres, leurs enfants pas mieux considérés que des babouins en surnombre au zoo, alors que le spécimen lycéen ne voit pas d'inconvénient à être serré, au contraire, ça lui plaît de tourner en rond entouré de béton, rien à battre de la nature, il veut rester collé pour assouvir sa soif d'informations sans importance.

Tu vois machin avec les béquilles ? Son pote lui a luxé la rotule, ça s'appelle de l'amour sauvage, la fille là-bas a prêté sa culotte à sa copine, trop dégueu, c'est mettre sa motte là ou l'autre l'a posée, tu sais que bidule et truc partent ensemble en vacances alors qu'ils sont pas en couple ? à la place de la petite amie je le prendrais pas bien. Y a aussi des tas de sous-événements, un sourire inattendu pour qu'une journée pluvieuse devienne agréable, un bafouillage devant tout le monde qui entraîne une semaine de ruminations, un dessert partagé à la cantine produisant des spéculations sur le futur du couple, un piercing dans le nombril pour un chanceux dont la mère est tellement cool, ou cette prof trop injuste avec cette fille diabétique qui n'y peut rien si sa maladie la rend désagréable. Tout sert de prétexte à des commentaires qui se répercutent sur les réseaux, c'est interminable.

Ma place a longtemps été en bordure, coin discret dos au mur, carnet au creux des jambes croisées, mes yeux qui partent observer et reviennent à mes pages, sans arrêt à capturer avant que ça s'échappe. Ou à noter des anecdotes et des idées. Tout le monde me prend pour un intello, mais ce besoin d'écrire et de dessiner est une faiblesse, le stylo et le papier me permettent d'accéder à mon intelligence, impossible de l'atteindre sans outils, il m'est donc indispensable de rédiger pour réfléchir, trier, ordonner et comprendre, ça m'arrive de parvenir à des conclusions pas complètement nulles, mais si j'ai pas cette transposition sur le carnet, mon cerveau rate les liens.

Mes portraits et mes dessins auraient pu m'aider à me distinguer, mais en dehors des super notes de la prof d'art et de l'exclamation que j'entends sans arrêt, Quelle patience didon, au final tout le monde s'en fout. Bref, personne ne remarque ma silhouette penchée sur mon carnet, catégorie des transparents, pire que les détestés, ceux qu'on calcule pas, carrément indignes de mémoire, quel est son prénom déjà ? Ah bon, on s'est déjà vus plusieurs fois ? Les figures banales auxquelles on ne pense pas, absences même pas remarquées, qui n'existent que lorsqu'on les a sous les yeux, et encore pas tant que ça.

L'année dernière, sans faire gaffe, j'ai bousculé une fille qui m'a lancé : Qui tu te crois PNJ ? Elle était choquée que le Personnage Non Joueur ait l'audace de sortir de la figuration pour exister en la percutant. Y en a partout des PNJ, dans tous les milieux, toutes les tranches d'âges, chez les adultes bien sûr, mais aussi beaucoup d'enfants, des tout petits qui ne suscitent pas de gazouillis, ces gens aux caractéristiques neutres, témoins, mais pas moteurs, ils constituent la masse, avec une seule fonction, servir de contraste. Une paillette étincelle dans un tas sombre, tandis qu'on ne la voit pas au milieu des brillants.

Ça va mieux, pas grâce à moi hein, Constance m'a sorti de la foule PNJ en me choisissant au printemps dernier.

Je peux aussi remercier madame Zaluski par qui tout a commencé. En ce moment elle a sept chats chez elle, elle essaie de m'en refiler à chaque nouvelle portée, je lui répète que c'est impossible à cause des allergies de mon père, mais elle insiste, m'en reparle deux jours après, difficile de savoir si Alzheimer se pointe ou si elle est têtue, faut rester poli.

La dernière fois, désolé d'avoir encore refusé, je lui ai dessiné une affichette avec les bandes détachables indiquant le numéro de téléphone, puis je l'ai scotchée sur les réverbères, postée dans des applis de quartier et envoyée sur les groupes du lycée. La petite tricolore, le noir et les deux roux m'ont valu mon record de likes, en même temps mon précédent score de huit était pas difficile à battre.

Au lieu d'appeler madame Zaluski, pourquoi Constance est venue me demander à moi directement pour l'adoption ? Je saurai jamais.

Sans hésitation, elle a choisi la tricolore, moins agitée et plus câline que les autres. Avant qu'elle ne l'accueille chez elle, il y a eu les trois mois de sevrage. Tous les deux jours au moins, on marchait ensemble de la sortie du lycée à mon immeuble pour aller chez madame Zaluski où on se retrouvait comme deux idiots à ricaner devant la mignonnerie, après je la raccompagnais chez elle, ben ouais je faisais durer.

Je flirtais sans vraiment m'en rendre compte, tous les dessins que je lui ai offerts, c'est pas innocent. Je la revois, pouce sur les petites feuilles cartonnées, à faire défiler le flip book à toute vitesse pour que le bébé chaton, sourd et aveugle, enroulé sur lui-même, se redresse sur ses pattes. Et le jour où j'ai dit en lui tendant un croquis : Tiens un dessin de ta chatte, la honte, flippé qu'elle veuille plus me voir, mais elle a ri.

Après les trois mois de sevrage, quand Sardine a rejoint sa nouvelle famille, ça m'aurait pas étonné que Constance vienne plus me voir, mais si. Elle passait du temps avec moi, avec cette manière d'entortiller les jambes pour s'asseoir et m'écouter, vraiment écouter. Je lui posais des questions, mais, très vite, mon bavardage reprenait, comment ne pas monopoliser la parole avec quelqu'un d'aussi secret ?

N'empêche, je me sentais à l'aise avec elle, jamais de tension, j'appréciais nos silences. C'était plus le chaton que je dessinais, mais elle, ses portraits au stylo partout, chastes ou osés, mes fantasmes se posaient sur le papier sans que ça monte au cerveau. La moitié des élèves finissent à poil dans mes carnets, faut pas croire que je veux les ken un par un, c'est juste une fascination pour les corps. En tout cas, je ne m'imaginais pas avec Constance, tellement loin de ma catégorie, je me considérais chanceux de me trouver dans sa friendzone.

Alors, le jour où elle a crocheté mon auriculaire du sien, le truc pas croyable, j'aurais aimé avoir un témoin, ou mieux, une photo. Mais impossible de sortir les téléphones dans la cour, deux heures de colle, puis comment zoomer sur deux petits doigts ? Et pas de photo, pas de réseaux. Je sais, c'est con de me préoccuper de ma popularité plutôt que de l'émotion, mais encore maintenant, j'aimerais bien une preuve.

À cette seconde-là, un tournant s'est produit, la fin de l'ado rêveur a laissé place à un individu bizarre. Tout s'est compliqué.

La présence de Constance à mes côtés m'a rendu visible, c'était étrange après tant d'années, et surtout une confirmation de ma transparence en primaire et au collège. Voilà, fini le PNJ, même si je n'accédais certainement pas à un rôle principal, ni secondaire, va savoir si c'est pas encore plus flou de ne pas se situer au centre, ni à l'écart. Surtout, les autres se demandaient ce que Constance voyait en moi. Et j'aurais bien aimé connaître leur conclusion.

En tout cas, j'étais devenu nous, avec au lycée cette pression des regards qui nous collaient ensemble, tout comme celle de mes parents qui me parlaient constamment de Constance.

Souvent je sais où elle se trouve sans même la chercher, une espèce de radar en moi qui balaie l'espace, la repère et m'avertit. Au début, ce jeu me plaisait, à attendre la confirmation de mon intuition, puis le frisson de surprendre son regard sur moi, maintenant ça me prend la tête, je veux pas être ce possessif qui épie sa go.

Les fois où on se croise, un petit signe, ça signifie on se rapprochera quand tu seras tranquille, je veux pas l'embarrasser ou me ridiculiser, surtout vis-à-vis de ses copines qui sont féroces. À d'autres moments, bien obligés d'admettre nos présences respectives, certains nous désignent avec des sourires entendus, nous poussent côte à côte, alors on se frôle en douce pour que ça crépite à l'intérieur.

Cet aprèm, tranquille en train de monter les escaliers, une décharge prémonitoire m'a traversé, j'étais sûr qu'elle serait derrière cet angle de mur. Toujours la même silhouette, d'un ovale noir constitué de sa chevelure et ses fringues, avec vers le haut un rectangle blanc du visage qui se détache sous la frange. Et, limite flippant, elle se tenait exactement là où je pensais, avec juste l'imprévu de ses copines autour.

Après le coup du paréo, aucune envie de la voir, le regard sur mes baskets qui alternaient à chaque pas, en espérant que le bonjour se résume à un lever de menton, mais merde, elle s'est dirigée vers moi. Salut, salut, Ça va, Ça va, on est pas allés chercher loin, des banalités alors que j'avais le cœur dans la gorge. Chacun est reparti vers sa classe, j'ai regretté de pas l'avoir retenue, si personne fait d'efforts, nos échanges vont diminuer, raccourcir encore, pour finir par disparaître.

## 10 octobre

Voilà, c'est officiel, je tiens un journal, avec des dates et tout. J'ai rassemblé mes notes, y en avait sur des messages que je m'envoie à moi-même, dans différents carnets, en marge de mon cahier de physique-chimie, déchirer, trier, couper-coller et recopier dans un nouveau carnet, j'ai réalisé que c'en était un, intime sûrement. L'itinéraire d'un puceau, avec l'objectif d'être honnête, démêler le vrai du faux, ce qu'est beau ou pas, au-delà des sentiments de surface, déterrer ce qu'y a au fond, exprimer les attentes et les déceptions.

Retour maison après le lycée. Papa et ses questions : Tu t'es lavé les mains ? Comment s'est passée l'éval en SVT ? Tu as dit bonjour à ta sœur ? Qu'est-ce que vous avez mangé ce midi ? Puis il a donné des ordres, Tu goûtes maintenant, après il sera trop tard, range tes chaussures, fais le plus de devoirs possible pour pas encore te coucher à minuit et va acheter des lardons s'il te plaît, suffit de répondre oui et d'être patient, parce qu'il finit par retourner à son télétravail.

J'ai traîné sur Snap, toujours les mêmes qui postent des trucs pas drôles, TikTok, le début d'une série, les écrans, quoi. Une rédaction sur le hand-ball où je devais m'imaginer en coach, déjà ce sport n'en parlons pas, mais alors diriger une équipe, vraiment passionnant les profs, continuez comme ça. Et une bagarre avec ma sœur, mon père pas content a interrompu sa visio.

Je me suis remis dans mes carnets. Mais au moment où je dessinais un panda qu'enlève sa fourrure, ma tête a dodeliné de fatigue, ou alors c'est l'envie de dormir qui me faisait griffonner, en tout cas je devais me bouger. Y avait Bella.

Petits, ma sœur et moi on voulait absolument un chien, on jurait crachait qu'on le sortirait et qu'on ramasserait les crottes, mais les parents ne nous croyaient pas, ils avaient raison. On se rend pas compte, tous les jours c'est dur, surtout à l'heure où on veut chiller.

De base, je prenais monsieur Courvoisier pour un fainéant, lui qui ne sortait pas sa chienne le soir, mais il m'a expliqué que ça le stressait de croiser des gens dans la rue, même le matin il la promène très tôt pour voir personne. Pour les mêmes raisons, il s'est organisé pour tout recevoir à domicile, la plupart des courses, n'importe quel vêtement, le médecin, une masseuse si j'ai bien compris, je vais chercher ses médicaments à la pharmacie. Tiens, j'y pense, si sa chienne meurt, il sortira plus.

Y en a d'autres comme lui dans l'immeuble, des vieux des vieilles reclus, sans jamais personne qui leur rend visite, multiplié à l'échelle du quartier, ça doit en faire des vies vidées derrière les fenêtres, la pente, le bout de la pente même. Comment je finirai à leur âge ? Est-ce qu'ils l'ont mérité ? Si je suis un gars bien, un homme réglo, quelqu'un d'humain, j'aurai des chances d'être entouré, ou alors pas de solution, c'est la fatalité, même les seniors sympas finissent tout seul ?

Après avoir pressé l'index sur la sonnette, j'ai guetté ses bruits, comme si ça pouvait le presser. Le swouch swouch de ses pantoufles, l'arrêt des pas au moment de l'œilleton, l'engrenage des serrures et des verrous, faudra m'expliquer en quoi ça vaut le coup toutes ces précautions. Enfin il est apparu.

En plus de pas sortir, il apprécie pas la lumière, ses volets sont toujours à moitié fermés. Entre sa crainte des gens et son penchant pour l'obscurité, un fin fond des bois serait mieux que la clarté d'un appart au cinquième étage en pleine ville. Mais est-ce vraiment raisonnable qu'un puceau conseille une vieille moustache ?

Puis son manège avec la laisse, il me tend la boucle d'une main, tout en la retenant de l'autre, ça m'empêche de partir. D'accord, je suis le seul à venir le voir, le jeu d'étirer notre conversation pour combler le vide est légitime, mais Bella sous son collier trépigne.

Il s'en préoccupe de son envie de pisser ? Qu'est-ce qu'elle fabrique là, la pauvre, avec sa jeunesse, les vagues de son poil long et blond, sa truffe brillante, l'agitation de ses pattes, le frémissement du poitrail ? Tout ce qui la représente est en contradiction avec l'intérieur mort de son maître.

Il retenait donc la laisse comme d'habitude quand il m'a surpris :

Toi, mon gars, t'as des soucis avec ta copine !

Hein ?

Non, mais je le vois, c'est même pas la peine de le dire. T'es tout choinchoin quand ça va pas. Mais quand tu la vois, alors là, c'est autre chose, tu fais que sourire. C'est bien d'avoir quelqu'un, hein ?

Monsieur Courvoisier m'a donné un coup de coude appuyé d'un clin d'œil. Comme avec les parents, j'aurais jamais dû me confier pour Constance, c'est son sujet préféré. Ce vieux fripé venait donc sans hésitation de comparer sa vie affective, voire sexuelle d'après le clignement, à la mienne, tout ça avec soixante ans de différence. Qu'est-ce qu'il espère ? Qu'on trinque, qu'on boive des bières, que je me marre de ses insinuations et que je lui révèle ma vie intime ? Surtout les détails anatomiques de Constance, je suppose, vieux pervers.

Malgré moi je le visualise dans sa chambre aux volets tirés, debout, sa silhouette de poulet, petites cuisses et gros bide sous son peignoir entrouvert, nu à part ses chaussettes et ses pantoufles. Pauvre Bella dans un coin, témoin malgré elle, qui essaie d'échapper à la scène avec des regards de côté, pendant que l'ombre portée de la biroute de son maître se projette en énorme sur le mur et qu'il se branle avec des gémissements saccadés en fantasmant sur ma petite amie. Au secours.

Allez, va te défouler ! il a ajouté. Quand y a plus de sport avec la copine, faut courir pour de vrai !

Et re-clin d'œil. Affligeant. J'ai pas cherché à approfondir, vaut mieux pas prêter attention à ses allusions lubriques, juste se satisfaire qu'il ait lâché la bride, Bella et moi, on aurait pu japper d'être libérés.

Puis y a eu l'incident. Moi, concentré à pas louper les marches pendant que Bella, déjà deux étages plus bas, les survolait. C'est là que j'ai entendu les cris.

Au troisième, la gamine hurlait en secouant la tête et le plus petit répétait Maman, maman, en se collant à sa mère et en tirant sur sa jupe, la ceinture élastique s'est élargie. J'ai entrevu la chair d'une hanche ainsi que les dentelles d'un tanga ou d'un shorty. Agacée, la femme a déporté ses courses sur l'autre bras pour rajuster sa jupe, sans réussir puisque son fils s'accrochait encore. J'ai bandé, ça m'arrangeait pas hein, mais que faire.

Un de mes talents inutiles est de déceler le centimètre carré de sensualité qui dépasse, j'avais réussi à deviner les langueurs sous l'habit maternel. Les histoires que je m'invente, l'enlacer dans ses draps, lui trouver la peau souple et les cuisses sucrées. Tout ça alors que les pleurs de ses gamins redoublaient. Elle a soupiré, avec un coup d'œil exaspéré, en gros fallait que je m'occupe de la chienne au lieu de mater.

Je l'ai attrapée par le collier pour l'éloigner de la famille et la serrer contre moi. Sa fougue m'a entraîné dehors, même pas le temps de présenter mes excuses.

C'est du boulot de la sortir, je trouve qu'on me félicite pas assez. Impossible de m'asseoir dans un coin pour dessiner ou écrire, je dois la suivre partout à cause de l'obligation de la laisse au parc, mais aussi l'empêcher de piétiner les fleurs, manger les crottes de pigeons et ruer dans les canards, passionnant. Sans compter que, une fois par jour, je me retrouve planté à côté de quelqu'un qui chie, d'accord Bella est pas vraiment un quelqu'un, mais la gêne quand même, après faut ramasser, l'odeur dégueu, pire, sentir la chaleur à travers le sac plastique. Faut aussi lui éviter de se faire lécher le cul, une fois, elle était en chaleur, tous les mâles avaient rappliqué pour la renifler par-derrière, infernal, obligé de rentrer.

Côté sud, sur une pelouse en pente, y a une zone sans laisse, un accord tacite avec les gardiens qui interviennent pas. Les chiens font la course, se bondissent dessus et jappent, pendant que les maîtres bavardent croquettes, brillance du poil et préjugés de ceux qu'ont pas d'animaux. J'ai eu droit une fois au récit détaillé d'un gros intestin obstrué par un Lego que la vétérinaire est allé chercher par voie naturelle. Sérieux, comme si j'avais envie d'écouter ça avant le dîner.

Y a aussi tous les sans-chiens. Bella attire les personnes âgées qu'ont besoin d'échanger, les vegans militants, les gosses qui la prennent pour une peluche ou n'importe quel amoureux qui cherche à illustrer sa tendresse. Ceux qui les aiment pas m'engueulent parce qu'elle leur renifle les genoux et me jugent parce qu'un chien doit pas vivre en ville. Puis y a aussi les cynophobes, ces gens qui tirent des têtes de film d'horreur à son approche, c'est leur nom, j'ai googlé leur pathologie.

Bref, y a pas idée de se mettre dans des états pareils, ça m'oblige à tout le temps gérer.

Après la douche, hâte d'aller au lit, mais faut encore ranger, les dents, quelques devoirs à finir, les notes sur mon journal et, ça y est, enfin s'allonger. Héloïse a éteint. Les parents font plus de bruit. Et c'est comme si j'autorisais la nuit à m'emporter.

Parfois j'invente des dieux du sommeil et des prières, mes mains se posent en croix sur mon torse pour leur rendre hommage, puis je réalise que ça peut être dangereux d'invoquer des forces occultes, pour qui je me prends, alors je plaque mes bras le long du corps. En tout cas, quelque chose de puissant s'invite, mon poids s'enfonce dans le matelas, je me tourne à droite à gauche, l'élastique du caleçon trop petit qui me scie les hanches, mes pieds qui cherchent le froid, la caresse du linge, peau contre draps en une extension de mes membres. Me délecter de ma propre odeur, jusque dans la trame du tissu, me repaître de moi-même, des minutes de côté, à refuser de produire ou de communiquer, des instants qui ne se révèlent pas, que le lit conserve, solide, tiède et protecteur. Ce coffre d'intimités.

## 17 octobre

Veille des vacances. Plusieurs jours que je me jure d'y aller, mais je bouge pas alors que je nous vois agoniser, notre lien comme un poisson qui ouvre la bouche à intervalles réguliers, l'œil statique accueillant le désespoir et les tressautements inutiles de la nageoire. Je crois que c'est fini avec Constance.

Je suis passé chez Liang, avec ses parents qui travaillent quasiment tout le temps dans leur restaurant, je me sens bien chez lui, une sorte de refuge, un endroit parallèle où je suis sûr d'être tranquille.

J'aurais bien aimé lui parler de Constance, ma situation avec elle que je réussis pas à déterminer, qu'il me file quelques conseils pour la reconquérir, ou pas, mais pas sûr qu'il soit l'interlocuteur idéal.

D'ailleurs, à peine arrivé, j'ai abandonné l'idée d'échanger, toutes ces tortures mentales, ça s'appelle des états d'âme, bon pour un journal intime de dépressif, mais pas ouf pour des discussions avec un pote. Ma place à côté de lui sur le canapé, manette en main, en avant pour Fortnite, plus efficace que des confessions pour se changer les idées.

Arrivé à la maison, la déprime m'est tombée dessus. Sans Constance, je ne vois pas l'intérêt de continuer ce journal, c'est sûrement mes dernières lignes.

Malgré cette drôle d'humeur, c'est venu tout seul, des images d'elle en blouse blanche qui auscultait une patiente allongée et nue avec des seins étalés et sa toison fournie. Elle a violemment tiré sur les pans de la blouse de Constance, les boutons ont volé, son corps fin est apparu.

Obligé d'aller aux toilettes. J'ai empaumé sans bouger, les yeux fermés pour que les images reviennent, Constance caressant sa patiente, les hanches de la voisine qu'aime pas les chiens et les fesses sur les publicités dans les pharmacies.

La poignée de la porte a bougé, mon père voulait la place et m'a reproché d'être encore sur mon téléphone. Je trouve ma concentration remarquable, cette capacité de continuer malgré l'interruption, j'ai visé pour cracher sur mon gland avant d'astiquer. Ça a été rapide, faut me reconnaître un certain talent, médaille d'or assurée aux JO de la branlette, à chacun ses podiums.

Au lit, à rêvasser avant de m'endormir. Constance me sert au moins pour la masturbation, c'est déjà ça, par rapport à la tiédeur de notre vie sexuelle je veux dire, qui ne devrait pas évoluer puisqu'on est probablement plus ensemble.

Ça m'intéresserait de savoir quelles pensées lui viennent à l'esprit quand elle se caresse, quels visages, quelles parties du corps, quelles positions, pourvu que j'y sois un peu. Si je pouvais même en apprendre davantage sur les fantasmes des gens, doit y en avoir un paquet, des nuées d'excitation adressées aux uns et aux autres qui s'envolent. Dans quelle strate inconnue elles s'amalgament ?

Est-ce qu'elles retrouvent les personnes auxquelles elles sont destinées ? Et si mes vapeurs et celles de Constance se retrouvaient et se mêlaient ? Où va le désir après l'orgasme ?

## 27 octobre

Vacances d'automne. Il se passe rien. Il se passe rien. Il se passe rien. Il se passe rien. Il se passe rien. Il se passe rien. Il se passe rien. Il se passe rien. Il se passe rien. Il se passe rien. Il se passe rien. Il se passe rien. Il se passe rien. Il se passe rien. Il se passe R.

Dans la Creuse avec les parents. Constance dans sa famille en Italie. Rien n'a changé, ça fait dix jours que je n'ai pas écrit dans ce journal et aucune évolution. Comme je l'avais prédit, nos interactions sont si vides que notre histoire va s'éteindre sans bruit.

Sinon y a le bac, tout le monde m'en parle, je suis le seul à pas m'en préoccuper. Parfois ça m'inquiète, ce serait bien de préparer des fiches de révisions, ah ben tiens, au lieu d'écrire dans ce carnet, par exemple

Concept bizarre, le journal, se raconter des événements qu'on connaît déjà, un truc m'échappe, encore un coup de notre ami l'ego. En tout cas, j'ai retravaillé tout le début, plusieurs passages sont restés bruts, d'autres je les réécris, quelquefois je balance mes notes à ChatGPT pour qu'il les mette en forme, j'imprime, je colle, je recopie, le carnet s'épaissit, déjà la moitié de remplie. Penser à en acheter un si je continue.

Et maintenant il se passe rien.

Je me rassure, ça doit être une transition, la période puceau s'éteint pour laisser place à une vie sexuelle débridée avec Constance, mais aussi d'autres filles, voire des femmes plus âgées. Plus probablement, ça annonce le reste de ma vie, en mode il se passe rien parce qu'il va rien se passer. Les séries, les livres et des tas d'autres histoires mentionnent l'affection et la force du sentiment, mais peut-être que certains y ont pas droit, les invisibles comme moi ne sont pas servis, jusqu'au bout hein, même pas temporairement, toute leur vie reste creuse.

Pour tout arranger, c'est l'heure du BeReal, chacun y va de sa photo de vacances. Si quelques-uns n'ont rien, d'autres sont gâtés, grand appartement avec terrasse, bande de potes à Berlin, coucher de soleil sur un manoir, selfie de mâle alpha dans une salle de sport, celui-là est carrément sur un voilier à côté d'un cocotier, un de ses copains avec sa bonne meuf en haut de l'Empire State Building, ces mêmes gars qui ont pris option Sciences Po ou se voient bien médecin.

Fallait stopper, résister, mais j'ai rebondi sur le profil d'une fille qui a posté des soirées avec ses besties au Monténégro, une de ses copines a reçu une voiture pour son anniversaire, j'ai swipé ses photos à elle, qui m'ont ramené à Berlin avec la bande de potes. Ça n'en finit jamais.

À force de regarder la vie de gens vaguement connus ou pas du tout, j'ai eu envie de vomir, bloc de saturation au diaphragme, comme après avoir mangé un paquet entier de Haribo. Mon bras replié qui tenait l'écran devant mes yeux s'est relâché, le téléphone a glissé au bout de mes doigts, il est tombé par terre, les vidéos ont défilé toutes seules, ça a éclairé la pièce en bleu froid. Dehors le crépuscule s'abattait sur la Creuse pluvieuse.

## 7 novembre

Revenu de vacances depuis plusieurs jours, mais évolution zéro. J'ai croisé Constance une fois, basta, je sais même pas quoi écrire à ce sujet, banal à pleurer.

Il s'est passé d'autres trucs.

En revenant du parc, Bella tirait sur la laisse au lieu de profiter de ses dernières minutes de promenade, j'ai pensé c'est vraiment con un chien, à se précipiter vers la semi-mort d'un appartement, surtout celui de monsieur Courvoisier.

Avant de rejoindre son cercueil, je lui ai accordé un dernier jeu, la course dans les escaliers. Dans les starting-blocks à lui dire Partez, puis l'obliger à revenir, faux départ, je la dominais intentionnellement, c'est trop facile pour elle de gagner, je peux bien profiter de ma supériorité d'esprit. Allez, cette fois on est montés pour de bon, elle a survolé les marches quatre à quatre, déjà au deuxième étage alors que, bien démuni avec mes deux seules pattes, je trimais pour atteindre le premier.

Quand un cri et un bruit de chute, même du verre cassé, je me suis précipité, Bella ! Bella ! Les cuisses me brûlaient, j'ai imaginé l'enfant blessé, une fracture ouverte du bras, un truc dégueu où l'os sort des chairs ensanglantées, sa mère en pleurs qui appelait les pompiers, sa rage contre moi quand j'apparaîtrais, son sermon, le procès, la prison, Bella piquée.

À la place du gosse, j'ai vu la voisine du dernier étage, étalée par terre. Cette bonne femme, je peux pas la supporter, la plus grande honte de ma vie. J'ai pissé devant elle.

Mes parents sont différents quand ils la croisent, distants, ils ne se comportent pas comme avec les autres, ou alors c'est elle qui se tient à l'écart, polie, mais à peine, les gens de l'immeuble l'intéressent pas. Je la croise vraiment pas souvent, deux fois par an, à chaque fois ce sale souvenir remonte, je rougis et détourne le regard, la haine contre elle de me rappeler cet épisode. Elle y est pour rien, d'accord, pourtant même la voir étalée au sol, zéro empathie.

Comme elle avait un plâtre de la cheville au genou, j'ai dû me préoccuper d'elle un minimum :

Ça va ?

Est-ce que j'ai l'air d'aller bien ?

Elle était très énervée. J'en ai retiré un léger plaisir.

Une conserve en verre s'était explosée par terre, de la bolognaise d'après mon analyse, en un tas de vomi rouge, avec des projections qui en s'éloignant s'affinaient et s'effilaient sur le mur beige. Ça me dirait bien un boulot d'ingénieur pour expliquer ce phénomène, moi qui dois trouver un secteur professionnel, ça me plairait d'effectuer des recherches sur des jets de sauce. En revanche les débouchés doivent pas être terribles et doit falloir assurer en spé scientifique, comme j'en ai choisi aucune, je vais me contenter de les étudier par le dessin.

Bref, j'ai rassemblé ce qui restait de ses provisions dans le sac de courses. Bella, les oreilles collées, gémissait dans un coin en roulant des yeux miséreux. J'ai voulu savoir ce qui s'était passé :

La chienne vous a fait mal ?

Mais non ! C'est à cause du plâtre. J'ai perdu l'équilibre, c'est tout. Pis j'ai peur des chiens.

Vous avez pas peur dans les ascenseurs aussi ?

Didon ?! Je te demande si tu pisses encore dans ton froc ?

Bim, aussi rapide qu'une partie professionnelle de ping-pong, un revers qui tue, j'ai rien vu venir. Pourtant ma question était innocente, vraiment, juste histoire de trouver un lien entre la phobie d'être enfermé et celle des chiens, de la curiosité quoi. Du coup, la colère est montée, j'ai lâché un paquet de cacahuètes qui s'est écrasé dans la flaque de bolo, à nouveau des éclaboussures partout et mes baskets mouchetées.

Elle a soupiré fort avant de se traîner jusqu'à la rambarde, en mode j'ai besoin de personne, sa jambe dans le plâtre suivait le mouvement, elle s'est agrippée à la rampe pour se lever. Sur son visage, ses rides se distribuaient en plis nets et secs vers les tempes, des yeux ronds légèrement tombants, la bouche évasée, certainement gonflée à coups d'injections, mais un nez authentique, enfin il me semble, plutôt imposant, avec une bosse à mi-chemin et une asymétrie au bout. Y a certains matins où cette femme doit être laide et des soirs où la lumière lui appartient. Elle a clopiné vers ses béquilles, puis s'est pliée en deux au niveau des hanches pour les ramasser, sacrément souple.

Bella profitait de mon inattention pour laper la sauce en douce, je l'ai tirée par le collier, elle a essayé de m'amadouer en me zieutant par en bas et en léchant dans le vide. Quand, sans que je m'y attende, elle a éternué. Des postillons de bolo ont crachoté, encore des points d'impact partout, j'en revenais pas. Allez, fallait remonter. Mais la voisine m'a stoppé :

Et le reste ?

Hein ?

Ben, toute la merde !

Mais j'ai rien fait ! je me suis défendu.

Et moi, j'ai fait quelque chose ?

C'est vos courses. Et moi, je suis pas tombé, hein.

Oui, mais ça a commencé avec le chien.

C'est pas mon chien.

Je tenais à avoir le dernier mot. Elle a soupiré, je provoque souvent ça, l'ado pénible qui a réponse à tout, avec les profs surtout, mais aussi certains amis de mes parents, y a même une copine de Constance qui régulièrement me tourne le dos. Je fais un certain effet, quoi.

Écoute, je galère trop. Faut que tu m'aides là.

Son ton, avec une pointe de supplication, ça me plaisait. Alors j'en ai profité :

D'accord, mais vous me payez.

De mieux en mieux. Vive la jeunesse. T'es pas de la gueule, quand même ?

Avec vous, c'est toujours pareil. Vous croyez que nous, les jeunes, on a du temps à perdre. Comme si j'avais que ça à faire.

Tu parles de qui là quand tu dis vous ? Les vieux ? Tu me traites de vieille ?

Mais non, vous qui travaillez. Mais moi aussi je travaille, je suis pas payé, mais je travaille, beaucoup même.

Elle a haussé un sourcil, de la même manière que ceux de Bella se soulevaient au rythme de notre dialogue. La voisine a désigné son plâtre avec le menton :

Bon, j'ai pas le choix. Je te file dix euros pour que tu cleanes tout ça, OK ?

J'avais gagné, mais pour pas céder complètement elle a joué le petit chef en rajoutant : Tu fais ça bien, hein ?

J'ai pas huit ans, qu'est-ce qu'elle croit ? c'est dans mes capacités de gérer de l'eau et une éponge. Mais au lieu de répliquer, je suis resté factuel, d'abord mon obligation de rendre la chienne, le nettoyage ensuite et en dernier lui monter son reste de courses.

On a pu y aller, Bella était à fond pour reprendre la course, l'épisode de la voisine étalée par terre n'existait plus pour elle.

En principe, quand je frappe chez monsieur Courvoisier, en principe il ouvre tout de suite, trop vite même, comme s'il patientait derrière la porte.

Elle a quoi a sur ses moustaches ? T'en as sur les chaussures, aussi… Elle a mangé de la sauce tomate ?

Ce vieux reste une énigme, une telle perspicacité en pantoufles et peignoir paraît impossible, pourtant c'est pas la première fois, il remarque souvent des détails ou devine mon humeur. Il pourrait cacher un passé d'agent secret, ça expliquerait les volets fermés et sa peur des foules. J'ai pas développé pour la bolo, trop long, pas ma faute en tout cas. Il a râlé qu'il devrait la laver et lui a reproché de se frotter partout.

Hein ma bellounette ? T'as encore fait ta cochonne !

Allez, un clin d'œil, puis encore un autre en me tendant un billet avec ces mots:

C'est qu'une gourmande.

Entre la gratitude et le malaise, difficile de me situer, reconnaissant de recevoir de l'argent, mais les insinuations gâchaient tout. Mon manque de réaction à ses conneries m'a rendu lâche et complice. De toute façon, il m'aurait répondu qu'on peut plus rien dire. Ou alors il aurait nié, à jouer les innocents, qu'il ne suggérait rien, Bella était gourmande au premier degré, c'est moi qui imaginais des choses avec mon esprit mal tourné.

Non, finalement, je connais ce genre de bonhomme. Dans la famille paternelle, j'ai deux grands-oncles qui lui ressemblent, tous les ans ils répètent que pour faire rougir les fraises, il suffit de les mettre devant des jeunes filles nues, que la période de la sève qui monte est leur préférée, question bricolage ils insistent sur l'importance de bien boucher tous les trous, ah puis cette femme, vous voyez le genre, la jupe au ras du taille-crayon, de toute façon ça leur en touche une sans faire bouger l'autre. Y a aussi ces réflexions, quand ils ont le nez dans le capot de la Mercedes rouillée, Impressionnant hein, un homme, un vrai, au travail? Ou lorsqu'ils rigolent de leur incapacité à mettre une casserole d'eau sur le feu. Jamais mes grands-tantes n'évoquent l'érotisme d'une dinde qu'elles farcissent, plutôt bien d'ailleurs, ou se vantent d'être de vraies femmes quand elles récurent la cuvette des chiottes. Je mérite tellement l'argent que me donne monsieur Courvoisier.

J'ai pris une cuvette chez moi, puis descente du sixième au deuxième où j'ai ramassé les courses, à quatre pattes j'ai astiqué, frotté et frotté avec beaucoup de mousse sans que les traces partent complètement. Le beige du mur resterait teinté de constellations orange fluo, entre les colorants E128 et les tomates traitées au glyphosate, pas étonnant, mais ça m'a inquiété parce que je mange beaucoup de bolo, sûr que mon estomac brille dans le noir.

Quand j'ai fini, avec tous les trucs à porter, le sac de courses, une poubelle et la bassine, de l'eau tomatée m'est tombée sur le pantalon, une grande traînée. Ça m'a encore rappelé la fois où je me suis fait pipi dessus.

En primaire fallait bien se tenir, la colonne vertébrale bien droite, répondre poliment, marcher sans trébucher, serrer les dents pour pas se plaindre et les bonnes appréciations ce serait mieux. Mais à la sortie je flanchais, jambes molles, colères, besoin de me soulager. Papa restait patient à chaque fois, il demandait au bistro du coin si je pouvais utiliser les toilettes et m'emmenait me défouler au parc.

Un jour de CM1, rien ne s'était manifesté pendant la classe, mais une fois sur le trottoir mon ventre avait pesé lourd. Une tonne de pisse. Je rentrais seul à la maison depuis peu de temps, avec notre appart pas très loin, je m'étais rassuré, ça tiendrait.

Une fois dans notre immeuble, me croyant sauvé, je m'étais planté devant l'ascenseur, mais l'idée de me retrouver là-dedans sans échappatoire si ça coulait, impossible, j'avais refermé la porte pour prendre les escaliers. Interminable.

À l'arrivée devant notre porte, j'avais sonné, l'entrecuisse resserré, à l'affût du raclement d'une chaise, de pas, du cliquetis des clés et du verrou qui tourne.

Mais rien, maman n'était pas apparue. Celle qui a choisi de me concevoir, m'a cultivé dans son ventre et m'a poussé dans le tunnel qui mène au monde, qu'est-ce qui prenait à ma mère de m'abandonner à un moment pareil ?

J'avais cru à la délivrance en entendant quelqu'un monter, mais non, toujours pas maman, à la place, c'était cette femme du dernier étage. Des halètements gonflaient sa poitrine, des gouttelettes de transpiration pailletaient sa lèvre supérieure et un point bleu pastel battait sur sa tempe. C'est encore très clair dans ma mémoire.

Son apparition marquait la fin, j'avais plus le choix, lâcher, fallait juste attendre qu'elle me dépasse. Mais la main sur la rambarde, prête à gravir la prochaine série de marches, elle avait hésité pour se tourner vers moi : Ça va ?

C'est le son de sa voix qui m'avait fait craquer. La promesse de s'allonger sur un matelas constitué de cette voix et de ne plus jamais sentir cette pesée. Le barrage avait cédé, ouvert en grand, l'éclate à la sortie du tuyau, l'agréable température le long de mes cuisses et des frissons de bonheur.

Quand j'avais senti mes chaussettes imbibées, le froid s'était engouffré par les chevilles en même temps que le malaise, mais pourquoi elle se tenait encore devant moi celle-là ?

Nos regards, ensemble, s'étaient tournés vers la flaque qui coulait en direction de ma porte. Voilà comment les recommandations de ma mère m'étaient revenues, son rendez-vous à l'extérieur, les clés sous le paillasson et le goûter sur la table. Tout effacé par la pisse.

Moi qui préférais éviter cette bonne femme, je me retrouvais devant chez elle, à m'occuper d'apporter ses courses. J'ai sonné, mais elle a pas répondu, re-sonnerie, elle entendait pas ou quoi ? Quand elle a enfin ouvert, la porte a produit un appel d'air, des tas de parfums sont sortis, une lessive avec des effluves de fleurs qu'existent pas, rien de naturel, ajoutés à quelque chose d'âpre et exotique, de l'encens sûrement, qui camouflait des relents d'oignons.

Sans rien dire elle a posé son index, plus exactement l'ongle, tellement long, sur sa bouche. J'ai remarqué ses écouteurs dans les oreilles. Puis ses doigts ont dansé pour m'inviter à entrer, elle a ouvert le frigo, à nouveau l'ongle de l'index qui a désigné un Coca.

J'en bois pas trop, moi c'est le thé, mais elle attendait de moi que je prenne du soda, sans doute parce que je suis jeune, plus âgé elle m'aurait proposé une bière, un enfant ç'aurait été de la grenadine, une vieille du porto, il aurait fallu que je sois une quadra pour avoir mon thé, mais bon, OK pour le Coca.

Le temps de refermer le frigo et elle a disparu derrière un rideau de perles. Les bijoux enfilés s'entrechoquaient avec régularité, ça faisait une onde violette qui s'est stabilisée petit à petit. Je l'ai entendu dire des Oui, continue ou des Vas-y lâche-toi, comme si elle était près de moi, l'odeur d'encens venait aussi de cette pièce, mais impossible de voir net, je distinguais, mais la seconde d'après je ne voyais plus rien, vraiment agaçant. J'aurais pu écarter deux rubans de perles pour regarder clairement, ç'aurait été comme par le trou d'une serrure, avec de grandes chances de me prendre une gifle.

À la place, j'ai exploré la pièce où je me trouvais. Une seule fenêtre qui donnait sur des murs, même en me penchant je voyais rien d'autre qu'un pauvre crépi, aucun avantage à habiter au dernier étage. Devant moi, une tablette murale plaquée au mur et deux chaises repliées.

Cuisine minuscule, deux placards, évier en inox, égouttoir fixé, plaque de cuisson pour une seule casserole, mini-four sur le demi-frigo, des étagères avec des casseroles empilées, des pots remplis d'ustensiles, des choses qui pendaient partout. Des flyers épinglés avec des femmes cambrées, fesses et seins exhibés, au milieu de faire-part bienvenue aux bébés, de cartes de visite et de menus à se faire livrer, aucun espace libre.

Juste après le coin-cuisine, un portant où pendaient des vestes et des manteaux, une rangée de perruques blondes et roses au-dessus, des cartons à chaussures empilés sur les côtés. Un truc avait frôlé mes cheveux à mon arrivée, ça venait des tenues suspendues au ras du plafond, couleurs vives, paillettes, plumes, un vrai carnaval.

Dans l'entrée où on pouvait à peine se tourner, une porte menait à la salle de bain, la poignée a buté sur le lavabo quand j'ai ouvert, des toilettes sur le passage, le lave-linge, des vêtements qui séchaient et le bac de douche calé au fond. L'odeur de lessive, très forte, venait de là.

Je suis ressorti, un canapé deux places dans le prolongement, tout autour des rangements surchargés. Sur une partie du mur, une grosse fuite avait boursouflé un nuage en jaune pâle.

Retour au rideau de perles, fin de la visite, une impression de richesse se dégageait malgré l'exiguïté, comme l'écrin d'un joaillier, tout petit, mais qui brille beaucoup.

Je me suis assis sur le sofa, ai ouvert le Coca, quelques applis à scroller, bu quelques gorgées, qu'est-ce que je foutais là ? Qu'est-ce qu'elle fabriquait ? C'est bien parce qu'elle devait me filer un billet que j'attendais.

Ma tête s'est posée sur le dossier, au plafond d'autres nuages jaunis, j'ai fermé les yeux. Sous mes paupières, des taches pailletées et tomatées, à la fois glamour et crades, les unes auraient dû faire preuve de modestie et les autres se mettre en valeur. Comment leur avouer ? Tiraillé entre l'aveuglement des strass et les salissures orange, un bruit de vagues m'a contrarié, puis un éclair vif a fini de me réveiller en sursaut.

C'était un reflet dans la fenêtre que la voisine venait d'ouvrir. De retour dans la pièce, elle rangeait les courses en boitant, sans béquilles, sa jambe valide avançait d'un pas, puis la deuxième raidie par le plâtre la rejoignait avec un mouvement de hanches. Elle m'a tendu dix euros.

Je peux continuer à vous faire des courses si ça vous intéresse ? j'ai proposé.

Eh ben, t'es rapide avec les faiblesses des gens, toi !

Ça m'a exaspéré, les mâchoires serrées, j'ai répliqué :

Je sors la chienne de monsieur Courvoisier depuis un moment, il a soixante-dix-sept ans. Je dépanne les Lopez qui comprennent rien aux applis. Pendant longtemps, j'ai mis des gouttes matin et soir dans les yeux de madame Troy, elle est morte l'année dernière à quatre-vingt-neuf ans. C'est moi qui récupère les chats de madame Zaluski sous les meubles de sa cuisine parce que personne veut y aller tellement ça pue. D'accord ils me donnent de l'argent, mais je les aide, ces gens.

Ça va ? C'est pas trop dur d'être un saint ? Pis j'ai pas trop envie d'être dans ta liste de vieux. Tu veux faire EHPAD, ou quoi, quand tu seras grand ?

Mais je suis pas un saint et je veux pas faire épa… Oh et puis si vous voulez mettre trois heures pour vos courses, c'est votre problème.

Il est vexé le voisin.

Pas du tout. Et je m'appelle Léo.

Moi, c'est Nanine.

Na qui ?

J'avais pas compris. Elle a répété : Na-ni-ne, en détachant bien les syllabes, et m'a donné rendez-vous le lendemain pour que j'aille au pressing à 17 heures. On a échangé nos numéros et je me suis retrouvé sur le palier, derrière la porte qui claque, elle m'a mis dehors avec efficacité.

Après être rentré à la maison, fin de journée, je ressortirai pas, ce serait bien de me dire, au calme, c'est fini, plus rien à faire. Si je pouvais m'avachir avec moi-même. Mais non.

Les adultes nous collent toutes ces obligations dans les bras, ballottés d'un ordre à l'autre, comme si on existait pas entre leurs consignes. Est-ce que ça me sert vraiment d'être respectueux et obéissant ? Quel intérêt de foncer dans les études, avaler et avaler des données pour mieux s'abrutir dans un boulot ? Comme si je réalisais leurs projets à eux sans décider des miens. D'ailleurs, ma sexualité n'avance pas parce qu'ils m'en laissent pas l'opportunité, ils préfèrent que je devienne un petit soldat de l'économie plutôt que je baise.

Mais cette force qui enfle et l'énergie qui me dépasse, comment je m'en occupe ? Cet organe au pic de sa vigueur ? Franchement, on pourrait le féliciter et le récompenser. Il faut se rappeler cette photo où le blondinet, oui, moi, qui court sur la plage avec une conscience minime du tube entre ses jambes, ça se réduisait à l'évacuation du pipi, vite fait du tripotage le soir en suçant son pouce, mais rien de plus. Le truc restait mou, une peluche, rien à voir avec l'autorité qu'il a gagnée.

Un vrai robuste désormais, valorisé par une armée de poils, grâce à lui aucun problème en ce qui concerne la préoccupation n°1 des ados : la taille. Il est parfait, longueur et largeur, rien à dire, la fierté en érection, avec des veines bien dessinées, dressé sous son casque dans de belles proportions avec le manche, en toute modestie.

C'est peut-être de l'avoir sous le nez qui me le rend si attachant, entre la visibilité quotidienne et la manipulation simplifiée, ça crée une complicité instinctive, comme si on voulait contenter un copain. À jamais voir leur schneck, je me demande comment les filles l'aiment et désirent l'utiliser.

Si mon phallus s'érige, oui les grands mots, beau puissant et fonctionnel, la moindre des choses est de s'en occuper, ce serait du gâchis de ne pas exploiter sa capacité. Un engin difforme ou maladif je le remiserais, quitte à consulter et patienter avant de trouver une solution. Tandis que là, quel argument je peux lui opposer ? Comment le convaincre de rester planqué ?

Difficile pour lui de comprendre que je manque autant d'audace avec ma petite amie. Et comment ça se fait que je réussis pas à dégotter un lieu ? allez, ce cagibi au bout du couloir conviendrait, plein de poussière et alors ? Cette lâcheté avec mes parents que je devrais virer de temps en temps pour recevoir tranquille à la maison, de l'autorité voyons. Puis ce serait bien d'insister davantage avec Constance, la pousser quoi, si ça tenait qu'à lui, il n'hésiterait pas. Il connaît pas la zone grise, d'ailleurs au siècle dernier il a eu une méga carrière dans le patriarcat.

Au repas, ma sœur a mis l'ambiance, son imitation de sa prof de maths qui, en s'arrachant des poils des sourcils, martèle à sa classe que les élèves ont tort et qu'elle a raison, ça nous fait rire à tous les coups. L'attention s'est tournée vers moi, c'était mon tour, fallait que je raconte ma journée, y avait matière entre Nanine étalée par terre, Bella qui léchait la bolo et mes baskets tachées.

Nanine ? a demandé ma mère.

La voisine du septième, celle qui prend jamais l'ascenseur, j'ai répondu

Madame Ouerimini ?

Mon père et ses questions qui servent à rien.

Je connais pas son nom de famille, papa. L'idée c'est de l'aider pour ses courses parce qu'elle a le pied dans le plâtre.

Elle est allée à l'hôpital ? s'est exclamé ma mère. Parce que tu l'as fait tomber ?

De découragement, j'ai laissé ma tête pendre vers l'avant, mais je me suis repris :

Alors, elle avait le plâtre avant de tomber. Et c'est pas moi, Nanine a paniqué à cause du chien.

Je t'ai déjà expliqué qu'il fallait lui mettre la laisse dans l'escalier, a ajouté mon père.

Tu l'appelles Nanine ?

Décidément, ma mère bloquait sur son prénom.

Enfin maman, comment tu veux que je l'appelle ?

De sa panoplie de rires, elle a sorti le suspicieux, le génie de sa technique consiste à laisser l'interlocuteur décider du ton qui suit. J'ai donc poursuivi :

Je suis en train de vous expliquer qu'en plus de monsieur Courvoisier et de tous mes petits vieux, je vais faire des courses pour la voisine. C'est de l'argent de poche en plus, quoi. Qu'est-ce que vous cherchez ?

Ils se sont rattrapés par des compliments, ont essayé de changer d'ambiance, quand ma sœur-sans-filtre a sorti sa grande réplique.

C'est pas pute son métier ?

Héloïse, pas de mot comme ça ! s'est exclamé notre mère en claquant la table du plat de la main.

Comment on dit, alors ? Ah oui, travailleuse du sexe ?

Mais comment tu connais cette expression ? a interrogé mon père.

Je peux pas dire pute, je peux pas dire travailleuse du sexe…

Comment tu sais qu'elle fait ce qu'elle fait ? j'ai demandé.

Ma sœur a répondu qu'Aya, sa copine du troisième étage, le lui avait dit, une vraie peste capable de propager des rumeurs. Je me suis tourné vers les parents pour vérifier.

Et vous, vous savez quelque chose ?

Des choses se disent, mon père a haussé les épaules.

Ne rentre pas chez elle, m'a averti ma mère.

Trop tard maman. Et arrête un peu, elle va pas me sauter dessus.

Elle a déjà assez de boulot avec ses clients ! s'est marrée Héloïse.

Ma mère nous a lancé un regard noir parce que mon père et moi on a rigolé à sa blague.

Après le dîner, la famille se redistribue dans l'appartement, Héloïse dort, mes parents se posent devant une série, moi je reste à la cuisine. C'est bizarre que j'adore ces moments alors qu'ils sont consacrés aux devoirs, bon, à cause de la rédaction de ce journal, j'ai à peine survolé l'histoire pour l'éval de demain, donc je suis juste bien.

D'habitude, la cuisine est une pièce maltraitée, le couteau qui émince, le ton qui monte pour faire entendre sa version, la cuisson qui chuinte, des machines qui tournent et les assiettes qui s'entrechoquent. Mais quand je suis seul, c'est plus doux et confus, une ventilation quelque part, le moteur du frigo et celui du wifi, ainsi que les sons étouffés de la ville, la circulation des voitures, un écoulement d'eau et une alarme qui tourne en boucle. À la fois près et loin, ma capsule entourée d'un ciel marine, d'appartements empilés, de gens eux-mêmes dans le silence. Dans leur nuit.

Je cogite sur les révélations concernant Nanine. Ma visite chez elle aurait dû éveiller mes soupçons, une vraie panoplie entre les perruques, les vêtements en vinyle, les paillettes et les cuirasses, sans compter les flyers pour les boîtes de strip-tease. Je suis tellement naïf, des gamines de treize ans sont au courant, probablement tout l'immeuble, sauf un miskine de puceau.

Une fois installé sur mon lit, ma queue a enflé, je l'ai empoignée, la pulsation en écho dans le bout des doigts. Mais avec la petite sœur juste à côté, hors de question, même si j'étais sûr qu'elle dorme, pas d'action. Et la flemme de me relever pour aller aux toilettes. Dommage quand même, la cavalerie mobilisée, les enveloppes tendues de battements, les fluides prêts à jaillir, mais j'ai donné l'ordre de ralentir, tout doux. Ma verge dans le poing, bien serrée, contenir, aucun mouvement permis en dehors de cette étreinte, alliés dans cette épreuve. Si je pouvais poser mon front sur le sien pour un serment, quelques mots de réconfort, la promesse de m'occuper d'elle. La cavalcade aura lieu un jour.

Mais avec qui ? Faut absolument que je sache si c'est fini avec Constance. Il faut aussi que je rétablisse cette image qu'elle a de moi, je suis pas un dalleux, enfin avec modération. Courage, je vais lui parler.

# 14 novembre

Souvent on se retrouve au lycée, juste pour y être, parce qu'il faut bien se mettre quelque part, je veux dire qu'on oublie le but de notre présence. Y a quelque chose de rassurant, ce lieu rien que pour nous, l'obligation de suivre un programme déterminé par l'Éducation nationale, faut le reconnaître, de la ministre jusqu'au monsieur qui nettoie, des tas de gens s'occupent de nous, on peut compter sur un contexte solide.

D'autres fois, l'endroit m'oppresse, faut pas s'habiller comme-ci, des heures de colle à la moindre erreur, le balancement sur ma chaise qui est pris comme une insolence, alors que tout simplement les cours m'emmerdent, stop avec la parano. Et les toilettes dégueulasses ? quatre cents lycéens pour cinq chiottes, dont trois bouchées, pas sûr que ce soit de la malveillance. Et notre prof référent qui défend ses collègues, un devoir mal réalisé ? forcément de la fainéantise, jamais personne ne tient compte de notre fatigue ou de notre inaptitude.

Cet après-midi je me sentais entre les deux, en mode à l'aise, mais aussi contrarié. Dès le matin, j'avais mis des chaussettes de couleurs différentes, non que l'apparence vestimentaire me tracasse, mais j'ai vu mon reflet dans une vitre. Mes pantalons, un coup trop larges à la taille, un coup trop courts, ça va jamais, celui-ci m'arrivait au-dessus de la cheville et avec les chaussettes dépareillées, ça faisait vraiment clown.

Aussi, la dame de la cantine m'a proposé une louche de rab, mais j'ai mal compris et pensé que je devais me presser, du coup mon verre d'eau s'est renversé sur mon plateau, les frites ont perdu de leur croustillant.

Puis je me suis retrouvé en salle 32, alors que le cours avait lieu en 43, j'étais donc en retard.

Et un zéro qui se profile avec la tâche finale en espagnol que j'ai oublié de rédiger.

Quand j'ai croisé Constance, pas mieux, j'avais décidé de lui parler avec sincérité, donc j'y suis allé, un peu trop puisque je lui ai écrasé le pied. Elle a refusé ma proposition de se retrouver au parc pour, à la place, m'inviter chez elle, ça m'allait, mais l'angoisse.

À la sortie du lycée, j'ai trouvé le temps aussi bizarre que moi, des rafales de vent qui glaçaient, suivies d'un rayon de soleil qui a transformé la rue, tout a pris de l'éclat d'un seul coup, finie la déprime, je me suis senti léger et j'ai enlevé mon blouson.

Ce qui allait se passer avec Constance me tracassait, elle me reprochait quelque chose, c'était sûr. Et si monsieur Courvoisier me faisait des clins d'œil parce qu'il m'avait reconnu comme l'un des siens ? Les grosses blagues c'était pas encore mon sport, mais va savoir comment j'allais finir avec l'âge ? J'avoue, le sexe m'appelle, mais ça veut pas dire que je suis un relou comme lui, hors de question que je lui ressemble.

Et j'ai plutôt bien géré jusqu'à maintenant, ça se borde les envies, sans arrêt, stopper le chocolat quand on voudrait finir la tablette, ne parlons pas des écrans, sortir du sommeil pour aller en cours, arrêter de se ronger les ongles, allez, je suis capable de m'adapter au rythme de Constance. Ou alors, faudrait assumer et rompre si je ne supporte pas d'être abstinent.

Voilà, simple, deux options.

Oui, je l'entendais, la petite voix opportuniste, après tout l'investissement avec Constance, quelle idée d'abandonner, valait mieux insister et exploiter jusqu'au bout la relation, parce que reprendre la séduction à zéro, grosse galère, sans compter qu'une catégorie comme celle de Constance, même pas en rêve je pourrais la renouveler. Rah, rien ne change, les grands virages entre mon cœur et ma bite, la patience et la pulsion, l'ange et le dalleux, Constance et la baise, comme s'il existait pas de milieu.

Mais aujourd'hui, la voix maléfique et la volonté de paix semblaient d'accord, fallait parler à Constance.

Dans le hall, j'ai appuyé sur l'interphone, tout était lisse, figé dans le marbre et les miroirs d'un autre temps, pas un bruit non plus.

Arrivé au dernier étage, bien frotter mes semelles sur le paillasson, pousser la porte entrouverte et entrer : Y a quelqu'un ? Devant moi, les doubles portes s'ouvraient sur le double living, tout semblait double. Ma première fois chez eux, ça m'étonnait pas l'opulence, les sorties avec ses parents m'avaient donné une idée, leurs habits impeccables, le choix des restos et appeler un taxi par manque de temps.

Madame Mandrelli s'est avancée vers moi, tellement légère, elle ne marchait pas, mais glissait, comme portée par une brise dont elle a l'exclusivité. Ça a gonflé son chemisier. Elle a insisté pour que je l'appelle Charlotte. Entre l'enthousiasme et l'hypocrisie, difficile de cerner où elle se situait, mais ça fonctionnait, je souriais beaucoup trop et m'entendais imiter son timbre de voix, coincé dans les aigus.

Constance nous a rejoints, un signe pour que je la suive, mais je trouvais ça gonflé d'aller directement dans sa chambre devant sa mère. Je l'ai retenue : Tu veux pas me montrer l'appartement d'abord ? J'ai rougi à cause du *d'abord*, tellement chaud d'un seul coup, mais Charlotte a rien capté, me regardant d'un air attendri. Elle doit pas avoir une idée précise de ce qui se trame dans la tête des mecs de 17 ans.

On a débuté la visite à partir de l'entrée. À gauche, une galerie large bordée de deux bibliothèques qui se regardaient, les livres disposés avec harmonie, triés par taille et par genre, de la place pour des fleurs séchées, un masque ethnique, des cadres photos, rien à voir avec les étagères de mon appart où les bouquins sont compressés. À droite, le coin nuit avec trois chambres, un bureau et deux salles de bain. Côté droit encore, mais derrière, la suite parentale, prolongée par une coursive vitrée, en surplomb de la cour de l'immeuble, qui rejoignait la cuisine. De là, pour finir, un couloir perpendiculaire jusqu'à la galerie bibliothèque où nous avions commencé. L'appartement occupe toute la surface de l'étage pour se boucler sur lui-même autour de la cage d'escalier.

L'ordre qui y règne, chaque chose à sa place, ça me fascine. Les rideaux tombent au ras du sol, pareil pour les voilages, les fronces sur la tringle à intervalles réguliers, les moulures sans toiles d'araignée, pas de poussière, aucune fissure ni de trace d'humidité, les affiches et les photos encadrées, les magazines empilés comme un gros bouquin, les fils électriques invisibles, les coussins bombés et les plantes abondantes. Y a même un léger désordre, de la lecture en cours bien entendu, une tasse de thé fumante, un plaid sur un accoudoir, les restes d'un jeu de société et deux haltères, sinon ça semblerait pas aussi confortable.

Dans la chambre de Constance, le contraste de luminosité m'a fait mal aux yeux, crue dans les autres pièces et des rideaux à peine entrouverts dans celle-ci. Petit à petit, les palmes de la tapisserie sont ressorties du fond clair et j'ai réussi à voir mes pieds.

Avec une respiration contrainte, ça m'étonnait moi-même d'être solennel, j'ai annoncé que je voulais discuter. Constance s'est assise sur une chaise et a entortillé ses jambes, toute de travers, une hanche qui pointait et le dos en scoliose, à l'écoute.

Je voudrais pas que tu crois que je pense qu'à ça.

À ça : *ça* ? avec un coup de menton sur le dernier ça.

Oui.

C'est pas ce que je me dis.

Je me suis levé, soulagé. Encore entortillée, elle m'a demandé :

Mais ça t'intéresse pas ?

Si, ça m'intéresse, mais je suis pas obsédé.

Peut-être qu'on est forcément obsédé. À part ceux qui refusent complètement.

Les asexuels, comme Mimosa ?

Oui, voilà.

Mais entre asexuel et obsédé, y a un milieu.

Non, y a pas de milieu, quand on est intéressé, on est toujours l'obsédé de quelqu'un.

Je saisis pas toujours ce que Constance veut dire, à la fois bizarre et mystérieux, va savoir si elle me désignait moi, elle-même ou tout le monde. J'ai donné ma version :

Pour moi un obsédé c'est quelqu'un qu'arrête jamais et qui fait des réflexions malsaines.

Hum, je suis pas sûre. Eux, c'est juste des relous qui savent pas comment s'y prendre. Moi, je te parle du stade d'avant, les pensées. Tu vois le bail avec une princesse, toute mignonne toute vierge, mais dans sa tête elle fait des trucs avec le prince charmant. Alors forcément elle est obsédée aussi, non ?

Ben, du coup je suis un obsédé.

T'es un obsédé comment ?

Elle a baissé son regard vers le sol, ses orteils se sont enfin décrochés de son talon et son long cou a rosi. J'ai avoué que certains de mes dessins d'elle étaient osés. Ça lui a plu, elle s'est redressée avec un sourire.

Tu m'as dessinée toute nue ?

Oui.

Je peux voir ?

Je traîne pas avec ce carnet au lycée, si je me fais choper, c'est mort pour moi.

À ce point-là ? Je dois absolument voir, s'il te plaît.

D'accord, faudra que tu viennes chez moi.

Ça me laissera le temps de produire un nouveau carnet, plus soft, je pourrais avoir un succès fou avec des portraits romantiques et lisses, alors que le dessin où elle accouche d'un paréo, pas sûr qu'il plaise.

Tu veux qu'on se mette tout nus pour que ça te donne d'autres idées ?

Alors que j'espérais rien d'autre, ma vie se résume à attendre ce genre d'opportunités, j'ai réfléchi avant de répondre : Si ça te fait plaisir. En plus je déteste les gens qui répondent ce type de phrases, pareil pour Comme tu veux, qui laissent l'autre décider alors qu'on attend leur opinion.

Elle a tiré le loquet de la porte pour se poser devant moi, m'encourager d'un geste à bouger de ma chaise. J'ai toussoté en me plantant devant elle. Elle a enlevé son short. J'ai délacé mes chaussures. C'était au tour de son gilet, puis mes chaussettes, son tee-shirt et mon jean. On gloussait, mais en sourdine, à cause de sa mère pas loin.

Et Assia Yacoub, tu l'as dessinée ? Nue ?

Juste au moment où il ne lui restait que deux vêtements, deux, ceux qui cachent les parties du corps les plus intéressantes, je le croyais pas, quelle idée de mentionner mon ancien crush ?

En quatrième, j'avais trouvé un papier dans ma trousse, « Tu veux te mettre en couple avec Assia ? ». Ne, rien répondre avait suffi à dire oui et à nous désigner en couple. Pourtant rien ne se passait, l'histoire en serait restée là sans une sortie au cinéma.

Installés sur les sièges en velours, j'avais glissé mon bras à l'arrière de la nuque d'Assia, pour le descendre sur sa poitrine, elle avait ouvert son gilet pour y placer ma main.

Le plus intense, c'était pas le plaisir, mais la crainte que je m'y prenne mal, suivie de la honte, avec elle et les autres qui se moqueraient. Je la caressais doucement, ça semblait pas lui déplaire, alors j'ai ressenti de la fierté, me sentant tellement au-dessus de cette bande d'ados, eux qui muaient, ricanaient comme des cons avec leur acné explosive, alors que je me retrouvais en contact avec la délicatesse.

Surtout, j'ai toujours adoré fouiner et là, l'exploration avançait en douce, fallait se montrer discret, par effleurements, la finesse du grain sur le côté, plus épais au niveau de l'aréole, à aller jusqu'au bout de la découverte, j'ai inséré mes phalanges dans le pli du dessous pour tenir le sein en entier dans ma main.

À la sortie de la salle, dans les couloirs et les escaliers bétonnés du sol au plafond qui mènent à la sortie, elle m'avait retenu par la manche, le reste de la bande partait devant.

Ce sentiment d'être élu, pas si nul en tout cas, pourquoi pas doué, alors je l'avais embrassée fougueusement, à tourner ma langue autour de la sienne comme on se l'était expliqué dans la cour de récré. Les sourcils froncés, elle s'était reculée pour me dire Stop, ses mains posées sur mes joues, histoire de m'immobiliser pour que j'arrête mes conneries, et se rapprocher avec douceur, par frôlements, à chercher le lien, nos lèvres entrouvertes d'elles-mêmes, les langues agrippées sans volonté, puis la salive, à la fois glu et lubrifiant, qui nous avait emportés dans la glisse.

J'ai donc avoué à Constance mes croquis d'un sein d'Assia, alors que je l'avais jamais vu, juste touché.

Tu l'as dessiné à l'aveugle, quoi.

Comment ça ?

Bah, la mémoire de tes mains pas de tes yeux. Et t'en as vu d'autres, des seins ?

Dans les vieux films…

Mais en vrai ?

Les femmes à la plage. Mais c'est tout.

Ça m'a agacé cette demande de liste, je pouvais quand même pas compter Iris Larcher qui, à sept ans, m'avait montré sa poitrine d'enfant. Arriver à mon âge, sans avoir vu de près d'autres seins que ceux de ma mère, à quel point je chiale ? Franchement pas sympa de la part de Constance de m'obliger à une telle confession, mais ça devait pas être mieux pour elle.

Et toi, t'en as vu des gars tout nus ?

Oh oui. Matteo pendant toutes les vacances de Pâques, avant que je te connaisse. Giuseppe l'été d'avant, et aussi Gabriele et Vittorio. Dans le village où on va en Italie, y a toujours plein de copains. Les adultes s'occupent pas de nous. Ah, et puis à Noël, Gaspard est rentré dans ma chambre, lui j'ai pas voulu qu'il reste, un cousin quand même. Mais bon, il était déjà à poil.

Son énumération, elle l'a accompagnée de jolis mouvements pour continuer de se déshabiller, ôter sa brassière, mais sans se couvrir d'un bras pudique, pas du tout, très à l'aise. L'un de ses tétons rentrait tandis que l'autre faisait pop, comme un clin d'œil de sa poitrine, elle me narguait.

Moi je me sentais coupable de je ne sais quoi, mes muscles se rétractaient vers l'intérieur, j'ai préféré garder mon caleçon. Elle a baissé sa culotte, toute simple en coton, sur ses jambes, soulevé un pied, puis l'autre pour s'en débarrasser, la tourner en l'air tel un drapeau et me la jeter à la figure. J'ai sorti un seul rire, tout bizarre, alors que je voulais cacher mon malaise.

Alors ? elle a demandé, en se déhanchant sans complexe, avec ses mains qui ondulaient pour présenter la marchandise.

À l'opposé des filles sur Insta, où des fesses et des nichons volumineux sont mis en valeur par une taille qui s'entoure de deux mains, Constance se trouve au milieu des sculptures grecques du carré antiquité d'un musée, avec des seins ronds comme des petites pommes, le galbe du fessier qui remonte haut à l'arrière des hanches et la cuisse ovale.

C'est très beau.

Mais est-ce que je ressemble à tes dessins ?

Je me trouvais bien loin de mes dessins, avec Matteo, Giuseppe, Gabriele et Vittorio, sans compter Gaspard, y avait foule.

Et le triangle isocèle m'a achevé, je m'attendais au brouillon d'une adolescente, de la moustache qui dépasse, un foisonnement que je suggère sur mes nus par des gribouillis énervés, mais pas à cette forme géométrique quasi professionnelle. Genre travailleuse du sexe, comme dit ma sœur.

Avec une chevelure si dense, Constance a une pilosité qui se voit, mais là, coupée rasée ou épilée, elle était intégralement domestiquée, ses jambes et ses aisselles glabres, les duvets des bras semblaient décolorés, les sourcils en une forme nette et y avait rien de sauvage dans ce triangle isocèle. Au passage, j'ai repéré le vernis rose sur ses ongles, une fleur tatouée sur la hanche et un anneau au quatrième orteil.

Impossible de croire que cette préparation m'était destinée, non, pas de parano, ni d'excès d'humilité, l'invitation au dernier moment ne lui avait pas laissé le temps de s'occuper de ça en un quart d'heure. Une mise en beauté pour elle-même pouvait s'envisager, mais mes soupçons s'orientaient plutôt vers des hommes bronzés, du sud de l'Europe, avec des phallus dressés sur des abdos vitaminés, alors que ma nouille restait collée au scrotum. Fallait s'inquiéter de ne pas bander devant la nudité de Constance ?

On a entendu sa mère éclater de rire, j'ai sursauté, elle semblait juste à côté, le stress. J'ai attrapé mes affaires pour les enfiler.

Je te communique ça au plus tôt.

Ça m'est venu tout seul, sur le même ton en plus, une phrase que mon père utilise en télétravail pour abréger une conversation téléphonique. Constance a haussé les épaules. Je me suis précipité vers la porte, le loquet à tirer, déjà sorti.

Son tee-shirt enfilé, elle a extirpé sa masse de cheveux de l'encolure et boutonné son short en trottinant derrière moi dans le couloir. Sur le banc de l'entrée, j'ai enfilé mes baskets sans les lacer. Autre chose que moi agissait, la colère probablement, pas la peine qu'elle me fasse espérer si y avait des Italiens. Je me suis mis à chuchoter.

Pourquoi tu m'as dit de venir alors que ta mère est là ? On aurait été mieux au parc.

Toi et ton parc ! Et qu'est-ce que ça peut faire que ma mère soit là ?

Y a quoi avec le parc ? C'est pour ça que t'as pas voulu le paréo ?

Hein ? Quel paréo ?

L'autre jour au parc, t'as pas voulu t'asseoir sur le paréo.

Avant les vacances ?

Ben oui. Tu t'en souviens pas ?

Si, je m'en souviens : t'avais encore tout arrêté.

Comment ça ?

On était bien sur le banc, pis t'as tout arrêté pour qu'on aille je sais pas où. C'est toujours pareil.

Comment ça ? j'ai répété, comme un con.

Dès qu'on commence à être, tu vois, collés l'un à l'autre, tu stoppes tout. Et c'est souvent. Comme la fois avec le banc. Ou comme là, là maintenant. Pourquoi tu veux partir ? C'est pas ma mère, le problème. Je commence à croire que je te plais pas. Ou alors t'as peur, j'en sais rien.

Peur de quoi ? J'ai pas peur.

En secouant la tête, sourcils froncés, aucun autre argument ne sortait. Ça paraissait inconcevable de craindre quelque chose qu'on désire de toutes ses forces, mais ma certitude faiblissait. Constance a enchaîné.

Ben alors je te plais pas.

Mais non, c'est moi qui te plais pas.

Mais qu'est-ce que tu racontes ? C'est toujours moi qui viens te voir, toi tu bouges pas, comme si t'avais pas envie. Je te l'ai assez montré que tu me plais, pis je te le dis là, tout de suite, tu me plais.

Ben toi aussi, tu me plais.

J'ai redressé mon visage vers elle, ça rendait nos yeux huileux de s'avouer des choses.

L'apparition de madame Mandrelli a stoppé la conversation, limite j'ai sursauté : Alors cet exposé ? Il est fini ?

Constance avait raison, aucun problème avec sa mère qui nous croyait studieux dans la chambre, j'en revenais pas de sa naïveté. Poliment, elle a demandé des nouvelles de mes parents et de ma sœur, j'ai répondu au mieux, encore perdu dans l'émotion partagée avec Constance.

Tu reviens quand tu veux Léo, d'accord ? elle a ajouté.

Je l'ai remercié. Elle a souri en posant une main sur le bras de sa fille :

Et si ?... Constance va encore dire que j'exagère. Allez, je me lance. Et si Léo venait dîner avec ses parents ? Ce serait bien de faire connaissance, non ?

Ça m'a scié, quelle idée.

C'est vrai, maman ? s'est réjouie Constance. Ce serait possible ?

J'en revenais pas, la perspective d'un dîner lui plaisait aussi, la mère et la fille main dans la main, elles auraient pu sautiller.

Mais peut-être que Léo n'a pas envie ?

Constance venait de remarquer ma gueule. Je me suis rattrapé.

Mais si bien sûr, ce serait super.

Impossible de répondre non. Si je ne vais jamais vers elle comme elle l'a suggéré, si je manque d'audace, sans parler de toutes les fois où j'ai fui quand on se retrouvait tous les deux, accepter une invitation à dîner devenait obligatoire.

Constance prévoyait déjà le plat pour la soirée, des *polpette*, je connais pas, mais elle adore. Et sa mère avait ouvert son app calendrier pour proposer des dates. Tandis que la poignée sur laquelle j'appuyais à plusieurs reprises n'ouvrait pas la porte, Constance m'a aidé en tournant le verrou, je les ai saluées.

J'ai senti l'urgence de quitter ce lieu, ne plus me confronter, retrouver ma tranquillité. Mais incroyable. Je me rendais compte que je déguerpissais encore. Il fallait absolument que je m'interroge en profondeur, limite je devrais aller voir un psy. Comment ça s'appelle ce truc de vieux, une remise en question ? Vraiment nécessaire à mon âge ?

Quel idiot, je voulais exprimer à Constance mon désir sans qu'elle me prenne pour un dalleux, regarde-moi gente damoiselle, sois assurée de mes compétences physiques masculines pour nous satisfaire, mais note aussi la manière dont j'accepte ma part sensible et féminine. Au lieu de ça, j'ai fui.

Parce qu'elle a raison, ma machine à fantasmes fonctionne, aucun doute là-dessus, je m'imagine prêt à ken, impossible d'être plus disposé, mais quand il faut s'y mettre, plus personne. À force de me sous-évaluer et de me trouver indigne de Constance, je vais jamais vers elle, même au sens physique, je m'arrête en chemin. Comme une poule affamée qui s'affole quand on lui jette du grain.

Quelque chose a ripé, depuis un moment d'ailleurs puisque c'est déjà arrivé avec Iris Larcher, reprenons les vacances de mes neuf ans.

Plein été, l'oisiveté gagnée après l'enchaînement de journées d'école, la touffeur du vert, l'accablant soleil, masse de sucre, le ciel lavande, des formes nacrées qui ballottaient dans la piscine et nous, les petits, qui courions partout. La précipitation pour le départ au marché, Allez, allez, quatre familles qui s'engouffraient dans les voitures, puis l'attente infinie pendant que les adultes se baladaient entre les stands, pain au levain, primeur, la criée, Ah on a oublié le melon et le petit rosé là-bas. Que c'était long, ça finissait en chamailleries, Tête de chasse d'eau qu'on répétait, Double tête de chasse d'eau, l'expression de l'été, les parents en pouvaient plus d'entendre ça.

Les déjeuners joyeux. La canicule de l'après-midi qui nous achevait, même les oiseaux se taisaient. Quelques heures après, retour de l'agitation, couper les légumes, Arrêtez de courir dans nos pattes les gosses, allumer le barbecue, les éclats de rire après trois verres d'apéro. Puis le repas à se resservir plusieurs fois, beaucoup de glaces, le calvados, nos mères qui nous poussaient à danser, soudain les gros bâillements et le coucher avec du foin dans les draps, pas de juste milieu entre épuisement et excitation.

Iris, sept ans, me suivait partout, riait à mes blagues pourries, toujours dans mon camp ou de mon avis, allait me chercher les volants de badminton et partageait avec moi ses bonbons. Les autres gamins s'en foutaient, mais les grands, sans cesse des apartés et des coups d'œil, comme si je les voyais pas.

Un soir de cache-cache, sous une lune à gros ventre plutôt moche, mais efficace, je m'en souviens parce qu'on voyait trop pour le jeu, Iris était apparue derrière mon buisson. Je voulais pas qu'elle reste, la compétition acharnée, notamment contre les adultes, la crainte du noir, l'impossibilité d'avouer sa peur et le frisson de la brise de minuit, sa présence gâchait toutes ces sensations.

Le cache-cache était mon heure préférée des vacances, dans ma période favorite de l'année, à un âge que j'ai adoré, comme la plus petite poupée russe que l'on libère après avoir ouvert les plus grosses.

Je chuchotais, Va-t'en, c'est ma cachette, mais elle secouait la tête. J'avais insisté, en réponse elle s'était débarrassée de sa robe d'été en liberty et de sa culotte, sans ambiguïté nue devant moi. Le bruit qu'elle faisait, à attraper une fleur, plonger dedans pour la renifler et s'exclamer avec les narines orangées : Le pollen, c'est des spermatozoïdes en poudre. Sûr, ils allaient me repérer à cause d'elle, j'ai déguerpi.

Autour d'un calva, ce moment où la dynamique repart, à se marrer en revenant sur le jeu, les parents d'Iris avaient tout révélé, mon refus et ses pleurs dans leurs bras jusqu'à ce qu'elle s'endorme. Ils riaient tellement, je comprenais même pas pourquoi, probablement l'opportunité pas saisie, ça a duré pendant tout le reste des vacances. J'en entends encore parler quand mes parents reçoivent ces copains-là. Et me voilà, pas loin d'être adulte, à remettre ça à la vue de ma petite amie à poil. S'ils savaient, ils reprendraient un verre de rosé.

C'est quoi mon problème ? Je me considère comme le protecteur de la vierge effarouchée, alors que c'est moi, le puceau peureux. Et voilà maintenant que la madone se tape des Italiens, je vais avoir encore plus d'appréhensions et de raisons de déguerpir, mon incompétence va trop se voir.

Pas le courage de rentrer à la maison, supporter les questions de mon père, lui mentir et repérer le regard oblique de ma mère, je leur ai envoyé un message, la même histoire d'exposé qu'on a servie à madame Mandrelli, qu'ils m'attendent pas pour manger. Et vendredi devrait être le soir des sorties pour profiter de sa jeunesse, non ?

Pourquoi pas questionner mes copains sur leurs peurs ? Ah, mais j'oubliais, j'ai pas d'amis et je sors jamais.

Et Liang ? On est quand même proches ? Je le connais depuis la crèche, toujours dans le coin aussi loin que je me souvienne, en primaire, mon père et sa grand-mère s'arrangeaient pour qu'on joue ensemble, foot au parc ou parties de Lego, mais, déjà solitaire, j'étais dans mon coin dans la cour pendant qu'il s'amusait avec d'autres. Au lycée, rien n'a changé, en public on se calcule pas, il traîne avec les beaux gosses, se rendent ensemble dans une salle de gym et sortent le samedi. Je suis pas dans cette bande, mais il a une vie parallèle avec moi, je le rejoins souvent chez lui le soir ou le dimanche. Ça nous empêche pas d'entretenir une vraie complicité. On s'est installés, chacun à notre place sur son canapé, manettes en main, mais j'ai pas attendu avant de me lancer :

Avec Constance, on s'embrasse et tout. On… comment dire, on avance un peu. Mais ça va pas plus loin. Comment tu fais, toi ?

Hein ?

Y se passe rien entre nous, quoi. On ken pas. Je crois qu'elle a peur.

Rendre Constance responsable de mes craintes, pas glorieux j'avoue, mais impossible d'assumer à voix haute. Il a répondu :

C'est dégueu d'en parler.

Me donne pas de détails, juste, comment on se débrouille, t'as des idées ?

Faut pas sortir avec des filles, c'est tout.

Comment ça ? Faut sortir avec des garçons ?

J'ai posé la question au premier degré, mais il s'est esclaffé, j'ai fait semblant de rire avec lui. Ça m'arrive souvent d'être comique malgré moi. J'ai dû le relancer, parce qu'il était retourné dans son mutisme.

Tu racontes quoi ? Pourquoi faut pas sortir avec des filles ?

Trop compliqué.

Liang et le genre opposé, ça n'a jamais été simple, mais différemment de moi. Une gamine a été sa pire ennemie pendant tout le primaire, un jour ils se sont carrément battus, au collège il les virait quand elles s'incrustaient dans l'équipe de foot et aujourd'hui il se mure dès qu'une fille approche. Franchement, je pense pas qu'il désire les hommes, mais il se méfie des femmes, va comprendre pourquoi.

On fait quoi alors ? On va pas rester puceaux toute notre vie ? je lui ai demandé.

Parle pour toi wesh. Je suis pas puceau moi !

Ah bon ? Depuis quand ?

Il a haussé les épaules, mais il a enchaîné :

Askip y a des techniques.

Des techniques ?

Des techniques pour faire ça propre, il a dit.

Hein ? Tu veux ken propre ? C'est quoi le bail ? De la baise avec des gestes barrière ? Je crois pas que ça existe, frère. Et puis on n'a plus douze ans, c'est les petits qui trouvent ça dégueu.

Je faisais comme s'il connaissait rien à rien, mais moi aussi je me pose souvent la question du sale.

Et en attendant, t'as pas envie ?

Pas de réponse, vexé d'avoir été traité de gosse,

il boudait à torturer les sticks de sa manette. Les autres le croient timide, sans doute, mais il a aussi un sacré orgueil, une susceptibilité de dingue. Il cherche toujours la perfection, je le soupçonne de pas s'exprimer pour pas avoir tort, personne critique les muets. Il joue les durs, aux mains propres hein, mais avec ce problème d'hygiène et son rapport aux filles, il a pas dû avancer beaucoup plus que moi.

Allez, fais pas ton bolos, parle-moi. Et continue de trouver ça dégueu si tu veux. Mais dis-moi comment on se débrouille.

Il a pris un temps pour bien marquer sa supériorité, ou son infériorité je sais plus :

J'ai ma méthode.

Je savais où il voulait en venir, mais ça me plaisait de le martyriser.

Des prostituées ?

T'es malade ou quoi ?

Ah ben oui. Avec tes idées, c'est encore plus crade.

Il a acquiescé d'une bouche plissée, puis a daigné lâcher le gros mot :

Porno.

Sérieux, t'en es encore là ?

Depuis la quatrième, ils s'y collent tous à nous effrayer, certains profs, des intervenants spécialistes et mon père, ils penchent la tête de côté avec une mine désolée, mais accusatrice, pauvre génération pervertie, que faire d'eux ? En plus, on a Mimosa maintenant, représentante officielle du féminisme au lycée, elle s'emballe souvent contre la sexualité patriarcale et la culture du viol encouragées par le X, sans parler des filles maltraitées pour les vidéos, un nombre important de mineures, engageant le spectateur dans une complicité indirecte. Ça calme. Dans les médias, même tête peinée avec un ton grave, les journalistes évoquent le fléau, un garçon sur deux à partir de 11 ans accède à ces images, pauvres pré-ados addicts, à se comparer avec les hardeurs, doutant de la taille de leur bite, de leurs performances et blablabla.

Au collège ils m'avaient convaincu que le moindre porno me transformerait en toxico, dans l'impossibilité de me sevrer, condamné à baiser de manière bestiale et à jamais banni du monde de la tendresse.

Mais en seconde, leurs campagnes moralisatrices avaient produit l'effet inverse et j'en ai maté un chez Liang. Malheureusement ça m'a pas plu. Gêné, par sa présence à côté de moi, mais surtout par le faux, je ne voyais que le surjeu, les angles des caméras pour optimiser la vue des entrejambes, les décors cheap, les costumes nuls, limite si je me préoccupais pas davantage des pauvres genoux de cette fille à quatre pattes au lieu de l'élasticité de sa bouche. Excitation paresseuse, ça avait pas marché, pas le goût de réessayer. Déçu, alors que Liang était surexcité, apparemment tout le monde a pas sa chance.

Il a insisté :

Allez, tu me dis ce que t'aimes et je t'en trouve un.

Attends. Tu veux pas parler de cul avec moi, mais ça te dérange pas qu'on regarde du porno ensemble ? Et puis pendant ce temps-là, on apprend pas.

C'est pas vrai. Y a tout, on peut voir tout ce qu'existe !

Mais on touche personne avec tes vidéos. Et personne nous touche, j'ai répliqué.

Je connais beaucoup plus de trucs que toi.

Il me massacrait à Fortnite, pas nouveau, ses heures d'entraînement dépassent de loin les miennes, ben c'est pareil avec le porno, à en avaler autant, son expertise vaut bien mieux que la mienne. Bon, pas difficile vu que je sais pas grand-chose, mais lui, il observe quels doigts utiliser, s'informe des coups de langue, repère les prises et estime les pressions, connaît les cadences, évalue les pénétrations, écoute les gémissements des hommes, ça me préoccupe beaucoup le ridicule quand je vais jouir, sans compter l'inventaire des positions, sa carte mentale du cul est déjà complètement articulée.

J'aurais dû m'asseoir à côté de lui, sans gêne, dire fuck au love et au kawaï pour devenir un odieux mateur de x bitocentré. On finirait vieux célibs, abrutis devant des culs frappés et des braquemarts qui coulissent, émaciés de mal manger, les doigts calleux et les poignets entourés de bandages, zombies sur notre canapé dégueu, l'écran PornHub sali de giclures qu'on nettoierait pas et des escarres aux fesses. Des silhouettes sèches, un jour plus rien sortirait, finie l'éjaculation, on pourrait pas avoir d'enfants, définitivement plié, aucune femme ne voudrait de nous, nos zguègues se détacheraient et y aurait plus qu'à se laisser mourir dans notre grotte d'essuie-tout usagés.

Je me suis retrouvé seul dans la rue, sans avoir maté de vidéo, Liang n'avait pas répondu à mes questions, ça m'arrive souvent de me sentir perdu sur le trottoir avec une impression de vide.

Une fois au lit, la scène avec Constance me revient, j'interdis à la phrase Je te communique ça au plus tôt de tourner dans ma tête, mais elle continue malgré tout à résonner. C'est quoi aussi mon regard fuyant et ma précipitation pour quitter leur appartement ? Ça me creuse le ventre de honte.

Je me concentre plutôt sur son corps nu. La nuit, à chercher le sommeil, les formes se dessinent au feutre, elles s'esquissent petit à petit, puis se concrétisent. Mais ma sœur a reniflé, ça veut dire qu'elle dormait pas. Le calme est revenu, ainsi que la silhouette sculptée de Constance, mais un nouveau reniflement a dégagé le croquis.

Non, mais mouche-toi Héloïse. T'abuses là !

D'accord.

Sa réplique, fragile, enfouie sous les draps, j'ai enfin compris que ma sœur pleurait. Elle m'a expliqué qu'une de ses super copines refusait de lui parler. Tout de suite je l'ai accusée, Qu'est-ce tu lui as fait ? mais ses larmes sont revenues. C'est sa faute aussi, elle râle, s'oppose et tranche pour imposer son avis, alors quand il y a des disputes, on a tendance à penser qu'elle les a cherchées.

Elle s'est confiée. Ça a commencé avec une photo, partagée, repartagée, où elles se faisaient un câlin, des tas de commentaires même pas méchants insinuaient qu'elles étaient amoureuses, alors la fille veut plus jamais la voir. Héloïse était désespérée.

Ah ? Et vous êtes vraiment amoureuses ?

Mais non, tu vas pas t'y mettre. Y a des tas de copines que j'adore trop, peut-être c'est de l'amour, peut-être pas. Je sais pas ce que ça veut dire.

Pareil, j'en sais rien.

Ben si tu sais, Constance et toi vous sortez ensemble quand même ?

Alors là, j'ai eu l'air con, que spontanément je fasse pas le lien entre l'amour et ma petite amie, y avait un souci. Je serais malheureux si elle me quittait, mais ça viendrait d'où ? De ma solitude ou de l'avoir laissée s'échapper ? Une rupture, c'est de la tristesse et de la colère, la même chose qu'avec un objet perdu, mais quand l'amour est présent, c'est quoi les sensations ? Faudrait attendre qu'il disparaisse pour ressentir quelque chose, pas sûr qu'il s'agisse de la bonne définition. Ou alors c'est un don, certains le possèdent, comme l'argent, la beauté ou l'intelligence, mais d'autres non.

Ça me rappelle un truc.

Après le cache-cache raté avec Iris Larcher, un jour ou deux plus tard, à l'heure du rosé, sa mère m'avait alpagué pour me chatouiller, elle s'amusait à chercher mon cœur partout sur mon corps, à ne pas le trouver, tenant absolument à me faire admettre que j'en avais pas. À me rapetisser sous ses assauts, j'avais réussi à lui échapper pour me planquer dans un coin, me presser du plat de la main sur le buste, les flancs, pas de boum boum, le ventre, non, vraiment pas. Cette sorcière m'avait démasqué pour révéler, aux autres et à moi, l'enfant maléfique que j'étais. Je ne contenais pas l'Amour.

Pendant des mois, terrorisé avant chaque consultation chez le médecin, je craignais qu'il découvre l'absence du plus important des organes. Une fois son diagnostic rendu, je m'imaginais livré à la science, ma mère me tirant d'un côté, les hommes en blouse blanche de l'autre. Et ma sœur dégoûtée de devenir enfant unique. La femme aux chatouilles se vantait d'avoir su avant tout le monde.

Isolé dans un hôpital, sans possibilité de voir quiconque, oublié, ma famille triste, mais faut bien continuer, ils s'adaptaient à la situation. Ma disparition se déroulait sans obsèques.

Possible que Constance gâche sa vie auprès de quelqu'un pas doué pour aimer. Et ma sœur, comment je la console alors que j'ai pas de cœur ? Quelles paroles réconfortantes je peux trouver pour son histoire avec sa pote ? Sans bien comprendre pourquoi, j'ai balancé que Liang regardait plein de pornos, pour faire diversion je suppose. Elle était déjà au courant, apparemment tout le monde le sait.

Au moins elle a arrêté de pleurer et elle s'est endormie. Mais moi j'y arrivais plus et j'ai ouvert mon journal.

## 15 novembre

Au parc, assis sur un banc, pendant que Bella se défoule.

Les branches nues dressent leur maigreur au-dessus des troncs, après les bourrasques d'automne, elles se préparent au froid, encore quelques semaines à tenir bon avant de revenir en couleurs. Mais ce soir, sous ce ciel en couvercle que la nuit n'a pas bleui, elles doutent, le gris glouton qui enduit tout de sa tristesse, elles luttent et le repoussent, mais il les assiège, revient et s'acharne, c'est sans fin. La résistance les use, incapable d'entendre les racines qui bruissent et d'envisager l'avenir avec des bourgeons. Elles désirent les vrombissements de scies empoignées par les hommes aux casquettes vertes.

Non mais, ce mois de merde. On sait que le beau temps reviendra pas tout de suite, même pas on espère, la pluie on s'y habitue aussi, faudrait juste de la perspective, voir large, se persuader que ça évoluera, savoir où se cache le soleil, s'il existe encore et quand aura lieu le renouveau, si la joie renaîtra, des paillettes, sauter avec des entrechats, ça existait avant. Mais, comme les branches, je n'y crois plus.

Déprime dehors et à l'intérieur, des tas de questionnements, ma vie vaut pas le coup, relations trop compliquées, de toute façon j'ai pas de cœur, je réussis pas à me faire d'amis, le bac trop dur aussi, je devrais abandonner le général pour une filière pro, pourquoi pas arrêter les études.

Y a que les parents qui tiennent, s'agitent, mais ça rajoute de l'angoisse. J'en peux plus de les suivre.

L'idéal serait d'hiberner, autorisation d'abdiquer, le dessous de la couette pour seul espace, je pourrais la relever avec un manche à balai qui se calerait dans le mou du matelas, comme une tente, un mât sur le radeau de la mélancolie, s'enrouler en fœtus, ne plus se laver, s'enivrer d'un air vicié de son propre oxygène.

## 16 novembre

Pour quelqu'un qui voulait pas d'aide au départ, Nanine m'appelle finalement souvent, je commence à cerner le personnage, quelle désorganisation, mais je vais pas me plaindre, ses demandes répétées me rapportent de l'argent.

Après avoir fait ses courses au supermarché le matin, elle m'a rappelé à peine une heure plus tard pour que j'achète du beurre, rien d'autre. Tout ça sans imaginer, comme toujours, que j'ai une vie, mais je ne comptais pas céder à la pression, j'ai acheté sa plaquette quand j'ai eu le temps, en fin d'après-midi. À mon retour, en sortant de l'ascenseur, je l'ai vue avec deux copines, elles descendaient l'escalier. Tout de suite elles m'ont ébloui.

Nanine boîtait à cause de son plâtre, dans une tenue moins élaborée que les autres, à sa gauche une de ses copines portait un fourreau et une cape noirs, ses cheveux montés en chignon d'où sortaient des cornes rouges et la troisième était moulée dans un haut à dentelles que ses muscles dingues auraient pu faire craquer. Des talons démesurés pour des avancées à petits pas prudents, les fards en multicouches, les bracelets qui tintaient, le froissement du satin, les manteaux légers qui glissaient pour dénuder une épaule, des coiffures hautes à bloquer la nuque et des avant-bras lestés de sacs. Je me suis retenu de les filmer, jamais on voit de gens sapés dans ce lieu, alors qu'il mériterait tous les jours un spectacle avec chapeaux, paillettes et grande tenue.

Cette gigantesque verrière qui s'élève sur toute la hauteur de l'immeuble et qui arrose l'espace de lumière. Les volées de marches, larges, de la place au moins pour trois personnes côte à côte et la rampe en spirale triangulaire qui produit un effet hypnotique dans le vide central. Un escalier qui devrait être descendu avec des jetés de jambe à chaque pas, sous une roue de plumes qui frétillent, à la cadence d'un orchestre de cuivres.

Quelques mômes chahuteurs s'en servent d'aire de jeux et des vieux y échangent des discussions chuchotées sur leur paillasson, mais la plupart des habitants lui tournent le dos pour vite s'enfermer dans l'ascenseur, personne ne l'utilise comme il faudrait. Seule Nanine lui rend un véritable hommage en l'arpentant jour après jour, c'est son domaine.

Je me suis penché vers l'étage du dessous pour l'appeler en brandissant la plaquette : J'ai ton beurre ! Elles ont levé le visage. La copine musclée tenait son chapeau, un bras plié vers l'arrière, de l'autre elle a imité mon geste et mon intonation : Il a ton beurre ! Elle se foutait de moi.

C'est ce matin que je t'ai demandé. Là, je m'en vais, a dit Nanine.

Je le mets où alors ?

J'ai bien une idée, a proposé la musclée.

Elles se sont esclaffées. Moi j'ai pas compris.

Ou ça va fondre sur le paillasson, a ricané Cornes Rouges.

Oh, taisez-vous ! les a interrompues Nanine. Viens là, Léo, que je te file mes clés.

Elle a farfouillé dans son sac pendant que je dévalais les marches pour les rejoindre. De près, les parfums en rajoutaient dans leur carnaval, plusieurs senteurs que je ne réussissais pas à dissocier. Et puis le bleu océan des yeux de la musclée, le décolleté jusqu'au nombril de l'encornée où j'empêchais mon regard de plonger et, sous l'imper entrouvert de Nanine, des transparences dans sa combinaison ultra moulante dont je me détournais aussi.

Elle m'a tendu le trousseau en me donnant ses instructions, juste à droite de chez elle, du côté de l'escalier de secours, est-ce que je voyais ? Suffisait de poser les clés tout en haut sur le placard blanc avec les compteurs électriques, rien de compliqué. Elle a insisté, surtout ne pas oublier de les mettre dans la cachette, sinon elle ne pourrait pas rentrer cette nuit :

Tu comprends ?

Perturbé par le sexy de leur tenue, je sentais bien que j'avais pas l'air intelligent, à faire oui, oui de la tête, c'était beaucoup d'informations.

Allez, tiens, tes dix balles.

Bye, bye, le livreur de beurre !

Tout en lançant sa réplique, la musclée m'a envoyé un clin d'œil sous son haut-de-forme incliné, qu'elle a pincé entre l'index et le pouce, très comédie musicale. Le groupe embaumé grand style et glamour, a poursuivi son chemin, je suis remonté.

Chez Nanine, la plaquette de beurre au frigo en échange d'un Coca, puis j'ai traîné. J'ai cherché un paquet de gâteaux, ou quelque chose à manger, j'ai regardé un peu ses vêtements, puis j'ai attrapé un chapeau à large bord sur une étagère. Devant le miroir, je l'ai rabattu sur l'œil droit d'un pincement de doigts : Bye bye, le livreur de beurre. Je me suis rapproché de mon reflet pour m'interroger d'une voix grave, Es-tu Léo Massard ? me répondre d'un ton hésitant, Mais oui, bien sûr. Et j'ai continué :

Comment tu peux en être sûr ? Tu racontes n'importe quoi ! Es-tu Léo Massard ?

Ça dépend.

Ah tu vois ! C'est mieux. Es-tu Léo Massard ?

Et ainsi de suite, à me hurler dessus, puis dans la seconde qui suit à me répondre d'une voix mielleuse :

Pas tout le temps, d'accord, pas tout le temps.

Tu as raison, tu es de moins en moins Léo Massard, place au livreur de beurre.

Clignant un œil et avec les effets de chapeau, j'imitais la musclée et j'adoptais des mines sucrées, en chopant un boa pour le glisser sur mon cou et par ici les gants de soie, ainsi que des mules argentées. À l'arrière, mes talons dépassaient de plusieurs centimètres, mais un tour complet sur une pointe de pied, quelques pas de danse, je me suis vraiment pris pour quelqu'un d'autre, ça brillait et ça swinguait.

Une appréhension est montée, la peur qu'on me surprenne, même si au fond et camouflé, je ressentais l'envie que quelqu'un me découvre, se marre et me trouve attachant, voire talentueux. Si le trio revenait ? Si j'avais laissé la porte entrouverte ? Si les colocs en archi du bout du couloir s'arrêtaient au passage ? Si Constance me faisait une surprise ? Non, personne. Et ça m'aurait quand même embarrassé que Nanine me surprenne avec ses affaires. Puis je me suis souvenu que j'avais ses clés, posées dans le coin de la cuisine, quel débile, elle pouvait pas rentrer.

Ça a produit un déclic, aller plus loin, si Nanine était bien la pute, pardon, la travailleuse du sexe que ma sœur soupçonnait, alors l'opportunité de vérifier se présentait. Après avoir ôté les mules, je me suis approché du rideau violet, mes doigts gantés parcourant les perles pour l'entrouvrir. À mes précédentes visites, ce qui se dissimulait de l'autre côté avait déjà piqué ma curiosité. J'ai passé une jambe et un bras dans l'antre interdit, puis le reste du corps comme au travers d'un écran magique.

La moquette beige à poils longs m'a chatouillé entre les orteils, avec l'interdit ça a fait démarrer le mécanisme, l'installation hydraulique qui chauffe, la circulation des humeurs et le sang qui accélère, les pensées à cette même cadence frénétique, par impulsions vives, l'engrenage qui précède la dilatation de la bite.

Mais pas si vite, d'abord l'observation, cette partie de l'appartement semblait moins remplie. Vers le lit, des draps lissés, beaucoup de coussins, un énorme miroir à l'angle des deux murs, une tapisserie romantique avec des oiseaux sur des rosiers et une commode en bois clair. Du côté où je me tenais, plusieurs *ring lights*, deux grands écrans sur le bureau et une caméra sur un trépied. Une lumière faiblarde entrait dans la pièce par une lucarne, j'ai appuyé sur l'interrupteur, des taches de couleurs fuchsia, bleues et vertes ont tournoyé, ambiance dancefloor.

Épinglé sur l'écran de l'ordi, un flyer où figurait la musclée. Debout en mode pin-up, elle posait en bas et talons, jambes pliées avec un pied en pointe, épaules et biceps rebondis, les muscles des cuisses découpés eux aussi et des petits seins dans un corset. Devant un œil bleu, fardé de noir et de faux cils, elle joignait l'index et le pouce pour former une lunette, comme pour dire je vous vois m'observer.

Son nom, Jacky Bubbly, apparaissait sous celui du cabaret Rouge Cerise, je me suis souvenu d'une pub identique sur le frigo. Les filles s'y rendaient sans doute quand je les ai croisées, les dates coïncidaient, mais ni Nanine ni Cornes Rouges n'étaient mentionnées.

Dans les tiroirs du bureau, beaucoup de câbles, vieux téléphones, oreillettes, casques et chargeurs, plus loin des placards avec des papiers, médicaux surtout, et encore des vêtements. Pas satisfaisant, rien de croustillant, sans vraiment savoir ce que je cherchais, tout devait se trouver dans les ordis, les photos de ses clients ou les listes de leurs pratiques honteuses, si clients il y avait. De la lingerie m'aurait suffi, j'allais abandonner.

Persuadé de tomber encore sur des fringues, j'ai ouvert un tiroir de la commode, mais stupeur, à deux doigts de refermer et me sauver en courant. Mon cœur battait à fond dans la gorge, mais un autre instinct s'est accroché, ma respiration a repris, que l'audace soit avec moi.

Fallait que je me calme, quelques pas vers le rideau perlé pour écouter, m'assurer à nouveau que personne n'arrivait, aucun bruit, j'ai retiré le chapeau et les gants pour me préparer. La lumière colorée tournait encore, caressait les objets du tiroir, je me suis approché avec prudence, comme si je craignais qu'ils se jettent sur moi.

Une collection dingue de sextoys s'alignait sur un lit d'essuie-tout, godes de toutes les tailles, du petit blanc à l'aspect médical jusqu'à un rose démesuré, impossible d'imaginer une grandeur pareille, des silicones ovales avec un trou, des œufs, des boules reliées par une chaîne et des objets en forme de gouttes. Dans le tiroir du dessous, des harnais, un fouet, des baguettes en bois, des cordes et des menottes. Encore au-dessous, la lingerie, enfin

L'effet, du jamais ressenti, une vraie érection, un truc solide qui semblait permanent. En retirant mon tee-shirt trop vite, le boa s'est emmêlé dans les manches retournées. Et pourquoi enlever le haut quand ça se passe en bas ? Ça doit me plaire, d'ailleurs j'ai frissonné au contact d'une plume sur mon torse nu.

Une sensation similaire m'est revenue.

Je devais avoir onze ans, on dormait chez une de mes grands-tantes, j'avais été casé dans un coin du grenier où toutes ses affaires de jeune fille s'entassaient, des tas de photos, des papiers jaunis et une collection de bouteilles de parfum vides. Sous la couette, l'armoire normande en face de moi m'intriguait, imposante, mais inerte, son bois qui craquait semblait m'appeler à l'aide. Le froid s'était engouffré par les chevilles lorsque j'étais sorti du lit pour l'ouvrir, les gonds avaient grincé tellement fort, j'avais suspendu mon geste pour tendre l'oreille, mais personne n'avait réagi. Je l'avais pris comme une autorisation.

Les objets se séparaient par catégories, d'un côté les bigoudis épingles barrettes et brosses, de l'autre les mascaras fards à paupières, gloss contours des lèvres, anticernes et fonds de teint blush, ou le nécessaire à ongles, dans des boîtes décorées. Les soutiens-gorge pliés, idem pour les différentes culottes, les collants et des bas, les chaussettes m'intéressaient moins. Des sachets de lavande depuis longtemps passée. Les culottes en soie, je les ai dépliées, m'en suis caressé les bras, j'ai cherché l'envers de l'endroit des bas, le haut du bas du porte-jarretelles, les ai pressés sous mon nez pour m'en imprégner, mais ça sentait juste la poussière et le vieux bois.

Une voix me disait d'un ton chaud : Qu'est-ce que ça peut faire ? Personne en saura rien, amuse-toi. Et une autre accusait : C'est pas à toi, arrête, toute la famille va t'engueuler, quelle idée de fouiller dans les affaires d'une vieille, vraiment tu veux t'habiller en femme ?

Le soutien-gorge sur ma peau, la culotte remontée sur mon pantalon de pyjama. Quelques bigoudis, du gloss sur mes lèvres, le brun nacré sur les pommettes, du noir sous l'œil et du bleu au-dessus.

C'était tout mal mis, mais mon allure d'épouvantail ne m'empêchait pas de prendre des poses, avec un tampon en guise de cigarette, pour discuter des aspects essentiels de mon costume avec le metteur en scène. Je jouais la timide, l'épaule se dénudait lorsque ma main se levait pour cacher un sourire, tête de côté, mais soudain quel numéro, je riais à gorge déployée, sans un bruit pour ne pas réveiller les dormeurs. Puis l'envie de me blottir dans ses bras langoureux, je l'aimais tellement, mais d'un seul coup le retournement de situation, cette personne n'avait plus aucun respect pour moi, elle m'humiliait, j'avais cédé par amour, mais terminé, inacceptable cette violence, il fallait s'y opposer, comment j'avais pu manquer de dignité à ce point-là. Alors, la colère montait, je donnais des coups de poing dans un oreiller, avant de plonger sur le matelas avec des hoquets de chagrin.

Toute ma famille dormait sans se douter, ça aussi c'était bon, l'exclusivité de la nuit, être intégré à sa sensualité et ses démons, je vivais pendant que les autres mouraient dans leur sommeil.

Les curiosités et les inquiétudes ont rejailli quand, le front posé sur la commode, j'ai contemplé et effleuré les trésors de Nanine dans le dénivelé de tiroirs. J'ai ouvert ma braguette sans précipitation, l'élastique du caleçon mi-cuisse, comme la ceinture du jean. Quelques soutiens-gorge enroulés sur mes bras, jusqu'à l'épaule, ce harnais pourquoi pas l'entortiller autour de mes couilles et le satin d'un shorty sur le prépuce.

Un frisson a tremblé vers l'anus, précisément devant, puis il est remonté sur le pourtour, le coccyx et la colonne vertébrale, jusqu'au crâne. Premier râle, puis j'ai descendu ma main, quelques va-et-vient rapides à la base, l'électricité était déjà là, trop rapide, j'ai tout figé. Je me suis repris, plusieurs respirations pour contrôler, sinon ça serait plié en quelques secondes, de lents allers et retours, sur toute la longueur.

Sans que je la convoque, une image de Nanine a surgi, nette et crue, ses fesses dans une minuscule culotte à pois roses que j'ai imaginé saisir et caler dans la raie, ma queue raide qui frappait les globes, rebondissait, les chairs qui gigotaient. Mon gland s'est frayé un passage dans l'encoche, la pression de chaque côté, puis un glissement vers l'anus, sa palpitation contre la mienne. Des bras m'ont entouré par-derrière, Constance s'invitait dans mon scénario, son ventre collé à mon dos, ses seins contre mon épaule, ses doigts encerclant ma bite pour la guider.

Elle l'a glissée dans les fesses de Nanine vers les grandes lèvres, pause sur l'entrée où j'ai quasiment ressenti la chaude humidité sur mon bout, entre l'envie de pipi et celle d'éjaculer. Alors les petites lèvres ont avancé sur les anneaux de ma queue, avec à sa base l'accélération de la main de Constance qui coulissait.

Heureusement, j'ai eu le réflexe de choper un essuie-tout avant que ça gicle.

Dans mes chiottes ou sous la douche, je dois faire vite, mais là j'en ai profité pour m'étaler sur la moquette épaisse. Un spasme a traversé mes lombaires, l'engourdissement dans les membres, un nuage dans la tête et la poitrine apaisée. Sous ma main, l'érection s'est repliée, palier par palier, le prépuce en chiffon qui file comme de l'eau dans la paume.

Je me suis vite relevé avant de m'endormir.

En fouillant, j'avais repéré une caisse pleine d'essuie-tout, ça m'a servi pour remplacer ce que j'avais utilisé. J'ai rangé les godes dans leur alignement, compliqué de remettre la lingerie en ordre, je m'étais lâché, mais patiemment, j'ai réussi. Enfin, je crois.

J'ai bien observé pour éliminer toute trace, ça semblait en ordre, je suis sorti du boudoir en marche arrière, avec le passage par le rideau violet entre la magie et la réalité.

Les mules, les gants, le boa et le chapeau ont repris leur place. J'ai fini le Coca, écrasé la canette pour la glisser dans ma poche arrière de jean avec l'essuie-tout souillé, aucun indice laissé derrière moi. Carré. Le secouage de ma bite et de mes sens devenu invisible, alors que je l'implantais dans une case mémoire, je pouvais me féliciter.

Moi et moi seul avais gagné ce moment. D'accord, une succession d'événements m'avait aidé, la livraison du beurre juste quand elles partaient, la naïveté de Nanine qui me confiait ses clés, mais exploiter les opportunités, oser s'aventurer dans la chambre, trahir, fouiner et s'agenouiller devant cette commode, fallait de l'audace et de l'initiative. J'avais trop géré.

Sur le palier, j'ai tâté mes poches, portable oreillettes, pass, tout bon, quand, pile à l'instant où la porte a claqué, putain, les clés. Entre l'euphorie d'avoir bravé l'interdit, la crainte d'avoir laissé des traces et le trouble après le plaisir, j'en avais oublié le trousseau de Nanine dans la cuisine. Quel abruti.

Pourtant c'était parfait, le petit crime qui ne nuit à personne tout en me faisant tellement de bien, la juste dose de transgression. Toute ma vie j'aurais pu me répéter l'anecdote, un de mes succès, ben voilà, essaie encore. Avec un revers de culpabilité, quelque chose de l'ordre du péché, du boomerang ou du karma, puni de m'être masturbé. La panique, à me traiter de con en boucle, pas de solution, tout me semblait gâché.

Mais j'ai respiré et réfléchi, du calme et du factuel, le trousseau laissé à l'intérieur n'allait pas révéler mes mauvaises actions, d'accord ça impliquait des emmerdes, mais aucun indice, encore moins de preuves. Sans nouvelle gaffe, personne saura, juste le problème des clés à régler.

Ou je m'en occupais pas. Jouer les innocents jusqu'au lendemain, pourquoi pas ? Ignorer l'étourderie, Nanine se débrouillerait en rentrant, se coucherait sur le paillasson ou rejoindrait un ami. Bien sûr, elle m'en voudrait. Jusqu'à venir frapper chez moi au milieu de la nuit ?

Je devais assumer, éviter de l'informer retardait la sale discussion de quelques heures, merde, j'ai dû l'appeler. Messagerie.

En descendant l'escalier, je me suis souvenu de Bella, alors là, c'était complètement sorti de mon cerveau attaqué par mon vice et la galère.

J'ai sonné chez Courvoisier, il m'a ouvert avec son besoin habituel de me retenir, mais sans lui laisser le temps de tortiller, pas le moment, je lui ai arraché la laisse des mains pour filer.

Chaque fois que j'entre dans le parc, ça me le fait, mon rythme personnel reste dans la rue, au pied du grand portail. J'ai ralenti. On ne voyait plus le soleil, mais il rosissait la fin de journée. La puissance des arbres m'est tombée dessus, le vent a sifflé dans les branches, toutes ses poussées dans les troncs, sûrement qu'une écorce gémissait, des fourmis grimpaient, des vers de terre mêlés sous nos pieds et des nids au-dessus, ça grouillait.

Bella trop contente, avançait avec enthousiasme, animée par je ne sais quoi dès qu'elle se retrouve sur l'herbe, le retour à la nature je suppose, aussi cette détermination à fouiller sous un vulgaire caillou, ça semblait tellement important, puis une odeur, elle s'est redressée et précipitée ailleurs. Y a compète entre nous deux, qui est le plus abruti ? elle, à se réjouir d'un rien, ou moi, qui complique tout en cherchant à stimuler mes orgasmes dans les affaires des autres.

Quand je lui ai ramené sa chienne, Courvoisier a voulu savoir comment ça allait avec ma copine, sa question m'a surpris, direct je me suis mis en position de défense.

Quoi, ma copine ?

Ben, t'en parles pas beaucoup en ce moment. C'est fini entre vous ? Ça lui a pas plu pour madame Ouerimini ?

Deux secondes ont été nécessaires pour me rappeler que la dame en question, c'était Nanine. Une fois le lien effectué, pareil, ça n'a duré qu'un instant, j'ai cru qu'il devinait ce qui venait de se passer chez elle. J'ai secoué la tête :

Vous avez dit quoi ?

Il m'a reproché mes cachotteries, les informations circulent vite dans l'immeuble, il savait que je faisais des courses pour elle. Il m'a dit avec un clin d'œil :

T'aurais pu me le dire. Ta petite amie, elle est jalouse, hein ?

Tout devenait confus, entre ce que j'avais vécu chez Nanine et le problème des clés, voilà qu'il me rajoutait Constance.

Jalouse ? Mais pourquoi ?

Quand même, tout le monde sait ce qu'elle fabrique là-haut, Mme Ouerimini, il a insinué. T'as dû en voir, des trucs.

Mais non, j'ai rien vu.

J'avais surtout pas vu des tas godes alignés dans un tiroir. Après ma séance devant la commode de Nanine, je commençais à me faire une idée de ses occupations, la brochette de sextoys et le matériel vidéo, elle était vraisemblablement camgirl. Je devais rester digne, nier et surtout partir. Mais il me donnait pas mon argent et il a continué :

Y encore eu des histoires vendredi dernier. Les flics sont venus. Elle va finir par avoir des ennuis. T'as raison de rien dire à ta copine, une jeune fille doit pas se retrouver mêlée à ça.

C'était pas clair, sans doute qu'il tenait à protéger l'intégrité d'une jeune fille, l'innocence en blanc selon lui, opposée à la décadente Nanine. Que répondre ? Ç'aurait été bien de rétablir la vérité, s'opposer à ces clichés, mais je m'y suis mal pris.

Mais enfin, je cache rien à Constance.

Tu lui as raconté, alors ?

Voilà, il avait à nouveau réussi à me faire douter, avec l'impression d'être pris l'index dans une narine.

Non, je lui ai pas dit, mais c'est juste parce que j'ai pas eu l'occasion.

Il s'est marré en secouant la tête. Hors de question que je continue à divertir ce vieux, je lui ai arraché mon billet des mains et je suis parti.

Dans l'escalier, j'ai réessayé d'appeler Nanine, elle ne répondait toujours pas aux messages, même pas lus, appli pas consultée depuis des heures. J'allais abandonner quand le flyer m'est revenu. Je me suis souvenu que le cabaret portait un nom avec des cerises. Le prénom de la strip-teaseuse, Jacky, ça je m'en rappelais, parce que mon grand-oncle s'appelle pareil, mais dans un genre totalement opposé, avec sa moustache, son cigarillo et sa chemise tendue sur son gros bide. J'ai googlé deux trois mots pour retrouver le cabaret, ç'a été vite réglé, Rouge Cerise, vingt minutes de transport.

J'aime bien les dimanches, moins tendus que les jours de semaine, avec le gâteau que mon père prépare au goûter, on discute tranquille, sans crise.

Chiller au lit, les réseaux, quelques croquis et mon journal, ça m'arrive de bosser sur un truc en retard, mais en principe j'ai tout terminé, puis le film.

Ce soir, c'était au tour de mon père de choisir, au moins j'allais échapper à sa cinémathèque, Truffaut, biopic d'Anne Frank ou *Potemkine*, ma mère penche plutôt vers les rom com, ma sœur bloque sur les films d'horreur et moi j'aime tout, archi facile à vivre. Bref, je serais bien resté au chaud, mais fallait que je trouve un mensonge et que j'annonce mon absence.

À dix-sept ans, quelle idée de se justifier ? J'aurais dû leur balancer mon obligation de me rendre dans un club de cul, juste pour prévenir la pute du dernier étage que, troublé par une masturbation de ouf devant ses godes, j'avais laissé ses clés à l'intérieur. Effet assuré. Bizarrement, j'ai opté pour la version pas du tout honnête, l'alibi Liang ne fonctionnait pas, soir de fermeture du restaurant de ses parents, alors j'ai annoncé que je sortais voir Constance.

Un dimanche soir ? a tiqué ma mère, relevant le sans-gêne dominical. Et papa m'a interrogé sur ce que j'allais manger, lui s'inquiète plutôt de mon apport quotidien en calories. Quant à ma sœur, elle a ironisé :

Mais, *Le Pont de la rivière Kwaï* ! Tu refuses de te cultiver ?

J'ai précisé que Constance ne se sentait pas bien, ses parents étaient sortis, j'allais lui tenir compagnie. Mon père et ma mère se demandent, comme tout le monde, pourquoi elle a pioché dans une zone inférieure à sa sphère. Ils m'aiment beaucoup, hein, mais se sentent redevables envers elle, comme si j'avais un boulot bien payé sans la qualification requise, fiers mais redoutant que la supercherie éclate au grand jour. Alors bien joué la carte du chevalier qui va la réconforter.

Pour passer à autre chose, j'ai même sorti un atout supplémentaire, l'annonce officielle d'une invitation à dîner chez les parents de Constance. Maman a retiré ses lunettes, papa suspendu son couteau et ma sœur, avec son Wesh ! a résumé le choc général. Je les ai laissés avec leur bouche bée et leurs questions en suspens, dans ma tête un rire machiavélique. Et la liberté.

J'imaginais une enseigne lumineuse et clignotante, des grandes affiches avec des filles dénudées, mais la plaque indiquant le nom du cabaret était discrète. La porte donnait sur un espace restreint, une sorte de palier avant la descente d'un escalier. Un vigile attendait les clients assis sur un tabouret de bar, visage plat, deux millimètres de cheveux, boudiné dans un trois-quarts en cuir, le chewing-gum de rigueur, il manquait juste le rottweiler.

C'est pour Jacky Bubbly, j'ai marmonné.

Il a répondu Bonjour d'une voix froide, j'ai bafouillé Bonjour à mon tour. Il m'a interrompu d'une main levée, efficace bien sûr : Pièce d'identité. Comme c'était drôle, il voulait connaître mon âge, j'avais pas pensé à ça.

J'ai dix-huit ans, dix-huit. Souvent on me trouve plus jeune parce que je suis pas épais, mais j'ai dix-huit ans.

J'avais répété trois fois l'âge que j'ai pas, avec différentes intonations, sûrement pour me convaincre moi-même, en revanche lui, il savait mieux que moi, vu que c'est son métier de reconnaître les menteurs à leurs justifications inutiles.

Pièce d'identité, il a insisté.

Voilà le bon comportement, direct, alors que je suis long et mou, avec une scoliose qui guette et des bras que je sais jamais où fourrer. Concis, je connais pas non plus, toujours à digresser, à craindre de déranger, annoncer oui, mais possible que ce soit non, comme si deux personnes en moi parlaient. J'ai tenté une explication :

Alors, je l'ai pas prise. Parce que vous voyez, y a urgence. Vous connaissez Nanine, la copine de Jacky ? J'avais son beurre pour le ranger dans le frigo, mais j'ai oublié les clés. Et je me suis enfermé dehors. Je suis pas très clair. Mais j'arrive pas à la joindre.

À nouveau sa main levée pour que je la ferme.

Ton nom ?

Léo, le voisin.

Il a décroché un combiné du mur pour demander Nanine. Ça a duré une éternité dans l'espace-temps de la gêne, j'ai sorti mon téléphone pour me donner une contenance.

Oui, y a Léo Levoisin qu'est là pour toi… Je peux pas l'autoriser à rentrer, il est mineur. D'accord, ton plâtre, mais mon job ? Rhô, ça va, ça va.

Il m'a fait signe de passer. Pourquoi ma confiance en moi s'effondre face à ceux qui sont tellement sûrs d'eux ?

Je peux y aller ?

Il a cligné des yeux, soit pour ne plus me voir, soit pour dire oui, mais fatigué de moi dans l'ensemble. Je me suis faufilé et j'ai descendu l'escalier.

Des branches d'où pendaient des cerises, fausses bien sûr, décoraient la voûte en pierres apparentes. Des sons de basses et une brume pourpre se sont élevés vers moi au fur et à mesure de ma descente, la cadence de la musique a remplacé les battements de mon cœur.

Dans la salle qui s'ouvrait en bas des marches, tout se déclinait en monochrome, comme si un groupe de metal beaucoup trop fort et beaucoup trop rageux envoyait du rouge. Seul un spot diffusait du bleu quelque part à gauche vers le comptoir. Au fond, une inscription Rouge Cerise au néon en rajoutait dans l'ambiance saturée, j'ai plissé les yeux pour adapter ma vision, éliminer temporairement les autres couleurs de ma vie.

Ambiance molle, pas beaucoup de clients, un tiers de la salle remplie, ils sirotaient leur boisson, deux filles seulement ondulaient autour des pole dance sur des tables rondes et lumineuses. Les banquettes basses et bombées accentuaient la nonchalance.

Soudain la musique a changé, un rythme saccadé, tout content de reconnaître le morceau, j'ai chanté dans ma tête avec Charli XCX *You wanna guess the colour of my underwear.* Cornes Rouges est apparue, en compagnie d'une fille en pyjama qui s'est agenouillée à ses pieds. Avec les dents elle a ouvert la fermeture éclair de sa longue robe, à partir du bas, dévoilant ses jambes, une culotte large en cuir et un corset-jarretelle.

J'ai pas compris la passivité des spectateurs, ç'aurait été bien de siffler et d'applaudir cette manière innovante de dénuder petit à petit le corps de Cornes Rouges, enfin moi je trouvais ça nouveau. Elle dirigeait la fille en pyjama, lui indiquait la manière de retirer ses vêtements et de s'enrouler sur le pole dance, puis elles ont dansé à deux, accrochées à la barre, leurs jambes virevoltaient en ciseaux, des mouvements qui se coordonnaient sans s'emmêler. Charli XCX continuait *Try it, bite it, lick it, spit it.* C'était tellement entraînant, mais les clients paraissaient blasés, moi j'étais soufflé, d'autant qu'elles ont commencé à se frotter et se lécher.

Quand Nanine m'a tiré par la manche, au point culminant du spectacle, quelle idée, je me suis retenu de râler. Elle m'a précédé jusqu'à un rideau de velours qui cachait une porte, passer de l'éclairage tamisé à des lampes normales m'a foutu le vertige, j'ai fermé les yeux. Les parfums de Nanine, sa lessive surtout, en ont rajouté dans l'étourdissement, des odeurs qui sont venues gratter les sensations que j'avais éprouvées devant la commode. Sa voix m'a ramené dans l'instant.

Il se passe quoi ? Kesse tu fais là ?

Ma tête tournait, l'étroitesse du sas m'oppressait, j'aurais pu tomber dans les pommes et me cogner contre un mur. J'osais pas révéler ma connerie à Nanine, pourquoi pas des préambules ? Que je développe les circonstances atténuantes et qu'elle me plaigne avant d'aborder le sujet qui fâche, mais vraiment, je me sentais pas bien.

J'ai laissé tes clés à l'intérieur.

Elle a stoppé, ça a dû lui mettre un coup dans l'estomac, sa respiration s'est suspendue, puis tout a lâché, son énergie, un soupir et même sa tête vers l'avant.

Merde, elle a lancé, avant de filer dans un couloir étroit, très court, puis un autre à angle droit, encore un ou deux tournants, elle a disparu un instant dans le labyrinthe, quelques marches et on a atterri dans la loge.

Il régnait un bazar pas possible là-dedans. Tout semblait bricolé, rien de droit ou de stable, la débrouille. Des vêtements traînaient, des valises et des cartons improvisés en table de maquillage. Des filles assises, d'autres debout, lissant un collant ou une jupette, les yeux plissés vers leur reflet dans la glace pour ajouter du blush, quelques-unes s'aidant à fixer une boucle d'oreille ou à fermer un bouton sur la nuque.

Derrière moi, Cornes Rouges et sa copine ont forcé le passage, je me suis aplati sur le côté.

La plupart des autres, désormais debout, perfectionnaient un dernier trait d'eyeliner, calaient un bracelet sur le biceps, donnaient un coup de laque dans les coiffures, pinçaient les lèvres pour étaler le gloss avant de filer en salle. À nouveau, je me suis plaqué au mur pour les laisser passer, elles m'ont frôlé, l'une couverte de résilles jaune fluo qui habillaient pas grand-chose, là le tatouage d'un pistolet sur une fesse, plus loin un accoutrement de lapin, des rollers, puis elles sont passées trop vite, je saurais même pas dire combien ont défilé.

Ça va, le livreur de beurre ? Tu veux de l'aide ?

Entourée des quinze bulbes lumineux du miroir de sa coiffeuse, Jacky me scrutait dans le reflet de son cadre. Ses yeux affinés par l'eyeliner, les faux cils démesurés, elle voyait tout avec son regard effilé, à l'affût, rien lui échappait. Un trait s'étirait sur l'arête du nez, bordé de dégradés plus foncés, de la même manière les reliefs bombés de l'arcade sourcilière, des pommettes ou des mâchoires étaient éclaircis et soulignés par des fards plus sombres.

Laisse-le, s'est marrée Nanine. Mais elle a repris un air grave pour lui raconter le coup des clés.

Ben j'y pense, comment tu m'as retrouvée ? elle a questionné.

C'est le flyer avec Jacky sur ton frigo, je m'en suis souvenu, quelques recherches et puis, tadam, me voilà. J'ai pas que du yaourt derrière les sourcils.

J'ai utilisé cette expression de ma sœur pour les attendrir, fallait se méfier de la perspicacité de Jacky, Nanine était plus naïve, mais je sentais bien qu'elle était prudente.

Viens ici, elle a dit. Monte là-haut pour choper le réseau. Je peux pas avec ma jambe.

Elle m'a désigné un tabouret, puis des sacs empilés qui s'élevaient en un monticule jusqu'à un soupirail. Le seul endroit avec la 4G, la patronne refusait d'installer le wifi pour éviter que les filles passent leur temps sur les écrans, pareil pour les clients, scroller ne pousse pas à la consommation. J'ai laissé un vocal à l'homme de ménage de Nanine pour récupérer son double des clés, mais il était pas en ligne.

La galère s'il répond pas, s'est inquiétée Nanine. Déjà neuf heures.

Tu viendras chez moi, a proposé Jacky.

Mais j'ai plein de rendez-vous demain matin. Déjà que je gagne rien avec ce plâtre.

Je lui ai présenté mes excuses. Elle a répondu C'est pas grave, avec un sourire gentil, pour de vrai. Si j'avais été à sa place, l'engueulade que j'aurais infligée à ce petit con, c'est-à-dire moi. Je me suis senti minable, tellement idiot à l'empêcher de rentrer chez elle, traître aussi.

Une vague de sensibilité m'a submergé, j'avais chaud, ça m'a incommodé, des palpitations tapaient dans mon thorax, j'ai toussé. L'hypoglycémie. Personne s'occupait de moi, j'ai sorti mon journal, rien d'autre à faire que patienter. J'ai énuméré ma journée, sous forme de notes pour les reprendre plus tard, mais j'ai vite refermé en soupirant. Je me sentais vraiment pas bien, hypersensible, en mode vibreur, quelques tremblements de plus et j'aurais pu pleurer. Sans compter l'instabilité de ma position, perché là-haut sur des sacs pas confortables, mon vertige risquait pas de s'améliorer. Aussi, cette expérience exceptionnelle de se retrouver dans les vestiaires d'un strip club, beaucoup d'émotions pour un puceau, ça devait avoir un impact.

Le plus discrètement possible, j'ai demandé à Nanine si y avait pas à grignoter, malheureusement Jacky m'a entendu.

Mais lui alors, elle s'est indignée. Il fait des conneries et il réclame. Tu veux pas une pipe aussi ?

Va savoir si ç'aurait pu améliorer mon état, est-ce qu'une pipe a les mêmes effets qu'un morceau de sucre ?

Après le fond de teint, le fard plus clair autour de la bouche, le fixateur, le crayon carmin sur le contour, dégradé vers l'intérieur, le rouge à lèvres, un nombre incroyable de couches, Jacky mettait encore une texture translucide qui rendait les lèvres mouillées.

Et c'est là que j'ai compris, sans savoir d'où ça venait, Jacky n'était pas une femme, pas de naissance en tout cas, il cherchait pas à changer de genre non plus, je crois pas, en tout cas il exhibait fièrement son corps d'homme dans des costumes féminins. Je me suis senti idiot de pas l'avoir remarqué tout de suite, sûr que ma petite sœur aurait capté avant moi, en même temps il cherchait à brouiller les pistes, c'était l'idée de pas se situer.

La notification de l'homme de ménage est enfin tombée. J'avais plus qu'à y aller. Nanine m'a trouvé des chips et un Coca pour la route. Elle a tenu à ce que je repasse au cabaret pour lui remettre le double en main propre. Si elle savait. Aucun problème, je reviens me balader au milieu des femmes nues aussi souvent qu'elle veut.

En haut, j'ai prévenu le vigile que j'allais repasser, il a cligné des yeux pour dire d'accord, peu importe qu'il veuille pas communiquer avec moi. Tout me convenait.

Même le trajet, dix minutes de marche, douze stations, un changement, encore six arrêts, un tramway, plus une deuxième trotte à pied, pas de problème. La main glissant sur le métal poisseux de la barre, quelqu'un partageant sa conversation en haut-parleur, la mauvaise sueur et le sol qui collait, ça m'allait.

En banlieue, j'ai avancé sous une bruine qui vaporisait mon visage et postillonnait dans la lumière des réverbères, ambiance humide et glauque, seulement des matériaux et des engins entouraient des immeubles en construction, mais l'air semblait renouvelé, ça sentait bon, impossible de comprendre d'où ça venait. Faut dire que les chips avaient soulagé mon hypoglycémie.

L'homme de ménage m'a remis le trousseau.

Trajet retour, comme toujours avec un carnet et un stylo en main, à me laisser porter, immobile alors que sous le châssis, les rails filent à toute vitesse, les dessins débordent de la page, ces lignes parallèles qui croisent le va-et-vient perpendiculaire des montées et descentes des voyageurs, un cortège de figures, le mouvement qui laisse la place au suivant. Ou alors je me rapproche des gestes minuscules, une mâchoire contrariée, des sourcils sévères, les pustules d'un nez d'alcoolique, des paupières lourdes, une peau de maçon blanchie par un ponçage ou la cicatrice de ce genou opéré.

Je griffonnais, mais ça m'empêchait pas de prévoir une discussion avec Liang, histoire de placer ma soirée au strip club. Lui et son porno, je le rattrapais, d'accord je touchais toujours pas et personne me touchait, mais en une seule soirée je venais de péter mon score de femmes nues. Et je lui décrirais l'ambiance, l'aisance malgré leur nudité, pourquoi pas inventer ? comment j'en avais aidé une à démêler ses bas, une autre à attacher un corset ou à maquiller une poitrine. Elles me réservaient des secrets, même à lui je ne les révélerais pas, des élixirs et des conseils, transmis de strip-teaseuse en strip-teaseuse depuis des générations, pour amplifier le plaisir et offrir des orgasmes à répétition à ses partenaires. Bon d'accord, s'il m'obéissait et me vénérait, je lui en livrerais quelques-uns.

Au lycée, avec les filles, je pourrais me vanter d'une manière plus subtile, présenter les strip-teaseuses en tant que communauté. Mon objectif, entièrement désintéressé, se concentrerait sur le développement d'un syndicat, communiquer leurs revendications professionnelles, leur métier est si dangereux et si mal considéré, je les sauverais. Ainsi, je deviendrais un héros, protecteur national des effeuilleuses de France, des collab avec des influenceurs seraient organisées, la presse me consacrerait un portrait dans sa galerie de citoyens engagés et j'obtiendrais des distinctions pour service rendu à l'État, la consécration.

Hochement de tête au vigile et descente dans le rouge.

Les filles sont arrivées dans la salle par le rideau qui cache les coulisses, à la queue leu leu, ça défilait. Elles se sont réparties dans les différents coins de la boîte pour grimper sur les tables lumineuses. J'avais repéré la tatouée, celle avec les résilles, le lapin et la fille aux rollers, s'y ajoutaient la soubrette et l'infirmière. Certaines, langoureuses dans leurs déhanchés, presque fainéantes, dégageaient un magnétisme, tandis que celles qui attrapaient le pole dance avec vigueur pour virevolter, intimidaient par leur énergie. La plupart des mecs se figeaient contre leur dossier, sans savoir où mettre leurs mains, pas touche, mais on voyait de la voracité dans leur regard.

Tellement de contrastes ressortaient, elles quasiment nues alors que nous étions habillés, femmes face à un public essentiellement masculin, offrant un spectacle à ceux qui le recevaient, à onduler face à l'immobilité, elles pouvaient les toucher, mais ils n'avaient accès qu'à leur verre. Si proches sans être ensemble, séparés par une vitre invisible, deux espèces qui se défiaient sans beaucoup de réjouissances.

Installé sur un fauteuil, au calme, personne se préoccupait de moi et j'aurais pu rester des heures, mais y avait les clés.

Dès le passage de la porte dérobée, j'ai entendu les cris, ça a continué pendant l'enfilade de petits couloirs, puis arrivé dans les loges, j'ai vu la furie. En rage, visage parme, paroles déchaînées, Nanine agressait une femme vêtue d'un costume rose Barbie dont le regard pas franc ne tenait pas en place. Il était question de promesses non tenues, d'un pacte trahi, pendant six mois Nanine devait donner deux représentations par semaine, mais finalement ça marchait pas.

Tu avais juré ! Ju-ré ! Franchement, c'est quoi six mois ?

Mais enfin, regarde, regarde autour de toi, tu vois pas comment tout le monde galère dans le commerce ? a répondu Rose Barbie. On se fait taxer de partout. Comment veux-tu que je fasse avec l'inflation et tous les problèmes. Faut tous qu'on s'y mette aux sacrifices. J'y peux rien. C'est le contexte qui m'oblige.

Mais tu te caches derrière quoi ? Y a que moi que tu laisses tomber ! Comment on peut mentir à ce point ? Pourquoi les autres elles ont pas le contexte dans la gueule ?

Nanine hurlait, tête en avant comme si elle voulait la mordre, les coudes remontés vers l'arrière. Jacky, les bras pliés sur les pans de son kimono japonais, se tenait prêt à intervenir. La Rose Barbie s'est défendue que le plâtre arrangeait rien, mais Nanine, ça l'a pas calmée, au contraire.

Dis la vérité. Le blème, c'est pas le plâtre ou le reste, dis-le, dis-le que tu me trouves vieille.

Bah, c'est pas faux qu'on peut pas exercer éternellement ce métier. C'est déjà bien que tu continues de venir pour le service, non ?

Je devrais être contente en plus ? Pis tu veux que j'arrête de vieillir ? Que j'aille chez le tatoueur ? Et que je me fasse refaire le cul ? Nanine a étiré son legging au niveau des hanches pour mimer un lifting. Arrête tes conneries et assume, tu penses qu'à l'argent. Heureusement que ta mère est morte pour pas voir ça !

Jacky a levé un sourcil admiratif. Le menton de Rose Barbie a frémi. Nanine a attrapé ses affaires et ses béquilles pour foncer vers la sortie, m'a remarqué et m'a lancé : On y va.

En haut, elle a pas dit un mot au vigile, pas un regard ni un signe, je lui ai souri pour excuser sa colère.

Dehors, l'averse ne l'a pas empêchée de cavaler avec ses béquilles, d'après ses efforts ça semblait pas facile, heureusement le Uber est vite arrivé.

Elle a séché son visage et ses cheveux avec son foulard, puis me l'a tendu, mais moi ça allait. Elle a grimacé.

Je l'ai pas loupée. Sa mère, c'était son Dieu, je pouvais pas trouver mieux pour la défoncer. J'ai vraiment pas été sympa.

Sa bouche tordue, des tas de sillons l'encerclaient, comme les rides autour des yeux. Son maquillage coulait en traces grisâtres le long de ses cernes. Sa frange mouillée se divisait en pics qui pointaient devant son regard. Son chagrin déferlait :

Ça passe tellement vite. J'ai rien vu venir. Les enfants, quand j'ai compris que j'en aurais pas, c'était tellement dur, j'ai cru que j'allais pas m'en remettre. Ça va mieux. Mais si maintenant je dois gérer la retraite, à quarante-cinq balais, ça fait tôt. Avec le cabaret qui s'arrête, il me restera qu'OnlyFans, j'ai plus qu'à m'acheter une corde.

Ses mains gesticulaient dans tous les sens, je les ai stoppées dans les miennes. En revanche, ses pleurs qui continuaient, j'avais pas d'idée pour les gérer. Le chauffeur semblait dans son monde, mais il a tendu une boîte de mouchoirs, elle en a arraché un. Elle s'est mouchée bruyamment, ses bracelets ont tinté, son Kleenex noirci de mascara, j'allais pas lui dire qu'il lui en restait sur les joues.

Mais j'ai repris le dessus. Va savoir pourquoi son aspect ravagé me touchait, sans doute le patriarcat, encore lui, j'avais une envie folle de dégager ses cheveux, sécher ses larmes, la serrer contre moi, lui prouver par des tendresses qu'il reste de l'espoir, lui murmurer que ça s'arrangerait, la protéger. Dix-sept ans, pas très épais et sans grandes connaissances, face à une femme forte d'une trentaine d'années d'expérience, je me sentais légitime dans le réconfort. Sûrement des siècles de lignées mâles qui m'ont transmis cette aisance.

Je l'ai attirée dans mon cou, elle a glissé sa paume sous la mienne pour l'attraper, avec ses grands ongles, impossible de la prendre par le dessus. Son quotidien doit être fait de tas d'astuces de ce genre, comme pour retirer sa carte bleue du distributeur, ouvrir une canette de soda ou pousser un bouton d'interphone. Elle est restée posée sur moi un moment, mon cou s'est un peu mouillé de ses pleurs silencieux, puis elle s'est redressée.

Ah, ça suffit, j'en peux plus de parler de ça, raconte-moi quelque chose. Comment ça se passe au collège ?

Au lycée, j'ai rectifié, au lycée ça va.

Un blanc. Les silences dans les conversations doivent me déranger, parce que je me suis senti obligé de dire quelque chose, j'ai balancé ce qui m'obsède.

Y a le problème des Italiens.

Elle a d'abord cru que des Italiens me harcelaient, mais je lui ai expliqué qu'il s'agissait des ex de Constance.

Ta petite amie ?

Oui, si on veut.

T'as une petite amie ou pas ?

Oui, mais c'est compliqué.

Depuis quand le couple c'est simple ? Pourquoi je reste célib à ton avis ?

Avec son rire et les coulures de maquillage, elle me faisait le coup du soleil et de la pluie qui sortent en même temps, manquait plus que l'arc-en-ciel. J'ai expliqué que Constance avait eu beaucoup d'expériences, tandis que moi, ça se comptait avec deux doigts, je me sentais pas jaloux, mais c'était difficile d'admettre qu'elle en savait plus que moi. J'ai hésité à développer sur ma peur, les fois où j'avais fui, mais Nanine a enchaîné.

Tu veux savoir quoi ?

Si je profitais pas de l'occasion, cette chance d'approfondir le sujet grâce à une travailleuse du sexe, gratuitement en plus, je méritais rien d'autre que le porno à vie aux côtés de Liang.

J'ai besoin de conseils pour le début.

Ah ? Y a pas vraiment de trucs. L'instinct, faut pas trop réfléchir, vise l'instinct. Mais tu la forces pas, d'accord ? Tu la forces pas !

Ça, pas de problème, le consentement, toussa je connais. Le problème c'est moi, ça me dépasse, j'ai l'impression que tout va se compliquer, que je vais foirer. Possible que ce soit de l'angoisse.

Elle a posé un index sur sa lèvre inférieure, plus exactement sur l'ourlet, qu'elle a frôlé. Deux strass qui chevauchaient des lignes sinueuses et parallèles décoraient son ongle. Puis elle a étiré son bras vers ma tête, pour glisser ses doigts sur mon crâne et m'attirer à elle, ses cheveux mouillés sur mon front, une des gouttes de sa frange est tombée sur ma narine. Son autre main posée sur le faux cuir de la voiture tenait encore la mienne.

Nos regards très près, le duvet poudré de ses pommettes en gros plan, la caresse de ses cils sur ma joue et l'odeur de lessive, entêtante, avec sa suite charnelle. J'ai bandé instantanément, faudrait que je trouve la marque et que je m'achète un bidon pour transporter avec moi le parfum d'une excitation immédiate.

Propose à ta copine de se masturber devant toi.

La chaleur de son haleine s'est déposée sur mes lèvres. Elle avait détaché les syllabes, si bas, que les mots s'étaient transformés en son. Sa voix, dès le début elle m'a remuée, mais alors susurrée comme ça, tout a résonné sur mes capteurs jusqu'à ma queue qu'a dû en rebondir.

J'aurais jamais pensé à ça, j'ai répondu.

Elle a ajouté que les Italiens avaient certainement pas eu l'idée non plus. Mais j'avais des doutes, c'était chaud comme proposition, comment je pouvais amener ça ? À nouveau, la pulpe de l'index posée sur le bord de lèvre, sûrement sa manière de réfléchir.

Tu lui expliques que t'aimerais pimenter votre relation.

J'aime pas ce mot pimenter, ça fait, je sais pas, c'est pas moi. Ça va pas.

Ça fait vieux ? T'allais dire vieux ?

Non j'allais dire que ça fait trop professionnel du cul, tu préfères ?

Oui !

Elle a ri et m'a conseillé d'échanger sincèrement avec Constance, sans utiliser le mot pimenter, pas de problème, je devais juste avouer mon ignorance, réclamer une démonstration pour apprendre, ça lui plairait d'être utile.

Et elle acceptera ?

Le secret, c'est de la laisser prendre le contrôle, faut qu'elle ait l'impression de décider. Je connais ça par cœur avec les clients. Et elle doit pas répondre tout de suite, tu lui laisses le temps. Comme ça, elle va s'habituer à l'idée, ça va l'exciter, elle aura envie.

Et si elle sait pas ?

Elle sait, t'inquiète. Et tu la touches pas.

Quoi ? Mais justement, le but c'est de toucher.

Attends la prochaine fois, faut vraiment comprendre l'importance de laisser durer.

Ben durer, je connais déjà, pas de problème. Et si je touche pas, qu'est-ce que je vais faire ?

Tu regardes c'est tout. Mais tu regardes vraiment. Et même si elle te demande de toucher, t'as promis de pas toucher, tu touches pas. Ça doit monter petit à petit. Tu reviendras me voir pour la suite.

J'ai répondu que j'aurais l'air con planté devant elle avec les bras croisés. Valait peut-être mieux que je m'assoie ? Est-ce que je me déshabillais ? Et surtout on ferait ça où ? Comment trouver un appart libre ?

Tu veux pas que je m'en occupe à ta place aussi ? Tu peux pas avoir peur de tout comme ça.

Voilà qu'elle mentionnait la peur elle aussi. Ça se voyait tant que ça ? Bon, motivation à fond, toujours pas de contact de peaux, ça changerait pas grand-chose de ce côté-là, mais j'y croyais.

Première fois que je rentrais seul aussi tard. En chaussettes, j'ai filé dans ma chambre et refermé doucement la porte. Les parents m'ont pas entendu. Mais ma sœur s'est retournée dans son lit.

Non, mais ça va pas ? T'as vu l'heure ?

Chuuuuuut… J'étais aux toilettes.

Tu t'habilles pour aller aux toilettes ? Tu me prends pour un fromage ou quoi ?

Ma sœur et ses expressions laitières. Elle m'avait attendu : Kesse t'as foutu ? Je voulais qu'elle arrête de jouer la daronne, puis faut pas exagérer, il était pas si tard et elle devait vraiment parler moins fort, au moins qu'elle utilise sa voix basse.

Voix basse ? n'importe quoi, je comprends même pas. Et je vais carrément me taire si tu me dis ce que t'as fait.

Certainement pas.

Elle a appelé Maman, j'ai lâché que je préférais quand elle pleurait, elle a haussé le ton, Maaaaaman.

Je te donne 10 euros.

50.

50, t'abuses. Mais bon OK.

T'irais jusqu'à 50 euros ? J'y crois pas. Mais j'en veux pas de ton argent, je veux que tu me racontes.

Elle céderait pas. J'ai résumé que j'avais dû apporter les clés à la voisine du septième dans son cabaret.

La pute ?

Sérieux, Héloïse, à quoi ça sert de jouer au bad guy ? On s'en fout des gros mots, mais franchement, s'exprimer comme des bourrins, on est pas obligés.

Je déteste quand tu m'appelles par mon prénom.

Je me suis mis en pyjama, enfin la possibilité de m'allonger, quelle journée. Mais ma sœur était bien réveillée :

Le strip-tease, c'est du travail du sexe ?

Elle me fatiguait avec ses questions, soupir :

J'ai envie de dormir, là.

Pas facile d'avoir une double vie, hein ? Et Constance, tu lui as dit ?

Non. Et tu le répètes à personne. Tu parles pas de moi du tout en fait.

Oh, t'inquiète. C'est comme une série ta vie, je la regarde, ça me suffit. Allez, dis-moi !

Je lui ai décrit l'ambiance rouge du cabaret, la forme des meubles, les gars au bar, ceux sur les fauteuils. Sa respiration s'est alourdie. J'ai édulcoré les numéros des filles, j'allais pas détailler le twerk et les seins qui tressautent, de toute façon elle dormait déjà.

Et l'oreiller a fini par m'engloutir, ces sommeils tellement lourds, à me confondre avec le matelas, une nuit noire et épaisse.

## 17 novembre

Même si j'étais très motivé par l'idée, fallait trouver le courage de proposer à Constance. J'ai envisagé de communiquer par message, plus facile, mais pas franchement classe, alors je l'ai au moins prévenue qu'on devait discuter. Initiative bizarre, parce qu'elle a dû se demander ce qui se passait, et inutile, parce qu'il aurait suffi d'aller à sa rencontre au lycée, mais bon, le stress.

Je l'ai attendue, pleine heure de pause dans la cour, des groupes serrés, tout le monde figé par le froid. Elle est descendue par les escaliers, là où mon intuition me l'avait suggéré, elle m'a cherché des yeux quelques secondes, ça m'a suffi pour me préparer et me concentrer sur la mission. J'en menais pas large, la respiration par petites bouffées, les jambes engourdies, les yeux élargis, des insectes qui fourmillaient par la nuque et la vision floue sur les côtés, ça doit être les symptômes de l'agonie. Fallait se lancer :

J'ai une proposition, mais on a le temps, te sens pas obligée de répondre tout de suite.

Ah ?

Le sérieux est contagieux, elle a adopté ma position immobile, serrée sur elle-même, les bras croisés, pas de sourire du tout et le visage légèrement baissé.

Tu serais d'accord pour te mastuber devant moi ?

Vite me débarrasser de la proposition, si vite que le *r* de masturber s'est perdu en route. Elle a relevé son regard pour le fixer dans le mien, sourcil arqué, visiblement en train de s'interroger sur le mot déformé, s'il était bien celui qu'elle pensait.

Rhô, masturber. C'est pour apprendre parce que, j'avoue, j'y connais rien.

Un petit hochement de tête, comme si elle s'en doutait, mais je refusais de me vexer, surtout rester humble pour pas tout gâcher.

Et aussi je te toucherai pas, l'idée ce serait que tu me montres, mais je toucherai pas.

Voilà, j'avais tout balancé, fallait la laisser, à elle de décider. Bizarrement, à l'instant où je lui ai tourné le dos, c'est là que je me suis trouvé courageux, un peu, avec des tas d'autres sensations contradictoires, parce que je me sentais lâche aussi, manipulateur et honnête, généreux et égoïste, fier et embarrassé, ça se superposait.

Après seulement quelques pas, elle m'a rattrapé par le bras, sa tête neutre, soit prête à m'engueuler, soit à accepter, se foutre de ma gueule restait aussi une option. Mon sourire de travers, me disant que j'avais déconné, mais elle avait pas besoin de réfléchir : L'idée me plaît. On a ri, un moment à nous, important, comme dans les scènes charnières des films.

Dans la cour, ils devaient nous trouver trop craquants, kawaï, ils avaient forcément pivoté dans notre direction, impossible de louper un événement pareil, sans l'interdiction des téléphones y aurait eu des tas de vidéos dégainées, les flashs en mode balancier comme dans les concerts, une caméra qui tournerait autour de nous et la choriste en fond sonore qui nous célébrerait par sa voix.

# 18 novembre

Le plus difficile, proposer à Constance, j'avais osé. Après, fallait juste gérer, calquer nos emplois du temps, jeudi ça collait, mais sans manger à la cantine. Pour la question du lieu, c'était libre chez moi, elle a été d'accord. Rendez-vous calé.

En ce qui concerne les détails, je me pose la question du vin, les darons ont l'air détendu quand ils en boivent, ça me paraît une bonne idée, mais l'alcool, les chandelles et du jazz sur la platine, c'est le service minimum avec le sexe pour objectif, je veux pas passer pour un dalleux. Je vais plutôt acheter du soda à la place, du saumon fumé, des blinis et pourquoi pas des glaces. Sans chandelles et sans vin, pourrait y avoir au moins de la musique, ce serait équilibré, du saxophone ou du Bach, bof, trop louche, du rap non plus, faut quand même rester dans le mood, mais un Billie Eilish ou un lent Rosalia, ça passe.

Surtout éviter l'imprévu, playlist déjà lancée à son arrivée, prendre sa veste, lui proposer de déjeuner, tout déjà prêt dans la cuisine, puis l'événement tant attendu. Alors là, bien obligé d'improviser, faudra attendre son initiative.

En revanche, je peux prévoir l'endroit où ça se déroulera. Si elle se plaçait sur mon lit surélevé, j'ai testé assis sur une chaise, pas idéal, même ridicule à me tenir droit et la tête étirée pour voir au niveau du matelas. Et je vais pas non plus rester planté debout. Dans le lit de ma sœur, hors de question. Celui de mes parents, trop officiel. Reste le canapé, bon compromis, mon placement dépendra de son orientation. Faudra aussi baisser les volets roulants au moment crucial, elle est pas très pudique, mais ça me semble mieux.

Oui, je me pose beaucoup de questions.

# 20 novembre

Une fois la porte refermée derrière nous, je me suis retrouvé dans le concret, quelque chose s'inscrivait dans une nouvelle ère, quitter ce jeune flottant, devenir un homme qui décide, finie la période des conseils et de la documentation, pas moyen de se raccrocher à quoi que ce soit, fallait y aller seul, responsable et déterminé.

J'ai attrapé sa veste pour la pendre, elle a retiré ses chaussures. Mais quand je l'ai invitée à passer devant moi, mes jambes en chewing-gum, je me suis demandé de quelle manière je pouvais me sauver. Encore ce besoin de fuir, je le percevais maintenant, mais j'ai lutté. Reprise de contrôle, prévoir de chauffer les blinis et de sortir le plateau de saumon du frigo.

On mange ? J'ai de quoi déjeuner.

Ah non ! Surtout pas !

On mange pas ?

On est là pour faire… ce qu'on a à faire. On s'y met. C'est dans ta chambre ?

J'ai montré le canapé : Ça te va ici ?

Elle a acquiescé. Je me suis approché de la baie vitrée pour appuyer sur l'interrupteur qui ferme le volet. Ça m'a permis de m'échapper dans les nuages, incroyables et archi bien alignés par ordre décroissant, de la tourmente rangée.

Le rideau les a cachés petit à petit en se déroulant.

Constance s'est assise, le coude sur le dossier et le dos soutenu par l'accoudoir, ses jambes entortillées sur le côté lui donnaient une allure sage. Elle a suggéré que je me place derrière elle. J'ai pas voulu la contredire, mais ça me convenait pas des masses de voir que son dos. Pourquoi pas dans la pièce d'à côté ? Sans toucher ni mater, quel était l'intérêt ?

Allez, fallait se résigner, je me suis faufilé vers ma place, au coin, en plus j'avais oublié la musique, pourtant ç'aurait été bien que Billie Eilish me tienne compagnie. Et, comme y avait pas de place pour une chaise, je me tenais exactement dans la position que je voulais pas, debout les bras ballants.

Constance a ouvert son jean, le zip succédant au bouton, d'un seul geste automatique répété des dizaines de fois. Puis elle a attrapé le bas de son tee-shirt, bras croisés sur le ventre, pour le retirer par-dessus sa tête, l'élégance de ce mouvement d'omoplates m'a charmé, en retombant ses cheveux ont déployé leur opulence.

Au lieu de profiter du spectacle de face, dans le dur, je me retrouvais dans la poésie, à scruter son trois quarts dos. Sa peau souple et douce, enfin, apparemment douce puisque je ne pouvais pas vérifier, même pas d'un frôlement. Ce serait bien pourtant, mais Nanine avait été claire, pas toucher, un ordre que je ressassais.

Constance a levé une main avec son téléphone pour me dire : Je t'appelle, le mien a vibré dans ma poche arrière, c'était à n'y rien comprendre. Quand elle a posé le sien sur l'accoudoir opposé, ça y est j'ai capté, quelle bonne idée, la fourche de ses jambes centrée devant l'objectif.

Un léger recul de son buste m'a suggéré qu'elle glissait sa main dans son jean, j'ai imaginé sa paume s'enfouissant sous la ceinture et regardé l'écran pour confirmer, l'action se trouvait dissociée, comme s'il y en avait deux. Sur l'écran sa main a disparu sous la braguette jusqu'au poignet. Son avant-bras bougeait, calme, sans saccades, j'entendais le frottement du tissu. Son premier gémissement m'a fait revenir à son profil perdu.

La spirale de l'oreille, elle-même avec un rebord tourné, le virage du maxillaire, la cambrure de la nuque, ce tremplin vers l'épaule, la vertèbre qui pointait et son bras droit qui s'activait, de l'onctuosité juste pour moi, tandis qu'elle gardait une moitié de son plaisir pour elle, dans son côté gauche pressé contre le canapé. Elle a plaqué sa joue sur le dossier, son soupir est devenu râle, puis l'immobilité.

D'après moi c'était fini, je me suis remis dans le coin, pas loin de cacher mon téléphone pour regarder ailleurs et jouer les innocents.

Mais elle s'est redressée, a pivoté sa tête vers moi dans une torsion des cervicales, tandis que sa ligne d'épaule restait fixe. Si seulement j'étais capable de me tourner comme ça. Son menton s'est posé sur sa clavicule. Les plis du cou vrillés, sa peau nacrée, ses paupières ourlées d'un rebord et le regard perçant d'un reptile, une langue fourchue aurait pu sortir d'entre ses lèvres entrouvertes. Après avoir vissé le haut vers moi, le reste du corps a suivi, tout doucement, comme si j'étais une proie qu'elle craignait de voir déguerpir.

Debout, elle a retiré ses vêtements, sans précipitation. Ensuite, sachant très bien ce qu'elle dévoilait, elle a posé un pied sur l'assise, l'entrejambe s'est déplié.

Son regard dans le mien. Ses doigts en v qui bougeaient et pressaient fermement sa vulve, loin de la caresse, son autre main montée vers ses seins les frottait, pas d'effleurements non plus.

De sa langue arrondie en u, elle a mouillé son majeur, puis toute la paume de sa main. Ses râles de plaisir, presque chantés, elle semblait absente, dans son monde.

Un vertige pour moi aussi, à me remplir la bouche de désirs, mais je m'interdisais le moindre mouvement, surtout ne pas la déconcentrer.

Elle a remis son cul sur le canapé, jambes ouvertes, mais ça lui suffisait pas, elle a relevé un mollet au plus haut sur le dossier pour exposer sa chatte sans retenue. Ce qui d'habitude frémit dans le caché de son entrejambe, ce qu'elle remue dans le noir de sa chambre, ce qu'elle ne peut pas observer sans miroir, elle me l'offrait. Le rouge humide devant moi. Après tous ces mois à fantasmer et attendre, c'était tellement cru, sans douceur, à me rappeler les fiches d'anatomie, mais j'en bavais.

Elle a glissé sa main par le bas du dos, j'ai pas bien compris ses contorsions, mais ses doigts sont apparus entre ses fesses, pour atteindre sa fente et l'écarter, ils pénétraient pas vraiment, davantage un tapotement à l'entrée. Ça produisait un clapotis. Sur le coup, j'ai été bizarrement gêné par ce bruit intime, davantage que le geste. Et puis la cadence m'a excité, le sale me plaisait, l'inquiétude pour l'hygiène est devenue ridicule, plutôt l'éviter même, rechercher des chairs visqueuses et des sons organiques.

Ça semblait pas improvisé. Les yeux fermés, elle a entrouvert la bouche, rien de plus sensuel que l'écart entre des lèvres muettes. Sa deuxième main a caressé le clitoris par l'avant.

Elle a accéléré. Un gémissement s'est étranglé dans sa gorge, respiration stoppée, son orgasme a explosé. Enfin, je suppose.

Constance s'est crispée, elle semblait avoir mal, son corps s'est raidi de partout. Puis une sorte d'apaisement l'a traversée, ses traits se sont détendus, ses yeux comme si elle dormait, elle est devenue molle, alanguie.

Ma jouissance, je l'obtiens facile en quelques mouvements de poignets, mais assister à l'extase de quelqu'un d'autre, c'est un éblouissement. Jamais je pourrai capturer ça dans un dessin.

Quand elle s'est tournée sur le côté, elle a gardé une main entre ses cuisses, posée devant sa vulve. L'autre bras était replié sur son visage. J'ai senti que c'était possible d'approcher. Je me suis niché dans le creux de son coude pour atteindre sa pommette, l'effleurer, tandis que mes doigts s'enfouissaient dans le pétrole de sa chevelure, pour recueillir sa rondeur dans ma paume, la buée de son shampoing, une douceur, mais quelque chose d'âpre aussi qui venait de l'orgasme.

T'es dans ma honte maintenant, elle a déclaré.

Si sûre d'elle, à première vue, je me suis étonné à voix haute qu'elle ait honte.

Ben oui. Tout ce qui sort de nous, c'est la honte. Le pipi, le caca, le vomi, la transpiration, les poils, ah, j'oublie les règles… Et le sperme ! Moi j'en ai pas, mais tu vois, quoi. T'as pas honte, toi ?

Si, t'as raison.

J'évite les toilettes publiques, même pour pisser difficile d'être discret, à la maison aussi ça me gêne. Mes poils, pareil que certaines filles, ils me plaisent pas, des amas de frisottis sur le visage au lieu d'une moustache de trentenaire, ceux des aisselles pointent et sur les jambes ils ressemblent à des vers sous la peau. Les ongles ne sont pas dans sa liste, mais les miens, plats et cassés, je les inclus. Sans parler du zguègue, c'est pas que je l'aime pas, mais il m'embarrasse, ses manières de se pavaner quand il monte en puissance, juste lui qui compte, ou alors au contraire quand il se recroqueville dans le fripé des balloches, tout ça pend, sans raison à part encombrer.

Tu pourrais me montrer pour que je sois dans ta honte ? elle a demandé.

D'accord, j'ai répondu. Je pouvais pas me permettre de refuser ce jeu, trop de retard à rattraper, mais ce serait chaud, faudrait se motiver. Quand son regard coquin m'a mis un doute :

Tu veux dire maintenant ?

Elle a hoché la tête.

On va pas manger du tout, alors ?

Je plaisantais à peine, mon estomac gémissait, moi qui fais des hypoglycémies, je craignais de pas briller des masses, mais fallait pas se plaindre, ni s'enfuir.

C'était donc à mon tour. Respiration. On a échangé, elle s'est habillée pour prendre ma place et je me suis installé sur le canapé après avoir enlevé mes vêtements, ma position semi-allongée avec le dos calé sur l'accoudoir, mais ma demi-molle ne répondait pas. Trop de pression.

D'habitude je fonce, mais là j'ai décidé de commencer doucement pour faire genre je suis sensuel, puis j'avais pas envie d'éjaculer en deux secondes. Alors je me suis pas précipité sur ma queue, plutôt le cou et la poitrine, j'ai sucé mes doigt pour me pincer un téton, des frissons.

Je réalise maintenant que j'imitais certains gestes des strip-teaseuses, l'effet cabaret, plier légèrement le genou ou gémir pour illustrer le plaisir.

J'ai passé les mains sous l'élastique, mais sans me toucher la bite, pourtant je bandais, mais non, j'ai commencé par tourner autour, à m'attraper les couilles, me frotter le pubis sans même la frôler, je lui résistais.

Un plaisir nouveau naissait d'être observé, la présence de Constance me gênait, mais en partie seulement, de me savoir sous son œil me rendait bizarrement beau, un corps fin, mais pas si moche, avec une verge imposante et ma bouche pulpeuse. Je me suis senti désinhibé grâce à son regard et surtout légitime.

Je me suis soulevé pour retirer mon caleçon. Constance n'a pas dévié le regard. J'ai commencé doucement, ma paume parcourant ma queue, que je maintenais à la base de l'autre main, comme un massage léger, une mise en place. Quand je l'ai empoignée plus vivement, le gland s'est décalotté, épais de sang, ça a renforcé ma volonté, plus aucun doute. Je me suis branlé en va-et-vient rapides. Les pulsations me chaviraient, une bulle dans le thorax a enflé, délicieuse et oppressante, mon souffle s'est tordu de satisfaction. Alors il a fallu freiner, ralentir à mort, plus d'un million de secondes.

Je me suis rappelé ce que Constance venait de faire, sa chair savon, des femmes lascives se sont invitées, des gros plans de mes carnets secrets et les seins de Nanine qui tremblaient avec sa colère. Mes tempes tambourinaient. L'onde m'a traversé. Un filet blanc a éternué sur mon ventre. J'ai craint d'avoir gémi trop fort.

Un coup d'œil à Constance. J'allais m'essuyer avec mon caleçon, mais elle m'en a empêché, les yeux dans les yeux elle a trempé la pointe de sa langue dans le sperme, a goûté et dégluti, elle avalait mon plaisir. Elle a grimacé, mais en a repris une goutte pour me la fourrer dans la bouche.

En vrai, j'avais déjà testé, ça me semblait pas si mauvais, mais comment avouer qu'on apprécie son propre jus ? J'ai préféré imiter son dégoût, rire avec elle, même si c'était pas très franc. Le principal était de me retrouver dans sa honte et d'inviter Constance dans la mienne.

Elle s'est décidée pour le déjeuner, j'ai mis Billie Eilish, on s'est fait des blinis de saumon, la vie douce. Là, je me suis senti adulte, encore puceau d'accord, néanmoins mon aventure sensuelle démarrait. Et ce sentiment d'autonomie, préparer ensemble le repas après le sexe, en savourant intérieurement ce qu'on venait de faire et en assumant, manquait plus que la clope. En plus, on aurait dû être en cours, mais rien à foutre.

Avec une heure et demie de retard, l'après-midi au lycée a été courte.

À la sortie j'ai trop eu besoin de voir Nanine pour lui raconter.

Ma mère a une copine divorcée inscrite sur des applis de rencontre, quand elle trouve un mec qui vaut le coup, elles l'évaluent et se moquent de lui, en espérant, mais en se méfiant. Après la première nuit, elles parlent en code pour commenter ses qualités au lit, elles se marrent tellement. L'aventure dure jamais bien longtemps, même pas cinq rendez-vous, alors vient la période où la copine passe du rire aux larmes, rien ne va plus, elle finira vieille fille, à crever seule avec son chat. Puis quelques semaines plus tard elle croise par hasard un ex, la roue tourne, c'est reparti pour des heures de rigolades au téléphone, jusqu'à la prochaine fin du monde. Eh bien je veux ça, cet emballement, suivi de drames peu importe, du moment que ça se vit, que ça s'exprime, que ça rigole et que ça pleure.

Cet épisode avec Constance, précédé de tous les questionnements, je viens d'en tartiner des pages, je pourrais en tirer un podcast ou une série TikTok, j'aime raconter. Y a sûrement du narcissisme à vouloir se livrer, mais pas que, c'est aussi un moyen d'avoir une garantie, reprendre le déroulé, noter les détails, exposer les originalités, analyser les sentiments et sortir l'événement de l'oubli pour qu'il vive plus longtemps. Il devient vrai à être décrit, chaque personne qui l'aura écouté, lu ou vu, le multipliera.

J'imagine la fierté de Nanine quand je vais me confier, pareil qu'une bonne note, j'entends même mes ricanements de satisfaction. Ça ajoutera des moments à ceux du canapé.

Je me suis donc retrouvé tout impatient devant chez elle, à piétiner sur son paillasson sans qu'elle réponde. À travers la porte, je l'ai entendue parler seule, sans doute avec ses oreillettes, ça devait être professionnel. J'ai laissé tomber.

À l'instant où j'ai sonné chez Courvoisier, ça n'a duré que le temps d'y penser, s'il devenait mon confident ? Juste après je me suis traité de dégueulasse, décrire l'intimité de la délicate Constance à un tordu tel que lui, c'était comme poser une orchidée dans un sauna.

Il m'a fait son cinéma habituel, à me tendre la laisse tout en la retenant, mais je l'ai tirée, il a pas eu le temps de réagir, Bella et moi on a filé dans les escaliers.

Je suis monté chez Liang. Il a ouvert en short, essoufflé, quelques gouttes de sueur dégoulinaient sur son torse nu. Il m'a reproché : Sérieux, le chien ? J'ai répondu comme tous les abrutis qui en ont un : T'inquiète, il est gentil. Liang était déjà reparti dans l'autre pièce.

Bella, couchée dans l'entrée. Ses sourcils perplexes se sont levés plusieurs fois, en mode Qu'est-ce que je fais là ? mais se sont rabaissés aussitôt, elle est si docile. J'ai frotté ses poils blonds pour lui dire :

Bella, je m'occupe bien de toi la plupart du temps, mais là, ma popularité en dépend, ta coopération va m'aider à sortir de ma condition de loser, imagine ton rôle.

Pendant longtemps je me suis persuadé aucun problème à être seultou, j'assumais. Ceux qui réclament l'amour sont dépendants, tandis que ma solitude me donnait de la puissance, besoin de personne. *L'apprentissage véritable de l'angoisse est le suprême savoir*, j'ai vu ça en philo, exactement la position du chauve sans amour et sans ami, avachi chez lui à déprimer, persuadé de détenir la clé de la connaissance. Les autres pouvaient m'ignorer, moi je possédais ce superpouvoir, tandis qu'eux se perdaient dans l'ignorance de leur suractivité.

Mais Constance m'a donné le goût des autres. Ç'aurait été bien qu'une bande m'accepte, je ne bois pas, ne fume pas, ne baise pas, mais mon humour, allez je vous ferai rire. Si je pouvais sortir de cette posture du mec esseulé, ouvrir mon cercle, élargir mes horizons, parce qu'à tourner en rond avec soi-même, on finit par se détester. Puis c'est pas parce que je me sous-estime que les autres doivent partager mon avis, miskine, le gros désespoir de constater qu'ils te méprisent autant que tu te hais toi-même.

Et notre âge faut en profiter, l'immensité des possibles et l'euphorie facile, pas sûr que ça dure. Les darons nous emmerdent avec leur maîtrise, fais pas ci, c'est comme ça, tout devient triste et compliqué avec eux, alors que j'aimerais me retrouver dans une énergie collective, avec d'autres jeunes qui connaissent pas grand-chose. Je les vois, mes parents, toujours fatigués et exaspérés d'un rien, ils aiment pas sortir de leur ligne, se tromper, alors que pour moi rien n'est encore tracé. Qu'est-ce que ça peut foutre qu'on fasse les cons ? Mes petits mensonges méritent pas la prison, la jeunesse me semble la bonne période pour tenter et se planter, l'occasion ne se représentera plus.

Bella, au maximum de sa communication, a continué ses mouvements d'yeux, en lapant dans le vide. Désolé le chien, j'ai décidé de m'intéresser aux humains, pour pas finir dans la même désolation que Courvoisier. Et j'ai de quoi devenir populaire, entre le cabaret et Constance ça commence à s'étoffer, si je parlais de mes histoires de cul à Liang et aux autres, à moi les exclamations et les likes, aimez-moi.

Dans le salon, Liang faisait sa muscu, mais j'avais pas entendu que son pote Aksel était avec lui, pas ravi de le voir. Il hissait tout le poids de son corps vers le haut, par la seule force de ses bras qui se pliaient à angle droit, des tractions hyper précises, les mains agrippées blanchissaient et ses biceps se bombaient, mais aucune autre marque d'efforts, évidemment il en a réalisé plusieurs. Ça m'a contrarié de me sentir impressionné par un mec pareil, une pomme de terre sans nom, encore une expression de ma sœur. Aucune connexion entre lui et moi, j'allais certainement pas faire bande avec lui. Il m'a provoqué :

Allez, quelques tractions Léon, si tu veux garder Constance, faut t'y mettre.

Dans sa grande drôlerie, il m'appelle Léon, même s'il est le seul à se marrer. Et que Constance ait pu poser les yeux sur moi, ça le rend dingue, elle l'obsède.

Elle a vu que t'avais fait de la gonflette.

Je me suis adoré de répondre ça, à le voir en moins d'une seconde passer de l'espoir : Elle a vu ? aux doutes : Mais c'est pas de la gonflette ! Je ne suis certainement pas capable de hisser mon poids, mais, Aksel, je viens de le secouer, qui est le plus fort ? Déstabilisé, il m'a tourné le dos pour parler pecs et enchaîner sur une série, m'ignorer quoi.

La muscu, c'est quoi à part la pignole du sport, une pratique honteuse de l'activité physique, dans des lieux enfouis en sous-sol ou sous les draps, à s'adorer soi-même et entretenir sa virilité tout en tenant les femmes à l'écart ?

Aksel a mangé question acné, joues piquetées de cicatrices et boutons bien gras sur le front, mais il a des yeux sublimes, avec des cils comme épaissis au mascara, ça lui donne un genre doux dur plutôt pas mal, j'avoue.

Une envie supplémentaire de le recadrer, si je pouvais me vanter de l'épisode du canapé avec Constance, mais stop, faut se reprendre, freiner à fond, pas question de gâcher ce moment en l'offrant à ce mec qu'en vaut pas la peine. Sans compter que ça manque de loyauté, y a sûrement un pacte de confidentialité qui découle de l'intimité. À qui elle accepterait que je décrive ses secrets physiques ?

Ça me gênerait qu'elle expose les miens ? Raconter, c'est tromper ?

En attendant, pas de clause d'exclusivité avec le cabaret, au contraire, faut racoler de nouveaux clients.

Vous savez quoi ? Je suis allé voir ma voisine strip-teaseuse dans le club où elle travaille.

Alors là, je suis devenu très intéressant, ils se sont approchés de moi, écarlates et dégoulinants, les arcs de transpiration sous les bras et le v sur le torse. Leur voix aussi semblait musclée.

Frère ! Toi, tu connais une pute ? s'est enflammé Aksel.

C'est pas une pute, elle fait des strip-teases, j'ai répliqué pour défendre Nanine.

Et alors ? C'est une pute !

J'ai haussé les épaules. Liang était électrique :

Mais tu la vois souvent ?

J'ai expliqué les courses que je lui livrais, on se connaissait un peu, elle m'avait présenté ses copines. Et maintenant le club de strip. Liang a froncé les sourcils :

Pourquoi tu me l'as pas dit avant ?

Mais comment t'es rentré sans fausse pièce d'identité ?

Aksel se méfiait, mais je tenais ma réplique :

Nanine avait prévenu le vigile que je viendrais, il m'a laissé passer. Et après ils ont oublié que j'étais là, j'ai pu rester. Ce que j'ai vu, une dinguerie, les filles qui dansent avec la barre, comment elles se déshabillent et tout.

Ça s'appelle un pole dance, a rectifié Liang.

L'autre, comment il délire, tu nous prends pour des bolos ou quoi ? a enchaîné Aksel. Si t'as pas de pièce d'identité, ils t'acceptent pas dans ce genre d'endroit, c'est carré. Mytho.

Liang a acquiescé, dans son camp alors qu'il aurait dû être mon allié, on se connaît quand même depuis la maternelle, il allait pas se mettre du côté de cet Aksel, son copain depuis un an seulement. J'ai insisté :

Mais non, je suis pas mytho ! Même que j'ai pu aller dans les coulisses, voir les filles qui se préparent avec leurs costumes, le maquillage, la coiffure et tout. Ah ! Et chez ma voisine j'ai vu son matériel, elle se filme, genre camgirl, je vous jure.

Ben voyons ! Tu nous racontes que t'es pote avec une strip-teaseuse, n'importe quoi, t'es juste abonné à son OnlyFans. Balance son nom, pour voir.

Ils ont délaissé leur banc pour s'approcher de moi, à nouveau leur figure enflée et mouillée, à chercher sur leur téléphone. Ils l'ont vite trouvée avec un prénom aussi original, même moi je l'avais repérée, mais je savais pas comment mater ses vidéos sans que ma mère le voie sur mes relevés bancaires. Aksel a mordu son poing puis l'a retiré avec un bruit de bouchon.

Po po po, l'hallu c'est une MILF ! Tu nous as pas dit que c'était une vieille !

Ils étaient comme des fous. J'ai prétexté que je devais m'occuper de Bella, valait mieux partir, ne pas les voir s'exciter sur Nanine. En même temps, son métier c'est d'être exposée sur un site comme un pauvre produit scrollé, vue le plus possible et consommée, pourquoi je m'inquièterais pour elle ?

J'ai dévalé les escaliers, treize étages en colimaçon, concentré pour pas trébucher, ça provoquait le tournis, les pensées ne réussissaient pas à se glisser. À l'atterrissage sur le trottoir, mes genoux ont conservé le rythme, j'ai couru. Et Bella a pu se dégourdir les pattes.

La nuit avait déjà coulé, répandue sur le sol, à assombrir le bas des murs et nos jambes, une heure inconnue en été, lourde, qui pesait sans possibilité de s'en débarrasser, fallait renoncer et se soumettre à la déprime.

Liang et Aksel m'avaient une nouvelle fois mis à l'écart, alors qu'il suffirait de commencer la muscu, sans se préoccuper de leurs conneries, d'ailleurs quand on appartient à leur bande on connaît pas l'esprit critique, faut acquiescer, tous en ligne.

Moi je suis tordu, jamais à la même place, tandis que les autres ne dévient pas. Si ça se trouve, le chaos ambiant les rend sûrs d'eux, la planète qui se détraque, la colère des cieux qui en résulte, les guerres, la mauvaise foi des puissants, l'archi luxe qui culpabilise pas de la propagation de la misère, il reste une solution pour que les gens y croient encore, filer droit, aligner et ordonner, les déchets triés en jaune vert blanc, interdit de marcher sur la piste cyclable, hétéro bi pan ou homo, se décider entre végétarien ou vegan, faut absolument caser ce problème de concentration entre HPI et TDA, non, mais quelle est ta couleur préférée ?

En ce qui me concerne, pas de diagnostic, impossible de me cataloguer, tellement chanceux d'avoir une vie ordinaire, ce serait même mieux de rajouter de la solidarité et de l'empathie pour la misère des autres, pourquoi pas s'en vouloir histoire de compléter le tableau. En plus je sais pas dire non, avec cette tendance à me ranger à l'avis du dernier qu'a parlé, mais celui d'avant n'avait pas tort non plus, et le public de crier à l'hypocrite, alors que non, beaucoup de versions me conviennent, impossible de prendre parti, j'évite de choisir, sans avis.

Laissez-moi hésiter. Laissez-moi varier. Laissez-moi nuancer. Mais prenez-moi, même si je n'avance pas de la même manière que vous, apprenez à me connaître et acceptez-moi, vous ne serez pas déçus, promis, vous découvrirez un ami fidèle, serviable et généreux. D'accord, ça marchera pas avec Aksel, mais y a encore de l'espoir avec Liang, et puis avoir des amis, ça doit pas être si compliqué, les opportunités ne manquent pas en ville, j'habite pas un coin reculé. En même temps, l'anonymat de la foule aide pas, une app de sociabilisation pour pauvres gars compliqués doit bien exister. Ça va bien se passer.

Au parc, je me suis assis avec Bella, on observait les promeneurs et les coureurs, pas des masses de poussettes à cette heure-là, pas trop de vieux non plus. Une trentenaire se dépêchait avec des bouteilles dans un sac. Je devais rester confiant, ça m'arriverait un jour, lever des bières pour trinquer, danser, hurler en chœur les paroles des chansons et sauter au même rythme que les autres. Vivre des trucs, au risque de foirer, mais se secouer, crier ou rire, éprouver des sentiments, éventuellement jouir.

J'en reviens pas de ne plus réussir à gérer ma solitude et de la percevoir si négativement, alors qu'elle me constitue depuis si longtemps, au point que la peur de louper ma jeunesse provoque une réaction physique, un blocage au niveau du plexus. Si je mourais dans l'année, aux derniers battements de cœur, la lumière au bout du tunnel et la vie qui se rejoue en résumé, mon bilan serait pas brillant.

Bella m'a observé, ses sourcils se relevant et s'abaissant en alternance, je lui ai demandé : Quand est-ce que je vais m'amuser si j'en suis pas capable à dix-sept ans ?

Je suis le gars tellement désespéré qu'il parle à l'oreille des chiens.

# 21 novembre

Devant chez Nanine, des basses pulsaient et des voix résonnaient, j'ai sonné plusieurs fois, personne entendait rien, j'ai cogné contre la porte. Une femme avec un fichu tortillonné sur la tête m'a enfin ouvert.

La fumée là-dedans, entre la clope et les casseroles qui bouillonnaient, je ne reconnaissais pas la pièce. Je me suis faufilé dans l'ambiance, majoritairement féminine, personne m'a remarqué, ça jacassait, ça rigolait, des tapas dans une main et un verre coincé dans le coude. Après quelques minutes dans la masse, des détails et des figures se sont précisés.

Nanine, penchée sur Jacky, le maquillait. Éclairé par une lampe sans abat-jour, il m'a salué dans le reflet du miroir, d'un coup de chapeau imaginaire. Je le lui ai rendu, mon entraînement payait, totale maîtrise. Nanine s'est redressée en me voyant :

T'es là, toi ? Tu veux un Coca ?

J'ai jamais bu autant de soda de ma vie. Elle m'a claqué la bise et j'ai constaté qu'on lui avait enlevé son plâtre. Dans un lever de jambe à la fois danse et kick boxing, elle a jeté un pied au niveau de mes côtes pour montrer son habileté et sa liberté retrouvées, bye bye le plâtre.

À nouveau concentrée sur les yeux de Jacky, elle a appliqué l'eyeliner d'un glissé de pinceau sur le bord des cils, minutieux, en un seul geste, du coin de l'œil vers la tempe. Mes doigts ont malgré moi imité le mouvement délié, j'ai voulu essayer.

Tu veux que je te maquille ? a demandé Nanine.

Mais non ! J'ai envie de maquiller, pas de me faire maquiller.

Elles ont pouffé, mais Nanine restait sur son idée et proposait un beau camaïeu de violet avec mes yeux verts. Jacky a grimacé, avec mon coin externe des yeux qui s'affaissait, ce serait pas facile.

You're a bitch, a lancé Nanine à son pote.

Arrête avec tes compliments devant le petit, il a minaudé.

Nanine insistait, avec un *double winged* elle réussirait à m'agrandir l'œil. Jacky s'est levé pour que je prenne sa place, fallait que je soupire un peu avant de céder, mais ça me plaisait bien sûr.

Sur la tablette, des tas de pinceaux rangés par ordre de grandeur, à côté de tubes, d'éponges, de houppettes, des palettes de couleurs et des mouchoirs tachés. Nanine a unifié le tour de mon œil avec du fond de teint et de la poudre, appliqué des fards sur ma paupière fermée, beaucoup, quand ça me paraissait suffisant, elle attrapait un nouvel outil pour en remettre. Des particules me tombaient sur le menton qu'elle chassait d'un gros pinceau. Quand elle se tournait vers la table de maquillage pour remettre du fard sur son pinceau, elle s'appuyait sur mon épaule pour garder l'équilibre, puis le poignet redevenait léger quand elle se réorientait vers moi.

D'avoir fermé les yeux rendait la proximité de son visage encore plus perceptible, son souffle régulier et concentré sur ma joue, l'odeur de lessive bien sûr, enivrante, il y avait comme une pulsation aussi, son cœur ou le mien, va savoir. Elle m'a enfin posé la question :

Et alors ?

Alors quoi ?

J'ai joué les innocents, mais mon impatience d'en parler me rongeait.

Bah, avec ta petite amie ? Tu sais, ce qu'on avait dit ?

Je lui ai demandé…

Jacky ! Reviens, le gamin a demandé.

Il s'est placé dans le cadre du miroir, croquant dans une pomme, faussement désinvolte, tous les deux avaient trop envie d'apprendre la suite.

Et ça a marché ? Elle a accepté et tout ?

Ça s'est fait chez moi…

Nanine m'a mis un coup dans l'épaule en guise d'exclamation et a levé le poing vers Jacky pour marquer sa victoire. J'ai enchaîné :

Au début Constance a voulu que je me mette derrière elle, je voyais rien, mais après elle a utilisé le téléphone devant elle, pour se filmer au bon endroit.

J'ai désigné mon entrejambe.

Super idée, ça. La petite va nous donner des leçons ! a commenté Nanine.

Pis après, elle s'est tournée dans le bon sens, avec les jambes bien placées.

Nanine, fière de ses conseils, se doutait que ça marcherait, moi j'étais content d'obtenir une bonne note avec ma prof de cul. Et j'avais pas fini :

Moi aussi je l'ai fait.

Tu t'es ?… Devant elle ?

Vous pouvez pas vous empêcher de sortir votre teub ! s'est désolé Jacky.

D'un seul coup, la crainte d'avoir tout gâché, c'est vrai qu'on peut pas la garder cachée, mais je disposais d'un argument solide :

Mais non, attendez, c'est elle qu'a proposé.

N'empêche que tu devais être bien content de la montrer, a poursuivi Jacky.

Écoute, si c'est elle qu'a voulu, tout le monde est content, a résumé Nanine.

Constance s'est pas arrêtée là, j'ai ajouté.

À l'oreille de Nanine, j'ai évoqué le coup de la langue dans le sperme.

Non, mais cette petite ! elle a commenté, avant de glisser la nouvelle à Jacky, qui lui aussi était impressionné. La prochaine fois tu peux toucher, elle a conclu. Mais tu continues d'aller doucement, d'accord ?

Mais en vrai ? Il me faudrait des détails, comment on s'y prend ?

La façon dont elle s'est touchée toute seule, dans le canapé, a continué Nanine, tu le refais, exactement pareil.

Tel un médecin qui conclut à un diagnostic après l'énumération de symptômes, elle venait de me livrer sa prescription.

Puis elle s'est décalée pour que je découvre ma transformation. Si quelqu'un m'avait dit Cet œil est à toi, j'aurais répondu non. Un filtre semblait l'avoir trafiqué pour le rendre chanmé, avec l'eyeliner *double winged* comme elle l'avait proposé, deux traits parallèles au bout de l'œil pour l'agrandir, des tas de couleurs sur les paupières et les faux cils, l'œil d'une star remplaçait le mien.

Elle m'a entouré les joues de ses paumes pour m'embrasser, ça a laissé une trace de bouche au rouge à lèvres. Les filles se sont regroupées autour du miroir pour s'extasier, l'une d'elles a pivoté le siège pour mieux m'observer, des attendrissements ont fusé, des mains m'ont tourné le visage, se sont glissées par le menton ou la nuque, d'autres baisers rouges, l'une m'a peigné le sourcil avec une brosse, des doigts dans mes mèches.

Moi, dans le rôle du chaton qu'on câline et qu'on trouve trop mignon, immobile, les oreilles collées à profiter des caresses, un peu plus mou sous chaque bisou, livré les bras en croix, qu'elles m'arrachent mes fringues, me recouvrent de maquillage, m'asphyxient de leurs produits, pas grave, elles pouvaient faire n'importe quoi, m'utiliser jusqu'au bout. C'était décidé, suffisait de s'en persuader, les femmes me remarqueraient désormais, je me placerais enfin dans leurs yeux, leurs bras, leur chevelure et surtout leurs jambes, elles prendraient enfin ce que j'offrais, tout avait changé.

Mais la dame au tissu en escargot sur la tête a apporté à manger, toutes se sont éloignées de moi pour me préférer le couscous, le charme était rompu. Avec une assiette sur les genoux, j'ai envoyé un message à mes parents pour dire que je dînais chez Liang, qu'ils m'attendent pas.

Une fille m'a adressé la parole, impossible de me souvenir si je l'avais vue au cabaret, difficile de les reconnaître sans voir le pistolet tatoué sur la fesse ou l'aréole d'un sein qui m'avait marqué. J'étais ce gros dalleux qui regarde les culs et les seins, leurs visages m'étaient pas restés en mémoire.

Elle a voulu savoir comment j'avais connu Nanine, je me suis présenté, Léo, le gars des courses, et j'ai réalisé que j'allais perdre mon job maintenant qu'elle avait plus de plâtre.

Ah, mais c'est toi le voisin ?

Euh ouais.

C'est toi qu'es puceau ? elle a demandé en souriant.

Des voisins, Nanine en a plein, mais des voisins puceaux, les probabilités se resserraient. Elle avait donc balancé ma situation à Jacky et à cette fille qui en a interpellé deux autres :

C'est lui le puceau !

Donc toutes ses copines savaient. J'ai ri jaune en les imaginant se marrer dans mon dos au cabaret, mais y avait un aspect plaisant, pour une quinzaine de filles magnifiques et spécialistes de l'érotisme, je représentais le petit gars qu'il fallait aider et soutenir, un genre de mascotte quoi.

Une vague de filles est partie avec Jacky, elles devaient aller au cabaret. Nanine et moi, on se tenait sur le palier, elle leur a dit au revoir, je m'apprêtais à les suivre, des devoirs m'attendaient et accessoirement un bac à passer.

Attends, juste un peu, s'il te plaît, elle a supplié.

Tandis que ses copines s'éloignaient au bout du couloir, elle leur a lancé un signe, mais, en redescendant sa main, elle a attrapé la mienne pour la cacher derrière son dos, sur la cambrure de ses fesses. Jacky s'est retourné, il s'est figé devant notre duo, à chercher une pique, je l'ai deviné à son sourcil qui s'est arqué, mais il l'a pas trouvée.

Quand elles ont toutes disparu dans l'ascenseur, déjà que Nanine est pas grande, je l'ai sentie s'affaisser.

Je pensais qu'on allait rentrer dans l'appart, mais au contraire, elle a claqué la porte et m'a entraîné dans un recoin de l'escalier de service.

Sa respiration était saccadée. J'ai demandé : Ça va pas ?

Elle se sentait pas bien, de les voir aller bosser sans elle, ça lui tournait le bide. Ses soirées de show, bientôt la fin, il restait seulement deux dimanches, dont le dernier le 7 décembre, dans si peu de temps. Ça lui faisait bizarre parce que, la semaine dernière encore, elle serait partie avec ses amies.

Tu sais, dans les films de guerre, le gars qu'a été blessé et qui peut plus avancer, celui qu'on est obligé de laisser sur place pour pouvoir continuer la mission. Ben, c'est moi.

Comme une fraise pourrie mise de côté alors que les autres sont sur la tarte, comme un Playmobil délaissé parce qu'il a plus ses cheveux, comme un gamin qui va pas à l'anniversaire où toute la classe est invitée. Ça c'était moi, je connais, parfait résumé de mon enfance. Nanine a dû être beaucoup sollicitée, mais voilà, le temps est impitoyable, la banalité commençait à lui tomber dessus. Quand t'as jamais rien eu, y a pas de surprise, mais elle, ça lui faisait tout drôle, comme devenir pauvre après avoir été riche.

Elle s'appuyait sur moi, son corps lourd, j'ai dû changer de position et elle s'est retrouvée dans mes bras. Elle ne pleurait pas, mais lâchait, sans force, toute molle. Son front pesait sur une de mes clavicules, mes narines dans ses cheveux secs et blonds, mes doigts sont remontés le long de son cou pour dégager une mèche, puis ma main s'est enfouie dans ses cheveux. Elle a laissé aller sa tête dans ma paume, a levé son visage vers le mien et mes lèvres se sont collées aux siennes, élastiques, puis nos langues se sont rencontrées, simplement pour goûter, sans chercher autre chose, un baiser de réconfort. Ma lèvre picotait, un goût de menthe, elle avait sûrement un chewing-gum dans la bouche en plus de ma langue.

L'aspect tendre et réconfortant ne m'avait pas préparé à ce qu'elle promène ses doigts sur ma taille, mais le désir est monté, j'ai goûté Nanine à pleine bouche, nos souffles se sont mélangés. Le bouton de mon pantalon a sauté et ses mains se sont glissées dans le caleçon par l'arrière, puis ses avant-bras ont écarté la ceinture élastique pour passer par-devant, me déshabiller d'un coup, ma queue dressée devant son ventre. Elle l'a empoignée. Enfin quelqu'un la touchait.

Pas avec la personne que j'imaginais, ni dans un lieu approprié, ça puait un peu dans ce renfoncement, mais pas grave, ça arrivait enfin, après des semaines à espérer, une main se posait sur mon phallus. Parce que là il faut un grand mot pour le désigner, je l'ai senti plus énorme quand elle l'a entouré de ses doigts. Bizarrement, la nouveauté me gâchait le plaisir, limite je réfléchissais aux phrases que j'allais écrire ici, comment j'en mettrais plein la vue à Liang et, merde, pas terrible pour Constance. Ma tendance à commenter gâchait tout.

Alors j'ai regardé sa main avec ses longs ongles qui coulissait sur ma bite, du concret, ça m'a replacé dans le plaisir. Il s'est répandu en frissons alignés sur tout le corps, comme des guirlandes lumineuses du talon jusqu'à l'entrejambe, la taille, le long de la colonne, la nuque et derrière les oreilles, hypersensible pour moi cet endroit-là, les tétons, ça s'allumait de partout.

Sa bouche a glissé vers mon oreille, elle m'a mordillé le lobe, mon faux cil a crissé sur sa joue fine. J'ai remonté les mains sous son crop top, un instant la question du consentement m'a fait douter, mais comme elle me branlait, ça devait être bon. Ses seins tellement rebondis, sûr qu'ils avaient été refaits, mais le côté plastique permettait d'y aller avec davantage de passion, je pelotais comme le vulgaire adolescent que je suis, après tout pourquoi pas. J'y ai enfoui la tête pour embrasser et lécher, au point d'avoir du mal à reprendre ma respiration. Sans lui faire mal, délicatement j'ai pincé un morceau de sein entre mes dents, puis j'ai aspiré. Elle a tressailli.

Ses doigts ont attrapé mes couilles, des caresses qui provoquaient des sensations plus précises sur le périnée et l'anus. L'autre main sur ma queue a accéléré. J'ai cherché son visage, ses lèvres, sa langue, lécher et sucer me rendait encore plus fébrile, la sensibilité exacerbée entre mes cuisses. J'ai réclamé :

Dis-moi que je suis fou.

Oh oui, t'es complètement fou, vas-y continue. Elle soulevait ses seins avec ses mains pour me les offrir : Vas-y, tu es fou, tu es fou, tu es fou.

Nanine variait les vitesses et les pressions. J'ai pas osé le lui dire, mais mon bout est devenu ultrasensible, à la limite de la douleur, j'ai gémi bizarrement, comme si j'avais avalé de travers. Elle a ralenti. Et cette lenteur m'a incroyablement excité, le plaisir me recouvrait d'une couverture chaude, puis une autre, encore une autre, je les laissais m'engourdir.

C'est à ce moment-là qu'on a entendu quelqu'un tambouriner contre la porte de Nanine. On était encore cachés dans notre recoin de l'escalier de service, personne dans le couloir pouvait nous voir, mais quelques mètres seulement nous séparaient de son appartement. Alors, tout est arrivé d'un coup, habituellement je contrôle mieux, mais cette fois j'ai juste eu le temps de murmurer Attention et de pivoter avant que ça gicle.

Chaque cellule de mon être a exulté, vibration énorme, comme si mon corps entier donnait son accord. Je me suis laissé porter. Deux grands jets ont giclé sur le mur.

Tout de suite je me suis demandé comment j'allais nettoyer ça, c'est vrai quoi, on est toujours emmerdé avec cette semence qui laisse des traces. Mais comme Nanine a posé une main sur sa bouche pour se retenir de rire, je me suis marré aussi, impressionné par la quantité qui gouttait, carrément fier même.

La personne qui cognait à la porte a recommencé, une voix de femme a lancé : C'est pas bientôt fini ?

Nanine m'a embrassé la joue, une indulgence ou une félicitation pour un petit garçon, va savoir, ça m'a pas beaucoup plu.

Elle est sortie de notre cachette pour parler à la femme qui était surénervée, personne chez elle ne réussissait à dormir. C'est vrai que les basses pulsaient encore dans l'appartement. Elle craquait, ce serait bien de respecter sa vie et ses enfants, ras le bol. Nanine était saoulée :

Mais enfin Sarah, il est 21 H 30, j'ai commencé tôt exprès pour toi. Si ça continue je vais recevoir mes amis au petit déj. C'était même pas une fête, juste un pot. Écoute, tu peux plus m'emmerder comme ça.

Sarah s'est vexée, manquait plus que ça, alors qu'elle était la première dérangée, un ramdam insupportable plusieurs fois par semaine juste au-dessus de chez elle, elle allait s'en occuper avec un ami avocat.

Pendant qu'elles s'engueulaient, j'ai essuyé ma main sur mon jean et me suis rhabillé discrètement, la voisine me voyait pas derrière mon angle de mur, mais j'étais si proche d'elle, fallait pas que je fasse de bruit. J'ai attendu la fin de leur conversation. Ça n'a pas duré. Nanine est retournée chez elle en lui fermant la porte au nez. J'ai entendu Sarah s'éloigner, pensant que je pouvais sortir après quelques secondes, j'ai bougé, pour tomber pleine face avec elle. C'était la mère de famille dont les enfants crient quand ils voient Bella, celle qu'aime pas les chiens, ni la musique apparemment.

J'aurais pu détourner l'attention en enchaînant avec des banalités, en mode innocent qui ne sors pas d'une cachette juste après une camgirl, mais ç'aurait pas servi à grand-chose. Fallait quand même pas croire qu'elle avait rien deviné, d'ailleurs elle a fixé ses poings sur ses hanches, façon de mieux en mieux.

C'est en lui adressant un sourire plein de dents que j'ai senti le haut de ma pommette tout sec de fards, alors je me suis souvenu. Voilà pourquoi, elle me regardait de travers, non seulement je me trouvais un étage trop haut, en compagnie de la mauvaise personne, mais alors mon œil de drag queen, c'était le signe ultime de ma duplicité. Puis il me restait sûrement les traces des bisous au rouge à lèvres.

Je lui ai tourné le dos pour rentrer chez moi. L'audace, c'est un truc qui s'installe on dirait, ça pousse quand on la cultive. Entre le charnel avec Constance la veille, ma soirée avec des strip-girls, le maquillage, la branlette dans l'escalier de service, puis l'indifférence face à la mère de famille, je me sentais surpuissant, allez, par ici un cigare, un bol de coke, des nénettes sur les genoux et une kalach, le roi des badass.

## 25 novembre

Depuis hier, sur le qui-vive pour échapper à Constance. Mon comportement avec elle manque de clarté, loin d'elle je ressens pas vraiment de culpabilité, mais si je m'approche, je crains qu'elle remarque mon ambiguïté. Comme si la honte se manifestait une fois confronté à la personne trahie. Alors je prends des chemins détournés dans les couloirs du lycée.

Arrivé à la maison, j'ai vu les parents assis à la table de la cuisine, l'ordinateur devant eux comme dans une salle de réunion, ça s'annonçait pas terrible.

Qu'est-ce qu'il a fait ? Vous allez l'engueuler ?

Héloïse, en pyjama, était apparue dans le chambranle. Mon père l'a renvoyée dans sa chambre. J'ai entendu la porte claquer. Le signal pour mon père qui a démarré :

On voudrait te parler de tes notes pour comprendre ce qui se passe.

Tout va très bien en arts plastiques.

Ma blague n'a pas du tout fonctionné. Ma mère a pointé toutes les notes sous la moyenne, faut avouer qu'il y en avait un paquet. Le responsable de niveau l'avait appelée pour l'alerter, il proposait plusieurs rendez-vous et un suivi personnalisé.

De base, mon père s'inquiète, la situation politique actuelle, les bouleversements climatiques, l'inflation, les guerres dues au nouvel ordre mondial, la liste est tellement longue, alors si ses enfants n'ont pas toutes les chances de leur côté pour leur avenir, c'est à ne pas s'en remettre.

Maman, elle, me trouve toujours des circonstances atténuantes, c'est souvent à cause du prof, ou alors la fatigue, puis ce stress que doivent endurer les jeunes de nos jours.

Bon, avec toutes ces mauvaises notes, je la sentais moins indulgente, mais il restait plusieurs mois avant la fin de l'année, suffisait de garder la foi, Hein que tu vas te rattraper ? avec un petit rire hésitant. Elle s'en est pris à cet établissement scolaire qui ne sait pas valoriser la diversité des talents. Papa a levé les yeux au ciel : C'est jamais de sa faute ! Elle s'est agacée. Ils se sont pris la tête.

Je ne redoute pas leurs réactions vis-à-vis de moi, mais les tensions entre eux, alors souvent j'essaie de calmer l'un et de rassurer l'autre. Là, j'ai adopté un air grave, promettant de faire énormément d'efforts, dans ces situations faut surtout pas jouer les rebelles. Ils se sont calmés, le moment où je pourrais rejoindre ma chambre approchait, mais je me suis levé trop rapidement.

C'est pas fini, a annoncé mon père.

Quoi encore ? j'ai soupiré, plus saoulé qu'inquiet.

Quelqu'un, dans l'immeuble, m'avait aperçu vendredi soir devant chez madame Ouerimini. J'ai compris que Sarah avait bavé, les rumeurs circulent vite dans l'immeuble, mon père parle à tout le monde, et, voilà, ça se retrouvait dans notre cuisine. Je voyais à peu près où il voulait en venir, mais je me suis défendu, fini de me comporter comme un gosse. Je les ai pris de haut :

Et alors ?

Mon père m'a rappelé que ce soir-là j'étais censé me trouver chez Liang, mais je tenais la parade, j'avais livré des courses à Nanine avant de me rendre chez lui.

Allez-y appelez-le… Qu'est-ce que vous croyez ?

Ils appelleraient pas. Ma mère a soupiré :

Il paraît que tu étais maquillé ?

C'était pas qu'une simple livraison, a ajouté mon père.

Et il est où le problème ? j'ai continué sur le même ton.

Quand même, tu veux t'habiller en femme ? Comme cette personne que j'ai croisée avec madame Ouerimini ? a enchaîné ma mère. Je ne sais pas comment on dit, trans quelque chose. Je vois bien que c'est la mode, ces jeunes gens qui se teignent en blond et mettent du vernis et des jupes. Pourquoi pas, c'est original. Mais bon… Tu as des mauvaises notes depuis que tu la fréquentes.

N'importe quoi de tout mélanger comme ça, maman. C'est pas parce qu'elles m'ont maquillé un œil que je travaille pas ! Et ça va pas me faire changer de genre par magie.

Papa a haussé le ton, a assené que ma mère avait raison, fallait comprendre leurs inquiétudes, des notes de merde d'un seul coup, un peu surprenant après un si bon cursus. Et madame Ouerimini, avec son métier, elle gravite dans le milieu de la prostitution, c'est plutôt inquiétant, ça implique des souteneurs, de la drogue, des armes, des faits-divers.

Le problème de trop scroller sur les actualités, comme mon père, c'est que ça en projette dans le quotidien, il en voit partout, de la corruption, des crises économiques, des accidents au coin de la rue, pourquoi pas des explosions, des profils de psychopathe, et apparemment, des trafics dans notre immeuble. Je me suis levé pour plaider :

Mais elle est camgirl ! C'est pas de la prostitution. Rien à voir avec la mafia, elle travaille toute seule devant sa caméra.

Comment tu sais ça ?

Je me suis rattrapé comme j'ai pu : Parce que tout le monde le sait !

Tu sais pas tout, m'a contredit mon père. Déjà vendre son corps dans des vidéos, c'est pas terrible. Et en plus Sarah a des preuves qu'elle se prostitue. Tu connais pas toute sa vie, y a peut-être un trafic que tu vois pas, à ton âge tu manques encore d'expérience.

Alors, l'infantilisation, hors de question, très mauvaise stratégie de la part de mon père, ça me rendait dingue. Mais ma mère a poursuivi :

Et si elle voulait t'enrôler dans son réseau ? Ils cherchent des jeunes innocents pour transporter leurs colis ou pour blanchir de l'argent. Et puis, en échange, elle t'offrirait, tu vois, ce qu'elle sait faire avec son métier. Maintenant qu'elle t'a mis en confiance avec les courses.

Hein ? Du grand délire ! C'est moi qui lui ai proposé pour les courses.

Ils commençaient sérieusement à m'énerver. J'ai insisté sur la tranquillité des soirées chez Nanine, oui elle recevait régulièrement, mais ça n'était pas différent d'un pot entre collègues, rien de malsain. Et le maquillage de l'œil, franchement, ils trouvaient ça grave ? Fallait arrêter. Puis Jacky, le trans quelque chose comme ma mère disait, son gros défaut, c'était juste d'être drôle. Et j'ai conclu :

D'accord mon bulletin est pas super ce trimestre, mais je suis raisonnable.

S'ils savaient pour la branlette dans l'escalier de service ou ma soirée au cabaret, ils me trouveraient pas vraiment sage, plus un poil de sec, parfaite expression de ma grand-mère. Mais le mensonge commence à me plaire, ça me soulage de plus être obligé d'observer un comportement exemplaire.

C'est bon maintenant ? Vous avez fini ?

Ils ont acquiescé. Je suis allé dans ma chambre. À l'heure du dîner, pas faim, j'ai refusé de les rejoindre. Fallait commencer à se rebeller.

## 27 novembre

Ambiance bien pourrie de fin du monde, ciel en couvercle qui oblige à rentrer la tête dans les épaules, vestes jamais assez chaudes ou assez imperméables, la pluie qui volette comme de la cendre.

Nanine ne m'a pas recontacté, sûrement parce qu'elle a ses deux pieds maintenant, elle n'a plus besoin de moi. Mais elle me manque, la personne que je suis avec elle me manque, en sa présence j'oublie mon âge, que j'ai pas d'amis, d'appartement ou d'argent, j'oublie aussi que je suis puceau. Je suis moins moi.

Constance et moi on s'est croisés vite fait. Nos rapports sont redevenus normaux. Je redoutais de me comporter bizarrement après l'infidélité de l'escalier de service, mais quand je me suis retrouvé face à elle, ça s'est bien passé. Je suis très étonné de ne pas me sentir coupable, avec mon éducation, ma mère qui se sent redevable pour un rien et l'angoisse de mon père. Mais rien, comme si c'était une affaire classée.

## 29 novembre

De vague proposition en synchronisation d'agendas, la date semblait encore loin, mais le jour du dîner chez Constance est arrivé très vite.

La pression est d'abord montée avec ma sœur qui m'a menacé, elle voyait le bail d'ici, elle allait faire la baby-sitter, les darons qui se raconteraient des trucs de darons, Constance et moi qui jouerions les kawaïs, elle a imité des bruits de bisous en pressant ses index l'un contre l'autre. Pendant qu'elle s'occuperait du gamin, hors de question.

Le petit frère a douze ans, t'en as treize, j'ai répliqué.

La différence de maturité filles garçons, ça te dit quelque chose ? En ressenti, j'ai quinze ans, il en a dix. Tu me laisses pas toute seule avec le mioche.

Puis les parents se sont pris la tête sur la bouteille, du champagne aurait plu à madame, quant aux hommes ils préféraient le bon vin. J'ai souligné le sexisme de leur propos et Héloïse a balancé que les cadeaux servaient juste à se valoriser. Ma mère a tranché : Des fleurs.

J'appréhende ce dîner, crainte que mes parents soient sur la réserve, pas à l'aise, du coup les Mandrelli ne vont pas nous trouver sympas, soirée embarrassante, attendre avec impatience le café ou la tisane, au lit à 22 heures et fini les liens entre les deux familles. Quelle idée j'ai eu d'accepter.

# 30 fucking novembre

Enfin ce mois se termine.

Trois heures du matin, allongé dans mon lit, impossible de dormir. Contrairement à ce que je pensais, la soirée s'est hyper bien passée, carrée, sur plein d'aspects.

Notre convoi familial s'est mis en route vers 19 H 30. Ma mère, pas stable sur ses talons, embarrassée de sa robe qu'elle a réajustée, papa dans une chemise en jean au lieu de son habituel tee-shirt délavé, moi aussi je portais un sweat neuf, seule ma sœur restait authentique à bouder dans ses Docs.

Deux kilomètres, même pas, nous séparent de chez les Mandrelli, mais on dirait une autre ville. Les rues plus propres, pas de tags, les trottoirs lisses sans colmatages, les fils enterrés, tout se relie sans bruit, pas de déchets visibles, chaque élément à sa place. Sûr que les chiens se retiennent de pisser sur ces façades neuves.

Dans le hall, le bois ciselé, le marbre, les miroirs encadrés et le fer forgé, moi je connaissais, mais les parents ont été impressionnés. On s'est tassés dans l'ascenseur plus petit que le nôtre, enfin un point négatif. Papa s'est interrogé à voix haute sur les déménagements, aucun meuble ne rentrait là-dedans, il n'attendait pas vraiment de réponse, mais ma mère a répliqué qu'avec cette catégorie de résidents, les déménageurs s'en occupaient à leur place, par les escaliers. On a pouffé. À penser dans nos têtes, serrés dans l'espace réduit, que les habitants de cet immeuble se privaient de cette joie de faire famille, c'était idiot, autant que l'argent ne fait pas le bonheur, mais ça nous réconfortait.

Avant de sonner à la porte, papa m'a pressé contre lui pour m'embrasser sur le front, affectueux et tactile depuis toujours, même s'il ose moins depuis quelque temps. J'ai senti quelque chose de solennel dans cette accolade. Et le rire de ma mère avec un vibrato inaccoutumé. Leur trac m'a investi d'une mission que je ne mesurais pas, soit j'allais à la guerre, soit je me mariais, je devais me considérer chanceux d'être mobilisé pour la deuxième option.

Monsieur Mandrelli nous a accueillis avec son accent italien et sa carrure. Ses repas d'affaires avec entrecôtes et vin l'enrobent, mais ne l'affaissent pas, sa masse est une vitalité, d'accord les gestes manquent de déliés et une raideur dans la nuque le contraint à pivoter par blocs, mais son autorité en est encore augmentée. De ses bras multiples, il s'est chargé des vestes, s'est inquiété de la cuisson, a sorti les verres, lancé la musique et indiqué les fauteuils.

Fabrizio, appelez-moi Fabrizio s'il vous plaît. Ludmilla et Sébastien, c'est bien ça ? Et Léo bien sûr ! Le charmeur de ma fille. Et la *piccola*, comment t'appelles-tu ?

Héloïse n'est plus une *piccola* depuis longtemps, mais quand elle s'est tordu la nuque pour lever la tête vers le colosse italien, j'ai retrouvé la petite.

*Eloisa tesoro*, tu vas t'occuper des ados. Vous parlez ! Pas de jeux vidéo, pas d'écrans, c'est le moment de jouer ensemble : *Hai capito* ? Où sont mes enfants ? Charlotte ?

Il s'est redressé sourcils froncés, sa lignée devait être présente, il n'a besoin de personne pour remplir une pièce, mais la *famiglia*, quand même, c'est son extension. Ils arrivent, ils arrivent, a répondu Charlotte sur un ton enjoué en froufroutant vers lui.

Contrairement à Fabrizio qui avait salué la foule du haut de son estrade naturelle, elle s'est efforcée d'accueillir chacun de manière personnelle avec des paroles attentives. Son mari l'a pressée, Allez allez, on va boire un verre, mais une des mains de Charlotte a glissé sur son dos pour l'apaiser, tandis qu'elle recevait le bouquet, avec un enthousiasme si sincère que mes parents ont été convaincus d'avoir fait le bon choix.

Sûrement que Fabrizio lui insuffle de l'énergie, comme à tout le monde, n'empêche, elle doit être solide pour endurer l'impact, ça se prépare un mari de la sorte qui rentre le soir. Constance m'avait énuméré le coiffeur à domicile, le sculpteur de sourcils, l'acupuncteur, l'ostéo, les drainages contre la cellulite, le yoga, la marche nordique et il m'en manque. Elle s'entretient autant que sa maison. Ma mère n'aurait pas le courage de s'investir autant, sans même parler du budget, elle est trop occupée à se reposer. Ce soir, en sortant pomponnée de la salle de bain, le contraste avait produit un waouh général. Alors que madame Mandrelli, pas de différence avec les autres jours, en dehors d'un léger voile doré qui semblait la recouvrir.

Constance nous a rejoints dans le salon, a tapé la bise à ma famille, mais arrivée près de moi, elle n'a pas su où poser ses lèvres et moi non plus. Elle m'a embrassé sur la joue. Nos parents nous épiaient, étonnés eux-mêmes de leur indiscrétion, avant de jeter leur regard par terre. Assis, avec devant eux leur fille et leur garçon debout, juxtaposés en présentoir. La plupart du temps, ce sont les grands qui décident et nous imposent leurs choix, mais pour une fois nous étions à l'origine de l'action, responsables de ce dîner. J'ai lancé :

Vous voulez qu'on chante une chanson ?

Ils ont explosé de rire. Constance m'a signifié sa reconnaissance en s'agrippant à mon bras. Un bouchon a pété, Fabrizio nous a planté une flûte dans les mains, aux petits soins pour faire plaisir à sa fille. Il essayait d'occuper moins d'espace et de la valoriser, Charlotte jouait le jeu. Et mes parents exagéraient leur humilité ou leur fierté. Comme s'ils nous poussaient dans le dos, allez-y, ressentez l'importance et la gravité de l'instant.

D'accord, notre petit couple évoque leurs débuts, la manière dont ils se sont rencontrés, leurs joies et leurs espoirs, mais ce rétroviseur qu'on leur tend, quelle tristesse au contraire, le rappel de leur vie d'avant. Ils se portent bien, bon indice de bonheur, classe moyenne, pas de divorce, mais l'étincelle ? Ils ont commencé à enterrer leurs rêves avec le mariage, le mépris serait donc plutôt de circonstance, pourquoi pas la haine contre cette génération qui prend leur place, ils ne retrouveront jamais leur jeunesse. Tandis que nous sommes en plein dedans, ivres d'espérance, sans partage aucun, dégagez les vieux, terminé de gambader dans l'allégresse des champs de blé, au soleil, à sauter avec les possibles et la sexualité, basta, c'est à notre tour.

Pourtant non, dans les tchin de l'apéro, ils ont gardé le sourire, pas d'amertume contre les naïfs qu'ils ont été, de l'engouement même pour leurs grands enfants et les personnes que nous allions devenir.

Comme tout le monde, les Mandrelli se sont convertis aux visios et au télétravail, la salle à manger étant transformée en bureaux, les repas se déroulent dans la cuisine, fallait les excuser du touche-touche autour de cette table. Mon père a pincé sa lèvre, ma mère a émis un seul gloussement, un de ses rires les moins réussis, fabriqué, car cette table qui nous réunissait occupait, sans exagération, la surface de notre cuisine en entier.

Des échanges prudents pendant le repas, des indignations unanimes face au catastrophes climatiques et aux injustices des guerres, quelques discussions sur le lycée et ses profs, notre point commun évident. Ambiance pincée. Mais grâce à l'alcool, aux compliments sur les *polpette* et à l'entente grandissante entre nous, ça s'est détendu.

Pour le dessert, Fabrizio a suggéré qu'on le suive au salon, petites assiettes, cuillères, serviettes et gâteau. Debout, tout en coupant les parts qu'il aspergeait de crème anglaise, il mimait son running au bord du canal. À la nuit tombée, il avait entendu derrière lui un cygne se poser sur l'eau, y en a souvent là-bas, mais lorsqu'il s'est retourné, *Poveretta!* au lieu d'un cygne, une joggeuse. Elle était tombée dans le canal sans crier ni appeler, Fabrizio l'avait attrapée par le col pour l'aider à sortir et elle avait repris sa course, comme si de rien n'était, précisant que ça lui arrivait souvent. Maintenant il pense à elle à chaque fois qu'il voit un cygne. Ça riait, les grands et les petits, la bouche pleine de sucre, Charlotte particulièrement bon public alors qu'elle devait connaître l'anecdote par cœur, les pommettes roses de ma mère et les yeux de mon père qui pétillaient, l'heure joyeusement bruyante de la soirée.

Constance m'a tiré par le bras et on a fichu le camp.

Depuis la cuisine, on s'est engouffrés dans la coursive qui mène à la chambre des parents. Quand Constance a éteint, la nuit s'est déversée par les grandes vitres, l'ambiance a basculé en noir et blanc, nos traits devenus anguleux, sérieux d'un seul coup.

Elle a aspiré une émotion quand mes mains se sont enfouies sous son col pour ouvrir sa chemise, des effleurements avec mes lèvres sur sa clavicule, du rebord jusqu'au creux avec la langue, puis mon visage est passé par-derrière, sa tête a molli pour me laisser l'accès. Elle l'a posée dans mon cou, moi pareil dans le sien, notre position ressemblait à une sculpture d'amoureux entrelacés.

Bien sûr, j'ai pensé à Nanine et moi dans l'escalier de service, presque le même contexte, mais ça me préoccupait pas, je trouvais même confortable d'avoir eu un entraînement, je me sentais prêt à agir avec Constance.

J'ai dégrafé son soutien-gorge et saisi sa poitrine dans mes mains. Elle embrassait avec une précision et une lenteur qui m'emportaient. J'ai effleuré la base de ses seins, la poésie de ce galbe qui soutient tout le poids avec grâce. L'appartement surchauffé, nos estomacs trop lourds, ça bouillonnait, nos joues incendiées et la peau embuée, mais bizarrement le rapprochement de nos corps nous rafraîchissait.

J'ai durci. Elle a posé sa main sur ma bite, m'a caressé à travers le jean pendant que je déboutonnais le sien pour y introduire ma main. Mais notre position n'était pas confortable, mon bras tordu dans sa braguette, les phalanges serrées, ma paume appuyant sur son ventre, ça manquait d'abandon. Constance s'est détachée le temps de retirer son pantalon et sa culotte. J'ai trouvé ça osé : T'es sûre ?

Pour toute réponse, elle m'a embrassé. J'ai pourtant évalué les risques, ils tournaient dans ma tête, si quelqu'un entrait, nos têtes de lapins pris dans les phares, sa semi-nudité ne nous laisserait pas d'issue, faudrait avouer, je me positionnerais en paravent, solidaire à assumer. Ou alors décamper avec précipitation, deux issues possibles, côté chambre si une intrusion avait lieu par la cuisine, la plus probable, mais une volte-face par l'avant restait envisageable en cas d'assaut surprise derrière. J'ai constaté que ma respiration haletante et mes coups d'œil inquiets amplifiaient mes sensations, ça rajoutait de la tension et de la concentration dans mes gestes.

Agenouillé, son sexe au niveau de mes yeux, j'ai frotté les poils qui avaient repoussé, pas si piquants, mais chauds, j'ai senti la moiteur sur mes ongles. Constance a rentré le nombril et retenu sa respiration. Mon index a imité le trajet qu'elle avait effectué devant moi sur mon canapé, j'étais content d'accomplir ce geste pour de vrai après l'avoir dessiné sur mes carnets, au point de le connaître par cœur. La chair du pubis était moelleuse sous la pression de mes doigts, j'ai atteint la séparation des deux pans, puis j'ai effleuré les replis de peau qui frisaient dans la continuité pour faire connaissance.

Constance a levé son genou vers mon épaule et je l'ai comprit comme un encouragement. J'ai inséré l'index dans la longueur entre les grandes et les petites lèvres. Elle a gémi, j'ai voulu savoir si je pouvais continuer, elle a dit Oui. Je me suis retenu de la questionner davantage, j'aurais aimé connaître son sentiment, si elle préférait de cette manière ou d'une autre, mais dans certaines circonstances vaut mieux la fermer.

J'ai dirigé sa main vers ses seins pour lui indiquer de se peloter elle-même comme elle l'avait fait chez moi. Après avoir enduit mon pouce de salive, je l'ai glissé par l'arrière et l'ai calé dans la raie, en m'arrêtant un instant sur l'anus. Constance a frissonné. Puis j'ai frotté le périnée et atteint sa vulve. De mon autre main, je touchais son clito avec timidité, je me méfiais de lui. Mon pouce, pareil, j'osais pas l'introduire, mais je le bougeais dans l'entrée et sentais l'humidité coller avec un léger clapotis. Inutile de demander à Constance si ça lui plaisait, ses soupirs suivis d'un son sourd suffisaient.

Quand on a entendu des pas, surpris, pas loin de sursauter, on a tout stoppé. Constance s'est rhabillée en vitesse, la mâchoire serrée, les yeux ronds. Plutôt que d'être prudent en me sauvant vers la chambre où il n'y avait personne, je me suis dirigé vers les pas. Charlotte venait dans notre direction, concentrée, elle cherchait quelque chose :

Vous avez trouvé les chocolats ?

Je ne savais pas de quoi elle parlait, mais j'ai répondu Non, pour gagner du temps. Pendant qu'elle fouinait, Constance nous a rejoints et on a fait semblant de s'intéresser à ce que sa mère réclamait, les tasses, le café, le sucre, la bouilloire qui chauffait, et, ça y est, les chocolats se trouvaient sur le plan de travail. En moi les vibrations continuaient, pour Constance aussi sûrement, j'avais l'impression que nos caresses se devinaient, entre nos souffles courts, les battements des veines dans le cou et les poils dressés.

Je me doutais qu'on serait interrompus, ça n'avait pas raté, j'étais dégoûté. Nos jeux avec Nanine avaient eux aussi été stoppés, j'aimerais bien un jour poursuivre dans mon élan, changer de karma. Mais pas de plaintes, ma vie sexuelle prend forme, il y a une semaine avec ma camgirl, Constance aujourd'hui, enfin du charnel. Sa mère est repartie en nous chargeant d'apporter la tisane et le café. Je me suis précipité sous le pull de Constance pour agrafer son soutien-gorge, les bonnets que j'ai rabattus sur ses seins ont crissé sur les tétons, le jus de nos baisers qui revenait, ça aurait pu goutter dans les tasses que Constance tenait.

On a mangé les fameux chocolats. Puis, sans vraiment s'en rendre compte, le dance floor s'est installé, Fabrizio a monté le son, les daronnes ont poussé les fauteuils et papa s'est trémoussé en premier sur le tapis. Ma mère, qui se plaint de ne jamais danser, a sauté sur l'occasion. Et les Mandrelli ont démarré un rock, si coordonnés, ça leur correspondait tellement.

On est rentrés heureux chez nous. Nos deux familles rassemblées dans une communion sincère, une fusion qui semble durable. La vie rêvée, Constance et moi en petits fiancés, des perspectives de week-end dans la maison secondaire de nos nouveaux amis, nous allions former un clan dans un avenir en bleu et rose.

Si la soirée avait été tiède, ça n'aurait pas changé grand-chose à ma relation avec Constance, mais cette joie, je ne m'y attendais pas, il y a des conséquences à la joie. Le dîner avait choisi pour moi, un tourbillon avec une sacrée force, un vertige, une obligation d'être à la hauteur, de Constance, de ses parents et des miens. Mais qu'est-ce que j'attendais réellement de moi ?

Sans compter l'épisode dans le recoin de la cuisine, la cerise sur le gâteau, la perle dans l'huître ou le clitoris entre mes doigts, ça ne pouvait pas être mieux. Quand j'avais porté un chocolat à ma bouche, il y avait eu ce parfum de cacao, mais aussi une odeur particulière, âpre, pas facile, une fleur compliquée qui envoûte sans séduire. Les arômes de Constance, bien content d'en avoir conservé la trace, qui n'ont d'ailleurs toujours pas été lavés, se mélangeant au chocolat et à l'abandon sur l'oreiller.

## 3 décembre

Malade depuis hier, forte fièvre et mal de gorge à pleurer, un couteau en travers de la pomme d'Adam à chaque déglutition, donc tout le temps. Des heures au lit, à m'endormir gelé, puis le réveil trempé de sueur, si chaud que ça m'oppresse, à plus pouvoir respirer. Et le couteau de plus en plus affûté. Même pour aller aux toilettes, difficile de me lever, j'aurais pu tomber, mon père veille sur moi.

Il m'a remplacé pour sortir Bella, je me suis demandé si Courvoisier retenait la laisse avec lui aussi, je pense que oui. Pas très flatteur pour mon père ni pour moi, ça veut dire qu'il prend ce qu'il a sous la main, n'importe quelle compagnie lui convient.

## 4 décembre

La fièvre est passée. Je bascule dans la phase langoureuse de la maladie, pas encore très solide physiquement, mais le cerveau en partie fonctionnel, une flemme active, capable d'allumer la rêverie, les souvenirs et le charnel. D'autant que j'ai la chambre pour moi tout seul pendant qu'Héloïse est à l'école.

Ma relation avec Constance est ordinaire, celle de débutants qui apprennent et évoluent de manière simultanée, une histoire équilibrée. Tandis qu'avec Nanine, c'est brutal et intense, l'écart entre nos âges et la différence de milieu placent notre rapport en dehors des conventions, presque à la marge, on ne s'autorise même pas à en parler entre nous. En expérimentant les deux, délicate d'un côté et sauvage de l'autre, officielle et cachée, permise et répréhensible, attendue et singulière, je me sens entier.

Nos caresses m'accompagnent, encore à fleur de peau avec l'une et l'autre, c'était il y a si peu de temps. Si je me concentre sur la sensibilité d'un carré d'épiderme, la réminiscence de ce qui l'a provoquée surgit, ce point précis du cou effleuré par une mèche, des poils dressés qui me rappellent la vision d'une aréole ou ce chatouillis sur le doigt qui est passé sur sa vulve.

Ma maladie a toutefois déjà grignoté des sensations, inévitable que l'émoi se ternisse, dans un mois il en restera encore moins, l'année prochaine ça n'aura plus de poids, au mieux d'autres les remplaceront, dans une dizaine d'années plus rien, alors peut-être, peut-être qu'en les ramenant à la vie chaque soir, elles survivront un peu plus longtemps. À la fin, s'il n'en subsiste qu'une, ce sera gagné, à mon dernier souffle j'espère me souvenir de mes dix-sept ans.

## 5 décembre

Ça m'a plu de retourner en cours, ras le bol de la présence non-stop des parents, même ma chambre je pouvais plus la voir, juste sortir, l'extérieur, tellement bien, comme si j'avais pas respiré pour de vrai depuis longtemps.

Constance m'attendait sous un escalier, dans une partie peu fréquentée, on avait senti le manque. Je l'ai tenue serrée, ça a duré, comme un survivant ou je sais pas. On s'est même embrassés, une grande première dans le bâtiment scolaire.

Mais à l'heure du repas, j'ai dû aller m'allonger sur le brancard qui sert d'infirmerie, ça n'allait pas, vraiment pas, dès que je me levais, ça tournait, le moindre déplacement devenait une épreuve. Le surveillant voulait pas me laisser rentrer tout seul, ma mère est venue me chercher.

Elle m'a accompagné chez le médecin et on est passés au labo pour des prises de sang.

De retour dans mon lit, dégoûté, juste au moment où la famille ne représentait plus ma seule perspective et où je commençais à avoir une vie parallèle, me voilà à nouveau enfant, dépendant de papa et maman, incapable d'exécuter des trucs simples, juste me mettre debout et marcher quelques mètres, j'halète par la bouche et j'ai besoin d'appuis, on dirait un petit vieux.

## 6 décembre

Ça va mieux, mais je suis resté une bonne partie du temps allongé, j'en peux plus de cette position, de ce drap toujours plissé, des films complètement nuls, TikTok plus possible, limite je pourrais le désinstaller, j'ai tellement dessiné ou écrit que ça me plaît plus et si j'avais la force de casser ce radiateur qui cliquette.

Même mes rêveries sensuelles, je n'aurais pas cru en arriver là, mais je sature. À force de rejouer en boucle les moments avec Constance ou Nanine, de les segmenter et les recomposer, pour me les incorporer pixel dans molécule jusqu'à la nausée, c'est une gueule de bois d'érotisme, je pourrais vomir de la nostalgie.

Faut que je sorte, à l'heure de Bella je me suis secoué pour y aller à la place de mon père. J'ai juste mis un poncho par-dessus mon pyjama.

Courvoisier ne s'est pas renseigné sur mon état de santé, même pas il m'a remercié de l'organisation avec mon père, alors qu'on aurait pu l'envoyer balader, lui dire Débrouillez-vous, mais rien, pas une allusion. En revanche, il a voulu discuter de Constance, ce type est un obsessionnel, il l'oublie jamais. J'ai levé les yeux au ciel, évasif. Mais lui n'avait pas fini. Et il tenait la laisse.

Ton père m'a dit que vous êtes allés en famille chez les parents de ta copine. Ça ressemblait à des fiançailles j'ai l'impression ? T'inviteras Bella pour le mariage, hein ?

Il s'est marré. Je me suis vu endimanché devant l'autel, Constance marchant dans l'allée avec la musique d'église, un morceau à l'orgue hyper connu, Bella qui suit la future mariée, portant dans sa gueule un petit panier avec les alliances. Courvoisier assis au sixième rang qui l'encourage, revêtu de son peignoir au milieu des gens bien habillés.

Stop, je vais pas me marier.

J'ai été désagréable et j'ai tiré sur la laisse, mais il a réussi à la retenir. Il s'inquiétait de la boue au parc, sa chienne allait encore revenir toute sale, c'était dur de la laver, y en avait marre de cette pluie. Et il a conclu en la flattant : Allez, fais pas ta cochonne.

Au parc, je l'ai promenée dans les coins les plus humides, là où la pelouse disparaît sous la boue, au point que Bella glissait, je la tirais même pour passer dans les flaques, ça lui est monté jusqu'au poitrail. Elle est revenue bicolore.

## 7 décembre

Encore une journée à la maison.

Comme chaque dimanche soir, mon père va demander quel film on choisit. Se retrouver en famille devant l'écran avec l'assiette de pâtes sur les genoux, impossible, ça va me rendre dingue.

Depuis ce matin, je me dis qu'à la date du 7 décembre, il se passe quelque chose, comme si c'était l'anniversaire de quelqu'un. Et je viens de me souvenir qu'il s'agit de la dernière représentation de Nanine au cabaret.

Je vais utiliser ma maladie pour simuler un coucher tôt et filer, rien de mieux que la vérité pour mentir. Bon, ça va les inquiéter alors que je suis censé aller mieux, mais je dois assumer d'être machiavélique, sinon pas de sortie. Il suffira de rassembler des coussins dans mon lit, avec une bosse au niveau des fesses et un pli aux genoux. Au bord de la couette, sur l'oreiller, une vieille poupée d'Héloïse avec les cheveux qui dépassent.

Tout le monde matera le film, mais faudra pas faire de bruit, du tout. C'est un des inconvénients de notre appart, autant les mouvements, on a appris à bouger sans se gêner, avec des gestes moins larges, possible que nos manières de penser se rétrécissent aussi, mais le bruit, un inconvénient majeur malgré tous nos efforts. Alors sortir en douce, ce sera chaud, faudra s'appliquer à être très lent et prudent.

# 8 décembre

J'ai réussi à faire le mur, aller et retour, incroyable, c'est passé crème.

Ça a mal commencé, je marchais en chaussettes pour éviter que le parquet grince, mais une fois sur le palier, pas de chaussures, vraiment malin après toutes ces précautions pour sortir en douce. Je me suis faufilé pour les attraper à l'arrache et me sauver.

Redoutant de voir mon père derrière moi, j'ai couru jusqu'au coin de la rue, mais pas de signe de lui, alors je me suis senti victorieux et fier de mon évasion réussie. J'ai ri tout seul. Les gens me regardaient comme si j'étais fou.

L'allégresse et le sentiment de liberté se vivent plus intensément quand les autres te croient au lit, ça doit découler du frisson de la transgression. Clairement le besoin d'autonomie me pousse, l'envie d'émancipation, sortir de cette chambre que je supporte plus, je vois bien, mais je ne saisis pas où le plaisir réside. Un sentiment de puissance sûrement, enfreindre les règles pour me valoriser, je n'obéis pas donc je suis fort. La nouveauté joue aussi, mon quotidien est secoué ces derniers temps, enfin des événements surviennent, mes nuits existent, rallongent les journées et adieu l'ennui.

En haut des marches du cabaret, le vigile inspectait les sacs d'un groupe de clients et rappelait les consignes. J'avais décidé qu'il ne serait pas un obstacle. Il a hoché la tête pour me saluer.

Y a du monde, didon ! je me suis exclamé.

D'un ton habitué, comme si je venais tout le temps, mais mon cœur battait dans la gorge. J'ai néanmoins réussi à jouer jusqu'au bout, quelques pas pour rejoindre l'escalier sans ralentir, surtout ne pas envisager une possibilité de blocage.

Début du mois, il a répondu en haussant les épaules.

Et je suis descendu dans le rouge. En bas, toutes les tables étaient prises, salaires virés en effet. Sur la scène, la fille avec des couettes, seins nus, s'agrippait au pole dance et tournicotait des jambes sur ses rollers.

Quand elle a fait un grand écart vertical sur la barre, sa mini-jupe métallisée a dévoilé des fesses musclées, mises en valeur par un tanga argenté lui aussi. Leur jeu, c'est l'effeuillage, les filles ont l'art de la superposition, un tee-shirt cachera une brassière, sous laquelle se trouve un soutien-gorge, avec encore des espèces de grosses gommettes qui recouvrent l'aréole, pour le bas, le string se cache derrière la culotte, elle-même sous un shorty. Au lieu de lasser, ça rend encore plus exceptionnel le final, comme les cadeaux, plus ils sont luxueux plus y a de l'emballage. Le strip-tease, c'est décomposer pour prolonger, quand l'une d'elles enlève son dernier vêtement, noir dans la salle sur sa complète nudité, avant qu'une autre fille habillée remplace la précédente. C'est une boucle sans fin.

Ses seins ne m'ont pas semblé refaits, je me suis posé la question parce qu'ils sont remarquables, évasés et gras. Pourtant, une fois qu'elle les a dévoilés, j'ai cessé de les regarder, désormais obsédé par la bande métallisée entre ses fesses qui, avec les jeux de jambes et la jupette bougeant dans tous les sens, se dissimulait, revenait et se cachait. Alors je me suis demandé si les chattes m'excitaient plus que les seins, mais non, je sais que non, j'aime tout. La poitrine devenait réelle en se montrant, présente et définie, plus rien à imaginer ou à espérer, tandis que son entrecuisse restait mystérieux, donc magnétique.

En quelques semaines, entre Constance, Nanine et le cabaret, je n'ai jamais vécu autant de sensualité, ça devrait largement me rassasier. J'en veux davantage, encore, plus souvent, répétition inlassable de l'envie. Depuis longtemps, je m'interroge sur l'obsession des adultes à propos du cul, dingue qu'ils en parlent à ce point-là, tout le temps, ils en rient, toutes ces allusions, ces articles, les films et les livres sur le sexe, partout. La brièveté de la satisfaction, carrément une blague, proportionnellement à l'entêtement du désir et l'investissement pour le satisfaire, parce que, toc toc, le voilà qui revient à peine le plaisir ressenti. Sans même évoquer l'orgasme, alors lui, c'est le comble, l'extase de quelques secondes qui simule un aboutissement, mais qui revient à l'assaut quelques minutes plus tard. Même moi, à juste me palucher, je le sais que nous sommes insatiables. La ronde des sollicitations : les tétons pointés, la musique à fond, les confettis sous le crâne, de la soupe de langue, saisir la chair, les dents dans la viande et la lévitation, puis à nouveau la salive.

Je suis passé derrière le rideau caché, j'ai parcouru le

labyrinthe de couloirs, pendant quelques secondes je me suis cru perdu, mais au bout y avait bien les loges.

Le bordel m'a encore frappé, y en avait vraiment partout, mais je me suis dit que si l'ordre avait régné, les fringues se seraient trouvées sur les corps et ça se serait appelé un bureau. Ça se voit qu'elles fonctionnent dans la confusion, un ourlet à recoudre en urgence, une qui ne trouve pas son deuxième faux cil, le vernis pas sec d'une troisième qui a besoin d'aide, un coup de vapeur pour défroisser les vêtements, les filles qui se frôlent pour passer d'un coin à l'autre, la brutalité d'un crêpage de cheveux, beaucoup de chewing-gums et un verre renversé, suivi d'applaudissements ironiques. Ça n'arrête jamais, le spectacle à côté du spectacle.

Sa jupe en vinyle retroussée sur les hanches, Nanine enfilait des bas. La tatouée relevait ses seins pour que Cornes Rouges y diffuse un spray nacré. Et Jacky, comme la dernière fois, se trouvait devant une table de maquillage. Il m'a regardé dans le reflet :

T'as encore fait une connerie ?

Meuh non, on est le 7 décembre. C'est la dernière de Nanine, non ?

Elle venait d'ajuster sa jupe et s'est redressée avec le sourire pour s'approcher, prendre mon visage entre ses mains, les yeux dans les yeux, avant de me faire un bécot sur la bouche. Elle m'a serré dans ses bras et m'a bercé, alors c'est comme si toutes les filles avaient expiré un attendrissement.

Quel suceur, ce môme, a marmonné Jacky.

Mais il était ému, ça se voyait à ses faux cils qui clignaient beaucoup.

Faut pas que je pleure, pas maintenant, a dit Nanine en s'éventant d'une main. Allez ! Raconte-nous ta copine.

J'ai expliqué avoir suivi ses conseils, tout comme il faut, mais j'ai joué les mystérieux en ajoutant qu'il s'était passé un truc.

Tadam ! t'as sorti ta bite, a lancé Jacky.

J'ai haussé les épaules. Cornes Rouges diffusait maintenant le spray sur les seins de la tatouée qu'elle tirait par le téton. J'ai repris mon histoire.

On a fait ça dans un petit couloir, chez elle, alors que tout le monde mangeait le dessert juste à côté.

Jure ! s'est exclamée Nanine en me mettant un coup dans l'épaule. Alors, tu vois qu'il l'a pas sortie.

Jacky a consenti d'un hochement de tête. Moi, j'obtenais ma bonne note. Pour finir, les filles s'occupaient des fesses de la tatouée, elles avaient masqué les tatouages avec des bouts de papier pour que le spray nacré ne les recouvre pas.

La fille en rollers est revenue de sa performance. Nanine s'est levée, nerveuse, elle entrait en scène dans deux minutes. Ses mitaines, son soutien-gorge, sa courte veste à épaulettes et sa jupe très serrée qui descendait aux genoux, tout en vinyle rose bonbon. Ses cheveux, tirés au maximum en une queue de cheval, tendaient sa peau vers les tempes et allongeaient ses yeux. Elle a glissé la couette dans un trou de sa casquette prévu à cet effet, visière centrée, puis elle a rassemblé ses accessoires, menottes, matraque, torche, bandeau pour les yeux, roses eux aussi, et une boule sur un harnais.

Je l'ai devancée pour m'installer au comptoir, la barmaid m'a reconnue, Léo-le-puceau, qu'elle m'a appelé.

J'ai commandé un Coca, y a des circonstances où on peut pas réclamer de thé.

Les lumières ont faibli jusqu'à l'obscurité, des sirènes de police, puis des violons sur une cadence pop, la musique a commencé. Une chanson ancienne je crois, un truc que mes parents aiment bien, en tout cas l'air m'a rappelé quelque chose. Nanine s'éclairait elle-même d'une torche pour entrer en scène et se cambrer de manière lascive, puis elle a choisi un mec dans le public. Il a joué les timides, mais ses potes l'ont poussé à y aller et elle l'a attiré par des gestes affectueux. Il était tout surpris quand elle l'a attaché presque tout de suite au pole dance à l'aide des menottes. Les rires ont redoublé quand elle a présenté la torture suivante, le harnais avec la boule, qu'il a gobée après un sourire forcé. Enfin elle lui a bandé les yeux. Pas sûr qu'il soit venu pour ce genre de distractions.

Elle a guidé la main du type pour qu'il dézippe sa jupe, révélant un shorty aussi rose que le reste, mêmes mouvements pour lui faire ouvrir sa veste à épaulettes. Ses seins avec cache-tétons sont apparus, dans une sorte de soutien-gorge qui servait à rien, sans bonnets, y avait juste les bretelles et la bande du bas qui soulignait la poitrine.

Un drôle de sentiment m'a traversé, je voulais la pointer du doigt, me la péter devant tous ces gars, moi j'avais eu l'honneur de peloter ces nichons, de les sucer même, mais je ressentais aussi le besoin d'aboyer, pas touche, prenez soin d'elle. Un peu de jalousie, certainement, mais surtout de la fierté, en secret je gardais un avantage sur eux.

Elle effleurait le gars de la pointe de sa queue de cheval ou le frôlait de ses seins, avant de s'enrouler autour de la barre de pole dance, son corps se pressant contre le sien. Il prenait part au jeu, à quelques centimètres à peine de sa peau nue, sans possibilité de la voir, ce qui amplifiait l'intensité érotique. Le numéro avait mal commencé pour lui, mais il s'en sortait mieux que prévu.

Elle l'a libéré de ses accessoires, gros applaudissements, puis elle a terminé le show en arrachant son shorty, de manière à ce qu'il soit le seul à voir sa complète nudité. Même moi je n'y avais pas eu droit.

J'ai profité du noir pour retourner dans les loges. Elle est arrivée quelques secondes plus tard et a enfilé un peignoir. L'enchaînement habituel a suivi, le défilé des filles qui se sont engouffrées dans le couloir pour poursuivre le spectacle de l'autre côté, jamais de vide dans la proposition de femmes à poil et de consommations qui les accompagnent. Nanine m'a à nouveau pris le visage entre ses mains pour m'offrir un bécot. Le deuxième en moins d'une heure. Elle s'est exaltée :

J'adore ça, j'adore ça ! C'est ça que je préfère, plus que les voyages, les fringues, ou les spaghettis bolognaise. Ou même la baise, même la baise ! J'adore ça ! Qu'est-ce que je ferais pas pour qu'on me laisse ma scène de merde au cabaret, juste mes petits clients et mon petit spectacle, c'est tout ce que je veux. Et je l'aurai même pas.

Elle faisait la maligne, mais son menton a tremblé.

Allez, on parle plus de ça, elle a décidé avant de se tourner vers moi : Où on en était avec ta copine ?

Ben, j'ai déjà raconté, maintenant c'est à ton tour de m'expliquer la suite.

Face-sitting ? a proposé Jacky. Le seul truc qui le fera taire.

On n'en est pas loin, a-t-elle acquiescé. C'est vrai que vous pouvez passer à l'oral.

Dans ma tête, l'oral c'est le bac de français, tous les textes que j'ai bûchés l'année dernière, voire le grand oral qui aura lieu en fin d'année.

Il capte pas, a noté Jacky.

Je me suis rattrapé, évidemment j'avais compris, mais au niveau oral, je connaissais pas grand-chose non plus, fallait m'aider.

C'est simple, a enchaîné Nanine, tu prends le même chemin qu'avec les doigts. Depuis le début tu la copies, ben tu continues, c'est pas toi qui sais, c'est elle. Et ce serait bien que ça te fasse plaisir, aussi.

Ah ? Ça va faire beaucoup, non ?

Punaise, le burn-out du puceau, a soupiré Jacky en levant les yeux au ciel.

Je lui ai fait une grimace. Ça me paraissait compliqué de prendre du plaisir en respectant un tel mode d'emploi. Nanine a répondu que ça viendrait tout seul.

Elle se cachait à peine pour enfiler un nouveau costume, de dentelles blanches cette fois, la totale, avec bas, guêpière et nuisette. Quand elle l'a ajustée, sa peau s'est froissée, si fine, ses muscles se distinguaient nettement comme dans un emballage sous vide. Je remarque rarement son âge, qui contraste avec le dodu de ses collègues plus jeunes, sans bosses et sans rides. Mais je m'aperçois que j'aime les deux.

Askip, faut choisir dans la vie, les adultes répètent ça sans arrêt, mais quelle idée quand on n'a rien vécu. Je veux des tas d'expériences, pas envie de trier, plein de métiers, essayer tous les sports, en musique impossible de préférer le piano au violon, pour les voyages, ce serait bien d'explorer le monde par étapes, six mois à la fois, un voyage de quinze ans. Des vies diverses pour devenir pluriel.

Pour l'amitié, ça a du mal à démarrer, mais j'aimerais bien plusieurs bandes, celle du lycée, du sport ou des cousins.

Pour les filles, chacun ses penchants et son style ? Moi je décide pas. J'aime les vieilles les jeunes, les minces les enveloppées, plus grandes que moi ça me gêne pas, les maquillées ou les tomboys, avec des poils c'est bon, toutes les couleurs bien entendu, les lentes les rapides, les timides les agitées, toutes me conviennent. Un jour, j'essaierai même avec un garçon, c'est sûr. Je ne suis pas insensible à l'ambiguïté de Jacky, ce phallus qu'il cache sous son costume, il offre plusieurs genres dans un seul corps. Dans le futur, probable que ça m'emmerde d'être cantonné hétérosexuel. Et j'ai bien l'intention de tenter la partouze, tout ce qu'il me faut, ne pas choisir. Mais pas d'emballement, restons modeste, je vais déjà passer le niveau puceau, après on verra.

Tu restes là ? a demandé Nanine.

J'ai cherché un sous-entendu, ma présence qui la gênerait et une envie de me voir partir, mais non, sa question innocente ne dissimulait rien, alors j'ai simplement répondu Oui. Si ça pouvait m'arriver plus souvent de me décompliquer la vie. Oui, j'allais rester là, parce que retourner dans notre appartement, ma chambre avec une sœur, m'allonger dans mon lit et réviser le DST d'anglais, pas sûr, tandis que rester avec Jacky, si mauvais, mais trop drôle, les bécots spontanés de Nanine et toutes ces filles à poil, ça m'allait bien.

Elle est repartie dans la salle, plus grand monde dans les loges, je me suis retrouvé seul avec Jacky. J'ai poussé sur mes pieds pour me balancer sur ma chaise, ce truc qui exaspère les profs, je dirais même que ça les rend dingues, dans ce lieu exigu, mon dossier a tout de suite buté contre une étagère. Jacky m'observait.

C'est pas lundi demain ? T'as pas une maison, des parents qui t'attendent, un lit où dormir, un réveil qui va sonner et des profs à aller voir ?

J'ai haussé les épaules. Il pliait des serviettes de toilette duveteuses, quelque chose clochait entre ses muscles compacts et ces couches de coton, pas la peine d'être fort à ce point-là pour s'occuper d'un truc aussi délicat.

Tu veux bien que je te dessine ?

Il s'est arrêté, ça a craquelé, j'atteignais une faille qu'il barricadait avec son humour, comme si je le voyais sous le personnage, sans le décor ni le bruit. Assez vite, il a retrouvé sa posture et s'est recomposé un masque, grâce à son instinct, il avait certainement décelé ma tentative de séduction, mais je suis pas mauvais non plus. Je savais maintenant comment le toucher :

J'ai toute une galerie de portraits, ce serait classe de t'avoir dedans. J'ai juste besoin de feuilles, pour le reste, j'ai ce qui faut.

J'ai sorti les deux stylos que j'ai toujours sur moi pour lui montrer que je me tenais prêt. Dans le coin qui sert de bureau à la boss, il a trouvé des A4 cartonnés, parfait. J'ai esquissé. Il portait un marcel blanc, l'aréole se devinait en transparence et le téton ressortait en relief, sexy. Les muscles de ses fesses dépassaient par le bas de son slip kangourou et, devant, le paquet bien moulé, le tout perché sur des chaussures pailletées à plateformes.

Les filles sont revenues de la salle. Mon dessin les intéressait, elles se sont approchées et m'ont félicité, j'avais anticipé leur réaction, mais c'était encore mieux que dans mon imagination. Penchées sur ma feuille, leurs seins se sont rapprochés de ma joue, des hanches poussant mon épaule, un avant-bras posé sur ma nuque et des parfums jusqu'à la nausée. Jacky s'est déplacé pour voir mon croquis où ses formes étaient exagérées, quasiment une caricature.

Eh ben, t'as pas peur d'être une salope ! il s'est écrié.

Sans doute un compliment. Les filles ont gloussé. Nanine a réclamé son tour. Chacune voulait le sien, mais je ne pouvais pas toutes les dessiner, pas en une nuit. Et j'avais tout intérêt à ralentir, peaufiner pour leur plaire, ce serait aussi un prétexte de luxe pour revenir au cabaret, circuler comme chez moi, elles deviendraient mes amies et moi leur chouchou. Dans longtemps, celui de la maturité artistique, les dédicaces, les salons, les interviews et la master class, l'euphorie quoi, je relaterais comment ces femmes simples m'avaient inspiré et le rôle fondamental qu'elles avaient joué dans mon parcours.

En tout, j'ai réalisé trois portraits, assez fier du travail accompli, mais cramé. Nanine a proposé une photo, ça nous a pris un moment de régler la composition, toutes s'en sont mêlées. Faut dire qu'on s'est bien marrés. Assise sur un de mes genoux, la fille aux rollers portait sa jupette argentée, mais n'avait pas de haut, mon dessin pincé sous ses seins nus tenait tout seul. Sa langue tirée se tendait vers celle de Nanine pour la toucher. Cette dernière tenait son portrait entre son cul nu et mon oreille droite. Sur mon profil gauche, se trouvaient les fesses de Jacky encadrées d'un harnais, sa feuille à lui était posée sur sa cambrure. Le sourire niais, mes paupières lourdes de fatigue et une mollesse délicieuse, rien à redire, j'étais parfait. Cornes Rouges a pris la photo de groupe.

La nuit avait filé, pas encore le matin, les mains dans les poches et la démarche lente, quelques pas seulement à l'extérieur du cabaret qui ne me sortaient pas complètement de l'ambiance. J'attendais Nanine qui finissait de se changer.

Une corneille a aboyé, vraiment le cri d'un oiseau avec l'intonation d'un chien, il a rendu l'instant grave. Toutes les forces du béton, du firmament et des animaux à plumes se sont ajustées pour m'emporter avec eux, chaînon entre chaque élément. Si je disparaissais plus rien n'existait.

Depuis tout petit la mort me questionne, possible que ce soit de l'angoisse, en tout cas elle est présente, comme moulée à mon flanc, menaçante, mais partenaire, à m'imaginer dans des échanges honnêtes avec elle. J'y pensais moins avec les tourments de la sexualité, mais ce sentiment est revenu avec cette sale grippe.

Alors je veux profiter. Pour que la nuit ne finisse pas, suffit de s'en persuader, j'ai décidé que le jour ne se lèvera pas, en tout cas pas sur cette soirée. Ce sera ma nuit de manière exclusive, j'en serai le gardien, le temps des autres figé. Les matins ne servent à rien, je les bannis de ma vie pour en finir avec l'uniformité. L'habitude endort la force des minutes, la nouveauté, voilà la solution pour les différencier et sentir chacune d'elles. Ne plus dormir pour ne plus me réveiller, ne plus endurer la répétition, ne compter que sur une suite de nouveautés. Finis les matins. Finie la mort.

J'étais au milieu de la rue, Nanine m'a rejoint et s'est pressée contre moi. On est restés là à contempler. Ce même point de vue hier soir était d'un glauque médiéval avec des poubelles qui dégueulaient, des coulures marrons sur les murs et un ciel bronze au ras des cheveux, alors qu'il se dégageait, à l'heure la plus douce de la nuit, un enchantement de carte postale. La lune infusait le ciel et se reflétait sur les pavés mouillés, de chaque côté les immeubles s'érigeaient en haie d'honneur, bleutée, une puissance montait.

J'ai entouré les épaules de Nanine avant de fermer les paupières pour mieux conserver le paysage. Il a glissé en moi, coulé comme l'eau descend, sur toutes les faces de mes parois internes, d'abord les pieds remplis, devenus une ancre, le niveau est monté, j'ai été submergé de merveilles.

Elle m'a regardé bizarrement :

T'es tout pâle, moi aussi je suis fatiguée, tellement que je dors à l'intérieur. Mais on rentre à pied.

Va savoir comment la discussion a commencé, le bout de la nuit sûrement, elle a évoqué ses débuts dans les clubs de strip, principalement pour payer le loyer, elle suivait des études d'infirmière.

Faut pas croire, c'est dur comme cursus, tout ça pour être payée au lance-pierre.

À l'époque elle vivait avec un mec qui projetait de l'emmener à Hong-Kong, Andrew, hyper gentil, dans la finance, sa vie aurait été complètement différente en femme d'expat. Mais elle l'a quitté pour un alcoolique, même si ça s'appelle bon vivant quand on est trentenaire, bon elle payait déjà tout à la maison, elle ne s'est pas méfiée, les strip-teases rapportaient bien. Elle a abandonné ses études deux mois avant les examens, son mec lui reprochait de passer trop de temps à l'institut de formation, jaloux des profs et des étudiants. Trois ans plus tard, le gars, devenu une épave, découchait plusieurs nuits de suite, revenait en sang après des bagarres de poivrots, lui donnait quelques gifles parce que c'était sa faute à elle, le lendemain il pleurait et jurait de guérir, promesses jamais tenues, les crises recommençaient.

Eh ben c'est même pas moi qui l'ai quitté. Il m'a larguée pour sortir avec une fille réglo, qui voulait des gosses et tout. Pour te dire si je suis conne, elle a conclu dans un éclat de rire.

Elle est devenue artiste de cabaret, n'empêche elle a tourné dans toute l'Europe, même plusieurs fois en Russie, invitée dans des gros festivals, sa petite gloire à elle. Avec OnlyFans qui rapportait de plus en plus d'argent, tout allait bien question boulot. En revanche, fini avec les mecs, boutique fermée, pas un qu'a passé son rideau de fer, donc pas d'enfants. Elle qu'avait toujours rêvé d'une famille, un de ses grands regrets, bref le radeau de la vie, toussa. Avec l'arrêt de son show au cabaret, la misère, toute une partie de sa vie s'écroule. En plus Jacky a signé un contrat dans une revue québécoise, il part dans un mois, Nanine est trop triste. Elle trouvera des solutions et continuera d'en profiter, mais tout va changer.

Nous sommes arrivés pas loin de notre immeuble, les voitures avaient commencé à circuler, sur le trottoir quelques dames pressées et les fenêtres qui s'allumaient petit à petit.

Bella m'a surpris en me grimpant dessus, ses pattes sur ma cuisse m'ont obligé à résister, presque déséquilibré par son poids, elle est montée jusqu'au torse pour me lécher le visage, sa queue en essuie-glace. De l'autre côté de la laisse, Courvoisier, ça m'est revenu qu'il la promenait très tôt le matin. Je le voyais pour la première fois en dehors de chez lui, avec des chaussures à la place des pantoufles et un imper au lieu du peignoir, ça donnait l'impression d'un truc pas au bon endroit, comme si l'eau de Javel avait été rangée dans le frigo.

Nanine restait à distance de la chienne. Courvoisier a sorti l'ânerie classique du propriétaire de chien : Vous en faites pas, y a pas plus gentil qu'elle. C'est tellement con, comme d'assurer à ceux qui sont incapables de monter dans les avions qu'ils sont pourtant charmants et incapables de nuire. Puis il a continué dans la balourdise de luxe : C'est ta nouvelle fiancée ? Il s'adressait à moi comme si Nanine n'existait pas, avec en plus un clin d'œil, j'ai froncé les sourcils et secoué la tête pour dire non. Je les ai présentés avec cérémonie pour qu'il stoppe ses allusions :

Madame habite au septième. Monsieur Courvoisier au quatrième.

Ah, bien sûr que c'est vous !

Elle semblait ailleurs, mais l'échange ne lui avait pas échappé.

C'est moi quoi ? elle a répliqué.

Au septième, vous êtes quand même connue. Au conseil syndical, beaucoup de conversations vous concernent. Vous savez, je suis le seul qui vous défende, il a dit, façon preux chevalier.

C'est pas la peine, hein. Sauf si ça vous plaît de parier sur le mauvais cheval, elle a répondu.

Un mauvais cheval comme vous ? Ça me va.

Il a levé un sourcil, genre je suis connaisseur, elle a ri. J'en revenais pas, ils faisaient tous les deux la grande roue, qu'ils se trouvent une chambre. Ça me plaisait pas qu'elle se laisse amadouer, aucune confiance en lui, comme si je devais la protéger.

Puis un truc s'est passé, j'ai pas entendu, mais il a dû se comporter comme d'habitude avec moi, sortir une réflexion déplacée, elle s'est refermée, en le regardant avec des yeux las, en mode j'en peux plus des relous. On pouvait compter sur Courvoisier pour tout rater. Elle lui a tourné le dos et m'a pris par le bras : Allez, on y va.

Alors qu'il s'était montré tout guilleret, la séduction dans l'œil qui pétille, tout juste s'il ne concluait pas ses reparties de joli cœur avec un entrechat, il a rétréci, le dos voûté, sa mâchoire mâchait dans le vide, il s'est réfugié dans la sénilité. J'ai dit au revoir, pas à lui hein, mais au chien.

On a monté les marches, après la nuit que je venais de passer, plus la grippe, rien dans les jambes, j'en pouvais plus. Alors ça a commencé avec sa main qui a tiré la mienne, j'ai attrapé ses hanches et on s'est retrouvés à s'embrasser contre un mur. Elle m'a adressé un sourire minuscule. Nos langues se sont entrelacées. Le goût était familier, j'ai retrouvé sa saveur et son odeur, pas de doute que je les garderai en moi. On a repris notre ascension des escaliers. Elle m'a laissé à mon étage.

Fais pas trop le fou, elle a chuchoté.

Je me suis retourné vers elle. Nos sourires complices, j'adore quand les humeurs s'accordent sans besoin de les expliquer, une alliance de tendresse et de sarcasme. Nanine rayonnait, debout, le bras tendu sur la rambarde, un pied sur la marche du dessus. J'ai eu envie de la rejoindre, l'enlacer avec fougue, s'embrasser et se peloter comme dans les romances, pourquoi pas baiser dans notre coin, l'escalier de service. Mais ses yeux se sont fermés, notre fatigue, j'ai abandonné.

L'ouverture de la serrure m'a paru interminable. Au moins cette fois, j'ai pas oublié mes chaussures de l'autre côté. Le lit d'Héloïse a grincé quand je suis entré dans la chambre. Elle s'est redressée :

Kesse t'as fait ?

Mais laissez-moi vivre !

Pourquoi tu me vouvoies ?

Entre elle et Courvoisier que je venais de croiser dans la rue, je me sentais fliqué, pour quelqu'un qui sortait en douce, ça commençait à faire beaucoup de témoins.

Sérieux Héloïse, ce serait bien que tu dormes ! Les darons vont se demander pourquoi t'es fatiguée et je vais culpabiliser. Dors !

Elles sont complètement nues les filles ou y a des trucs qui cachent ?

Elle s'en foutait complètement de ma culpabilité.

Je te répondrai pas, Hélo. Y a eu mon virus, il est six heures du matin et j'ai encore toutes mes notes à prendre dans mon journal. Cette fois je vais pas céder. Je te réponds pas et tu dors.

Tu sais que c'est avec moi que t'auras le record, elle a ajouté.

Hein ?

Quand on sera très vieux, en mode EHPAD, ce sera moi, ta sœur, que tu connaîtras depuis le plus longtemps. Ta femme et tes enfants vont pas arriver tout de suite. Ma famille pareil. Les darons seront morts, miskine. Sur toute ta vie, je serai ta plus vieille connaissance. Et toi la mienne.

Arrête avec tes calculs de dépressive.

D'accord, mais tu me racontes les strip-teases.

J'ai craqué et j'ai décrit Nanine en policière, le vinyle rose, mes trois croquis, la beauté du matin et la formation d'infirmière. Héloïse s'est endormie en quelques minutes.

Et maintenant, je résiste au sommeil pour aller au bout de ma première nuit blanche en prenant mes notes de la journée.

## 9 décembre

Il est minuit dix, on vient de passer à mardi, je prends mes notes tard le soir en ce moment. Moi qui trouvais ma vie ennuyeuse, ça doit être le signe que ça s'arrange de ce côté-là, mais ça traduit aussi le chaos qui règne.

Hier, je voulais passer une nuit blanche, ça a presque marché, mais j'ai dû m'endormir pour quelques dizaines de minutes seulement, parce que la sonnerie du réveil m'a cogné sur la tête. Moi qui m'étais promis de ne plus vivre de matins, y en avait un brutal qui me tombait sur la gueule.

J'ai pas réfléchi, je me suis levé en mode automate, habillé avec ce qui traînait, j'ai pris n'importe quoi à manger, besoin de carburant pour rater l'anglais avec brio.

Ma mère tournait son crème, le bruit de la cuillère dans la tasse, mon père debout attendait son pain grillé, ça puait, exactement ce que je voulais plus, mais bon, apparemment je vais encore y avoir droit pendant un moment.

Papa consultait le site du labo. Il est responsable des achats dans un hôpital, rien à voir avec un travail de soignant, pourtant il s'occupe de nos soucis médicaux, comme si son lieu de travail lui transmettait un savoir.

Et en effet, il sait lire un résultat d'analyses. Il hochait la tête d'un air entendu en scrollant.

Alors ? a demandé ma mère, impatiente.

Je m'en doutais, une mononucléose, mais je préférais être sûr.

Le nom m'a paru grave :

C'est pas le truc qui s'attaque au cerveau ?

Non, ça c'est la méningite.

Il a souri. Ma mère trouvait ça drôle aussi.

La mononucléose, c'est la maladie du baiser, elle a précisé.

Je comprenais toujours rien. Ma grosse fatigue m'aidait pas, y avait du verre pilé inséré entre mes pensées, douloureux de réfléchir, pareil pour les gestes, tout était éprouvant.

T'as un truc sexuellement transmissible, a conclu ma sœur.

Elle venait à peine d'entrer, sûrement qu'elle écoute à travers les cloisons, je vois pas d'autre explication. Ma mère a tapé du plat de la main sur la table. C'est la faute de mon père, à toujours nous mettre en garde contre les maladies, ça finit par nous effrayer, même si les symptômes de la méningite me sont inconnus, le nom me rappelle quelque chose, pareil pour ma sœur avec les IST.

Mais non, la mononucléose se transmet par la salive, a expliqué papa.

Vous trouvez ça mignon la maladie du baiser, a répliqué Héloïse, mais n'empêche, je serais vous, je me méfierais. Lis mieux que ça les résultats papa, il a sûrement un truc plus grave.

Elle se foutait clairement d'eux, petit rire de ma mère et haussement d'épaules de papa. Je me suis marré, mais pas franchement, j'ai réalisé tout ce que ma sœur savait de ma vie parallèle, elle connaissait beaucoup de secrets qu'elle aurait pu révéler.

On a une fausse image des fourbes, des êtres prudents, les mains qui s'entrelacent avec un sourire grimace, des regards par en dessous, au lieu de ça, moi, je fonce. J'ai pas une assez bonne mémoire pour me souvenir de tous mes mensonges et je suis pas suffisamment intelligent pour les organiser, alors d'une certaine manière, j'assume. Je les empile en espérant qu'ils tiennent debout, mais au fond je n'ai pas de doute sur la supériorité de la vérité, les conséquences finiront par me rattraper. Pour l'instant, les histoires restent à peu près cloisonnées, Nanine sait des choses sur Constance sans l'avoir rencontrée, alors que ma petite amie n'a jamais entendu parler de la camgirl. Quant à mon père et à ma mère, ils ne peuvent même pas envisager que je me promène de l'une à l'autre. Ma sœur devient la personne la mieux renseignée à mon sujet.

Tu dois le dire à Constance, a déclaré mon père.

D'après ce qu'il suggère, je dois apprendre à ma petite amie que je lui ai offert une maladie en l'embrassant, super. Et si je l'avais chopée par Nanine ? J'ai des suées à imaginer que Constance découvre ce qui s'est passé et qu'elle ait du chagrin. Mais ce léger malaise vis-à-vis d'elle, de mes parents et de la société, au lieu de me torturer, me donne plutôt l'impression d'être spécial.

Je crains de les décevoir, mais j'apprécie de ne pas devenir conforme aux attentes. Ah, ils s'attendaient à me retrouver en prépa Sciences Po, la petite amie de rigueur, des fiançailles sans cérémonie, mais avec un contrat moral, celui d'un voyage à Capri, se tenir la main dans la rue, grapiller dans le même plat, se serrer sur un seul siège quand la place manque, s'appeler bébé ou mon cœur et choisir des pyjamas assortis, tous ces préliminaires pour échouer dans une maison avec deux garages et un portail connecté, eh bien, plus que tout le monde, je me stupéfie moi-même à refuser Capri.

Ça peut se transmettre par contact indirect, a indiqué papa. T'as pas bu dans la gourde d'un copain ? Ou partagé un verre ?

Pourquoi ce serait pas Héloïse qu'a ramené ça à la maison ? j'ai suggéré en me levant.

Elle a mimé quelqu'un qui meurt par convulsions en renversant une partie de son lait, ma mère a râlé, mais ma sœur est restée inerte suffisamment longtemps pour la faire rire.

Une fois au lycée, j'ai raté l'anglais comme prévu et assisté aux autres cours sans dormir. Des pics bizarres d'énergie me prenaient, à ricaner du hoquet de ma voisine ou à fredonner une chanson que j'aime pas.

Puis il y a eu *the* mission, prévenir Constance. Mais je ne l'ai pas vue aux intercours. À la récréation, ses copines m'ont indiqué qu'elle était absente, je suis allé aux toilettes pour lui envoyer des messages.

J'ai passé l'heure suivante à flipper, m'imaginer qu'elle avait appris pour la maladie du baiser et conclu à la tromperie, impossible pour elle de croire à la transmission indirecte, fallait quand même pas la prendre pour une débile.

Au lieu de m'allonger dans un coin de la cour pour dormir à la pause déjeuner comme j'avais prévu, je suis sorti.

Constance m'a ouvert, vêtue d'un très grand pull, ses cheveux attachés, des cernes sous ses yeux rapetissés et un sourire pâle. Elle m'a précédé pour rejoindre la cuisine. Je trouvais l'appartement trop calme, comme si on lui avait posé un bâillon, l'agitation habituelle manquait.

Elle m'a invité à m'asseoir, j'ai obéi, aucun signe ne me permettait de deviner si elle m'en voulait ou pas. Et, avec sa maladie, elle était renfermée, j'avais l'impression qu'on se connaissait plus, compteur de l'intimité remis à zéro. Mais, ouf, elle a souri, j'ai pu me détendre, un peu seulement. Je lui ai avoué que le virus venait sans doute de moi, une mononucléose qui se transmet par la salive. Elle a haussé les épaules.

Quand j'étais petite, avec Soraya j'avais droit aux poux, avec toi c'est la fièvre, faut toujours une punition.

Punis de quoi ? j'ai ricané.

Punis d'être ensemble, des moments sympas, comme si ça finissait mal à chaque fois.

Déprimante, son affaire. Si je commence à penser aux châtiments qui suivent la sensualité, je suis mal. Je suppose que la mononucléose représente une première étape, mais à quel péché se rapporte-t-elle ? Si cette maladie punit ma branlette dans l'escalier de service, il reste encore les tendresses avec Constance, mes fantasmes, le cabaret, sans compter les autres cachotteries avec Nanine, j'ai pas fini de payer. Et puisque mon objectif de vie se résume à la luxure, le cercle de pénitences continuera pour l'éternité, un profil comme le mien doit finir dans les entrailles brûlantes de la terre.

J'ai changé de sujet : T'as pas l'air trop malade. En se marrant, elle m'a confié qu'elle avait exagéré son état ce matin, y a un tuto super sur YouTube. À fond du cardio pour avoir les joues rouges, puis un linge brûlant sur le front pour la fièvre, bon ça n'a pas leurré le capteur infrarouge, mais en rajoutant le manque d'appétit et les maux de tête, sa mère a préféré la croire plutôt que l'appareil.

À force d'échanger des banalités, limite on aurait pu se préparer un thé, mais un autre mood couvait. Au départ, ma visite ne concernait que sa santé, promis, l'inquiétude m'a amené chez elle, mais quelque chose montait en moi, par bulles d'abord innocentes qui éclataient, pop, pour signaler l'envie, j'ai frémi. Cette phase avant le désir, du trac peut-être, ces crépitements dans la poitrine, la bouche sèche et des pensées qui cognent. En revanche, j'arrivais pas à déceler si Constance se trouvait dans le même état, remarque, sur moi ça devait pas être davantage visible.

Constance nous servait un verre lorsque la carafe, assez grosse, lui a échappé des mains, elle s'est écrasée au sol, projetant de l'eau et des éclats de verre dans toutes les directions. Ça m'a renseigné sur son état.

Oh merde, je suis désolé, j'ai dit.

Ben, t'as rien fait de mal.

C'est moi qu'ai demandé de l'eau.

C'est moi qu'ai rempli la carafe.

C'est moi qui suis venu.

C'est moi qui suis malade.

C'est moi qu'ai commencé avec…

J'ai dû m'interrompre pour éviter d'aborder la mononucléose, mauvaise idée d'aller sur ce terrain-là, parce qu'on allait remonter jusqu'à Nanine. Elle s'est approchée de moi, pieds nus, avec des pas mesurés et légers pour éviter les bouts de verre. Puis elle a repris :

C'est toi qu'as commencé avec quoi ?

Avec la séance chez moi.

Elle a tchipé : C'est moi qu'ai commencé.

Qu'est-ce que t'as commencé chez moi ?

Elle a ouvert mon jean en me susurrant à l'oreille : La masturbation, je me suis masturbée devant toi.

Elle a voulu retirer mon pantalon, j'ai soulevé le bassin pour lui faciliter la tâche, mes baskets ont crissé sur le verre, elle a tiré tous les tissus. Ma queue dressée devant nous.

Elle l'a attrapée, serrée dans sa paume, puis s'est positionnée devant à califourchon, comme si elle tenait le pommeau d'une selle. Son pull long, très doux, cachait ma bite, se coinçait entre ses cuisses et les miennes, nous gênait. Alors, je l'ai remonté, l'avant par-dessus sa tête, pour le caler sur sa nuque. Cette manière de déshabiller ses seins, je l'ai tirée du passage le plus excitant du porno que j'ai vu, les bras et les épaules encore couverts, mais la gorge, la poitrine et le ventre dénudés.

On s'est embrassés, avec beaucoup de salive. Puis Constance en a fait des bulles qu'elle éclatait sur mes lèvres, ça coulait, sur mon menton qu'elle a léché, j'ai ouvert la bouche pour recueillir la substance sirupeuse. C'était comme si elle avait mangé un yaourt à la framboise ou aux fruits. Le sucre n'a jamais été aussi bon. Ça gouttait sur mon tee-shirt et sur ses seins offerts, l'envie de les bouffer en grand, j'ai suçoté et léché, pour finir avec de la salive jusque dans les sourcils.

Pendant ce temps, elle me branlait lentement, sans à-coups, sur une petite longueur, minimaliste, mais grisant.

J'ai voulu échanger nos places, mais le coup du mâle alpha qui soulève une femme à califourchon sur ses hanches pour la planter sur sa queue, ça marche moyen dans la réalité. J'ai à moitié trébuché, faut dire que mon pantalon m'entravait et Constance pesait sur mes cuisses. Elle a posé un pied élégant sur la chaise pour s'y installer et s'accroupir. J'étais agenouillé devant elle, mon pantalon en boule me protégeait des bouts de verre.

Avec une jambe posée sur chaque accoudoir, elle s'est glissée au bord du siège. J'ai décalé son slip sur le côté, pour dire bonjour à sa chatte, l'effleurer de mes lèvres et de mon nez, retrouver ses arômes. Constance respirait intensément, chaque souffle tendu, comme pour accentuer sa concentration.

J'ai déplacé un de mes genoux où s'est planté un morceau de verre, rien à foutre, minuscule douleur face à la splendeur de l'instant.

J'ai léché les bords, là où la fois d'avant j'avais caressé avec mes doigts. Sur ma langue la sensation râpeuse de ses poils qui repoussaient, pas sûr d'apprécier, en revanche quand j'ai plaqué ma bouche contre la fente qui s'est ouverte, alors là, l'apothéose. Davantage qu'un contact de peaux, en plein dans l'intime, c'est devenu soyeux et tiède, j'accédais au rouge humide. Le goût m'a surpris, âpre, à la limite de me faire frissonner, mais avec une douceur derrière, une texture crémeuse.

J'y allais avec des grandes lèches, mon nez frôlait le clito, puis j'ai pressé ma bouche et aspiré.

Mes doutes s'éloignaient, putain quel prodige, improvisation, initiative, action et, voilà, le succès, enfin un domaine où je possédais du génie. Et quel domaine. À un moment elle a sursauté, j'avais dû m'y prendre de travers ou y mettre trop de passion, mais pour le reste je comprenais. Des années de documentation sur le clitoris payaient enfin, ses racines et son gland, tout prenait sens. Surtout, comme l'avait suggéré Nanine, je prenais du plaisir à en donner, aucune idée de la manière dont ça fonctionnait, mais je bandais fort. Constance a poussé des petits cris, comme enfouis sous un oreiller, puis j'ai reconnu son gémissement de jouissance, celui qu'elle avait eu sur mon canapé.

Mon site préféré, c'est une bibliothèque d'orgasmes qui rassemble des enregistrements sonores authentiques, principalement des femmes, il y en a des dizaines et des dizaines. Avec juste ce qu'il faut de transgression pour être excitant. En accès libre, je peux les écouter comme si c'était de la musique, personne ne s'en aperçoit.

Doit y avoir un ADN du son de la jouissance, le truc qui se contrôle pas et qui se lâche au moment de l'explosion, il se traduit en gros par des soupirs, des gémissements et des cris, mais chacun possède le sien, avec ses subtilités, ses niveaux et sa durée, un son qui se répète de la première à la dernière fois. Et de toute la collection des cris de Constance, l'un d'eux venait de naître grâce à moi.

J'ai relevé vers elle mon visage recouvert de sa mouille, complicité intense, je n'avais jamais ressenti une telle fusion. Voilà ce que voulait dire faire l'amour.

Cette expression si cucul et moche signifiait qu'ensemble on fabriquait de l'émotion. Elle s'est penchée vers moi et m'a roulé une pelle passionnée.

Quand même, mon genou me lançait, je me suis relevé, ma queue épaisse, presque engorgée, s'est retrouvée au niveau de ses lèvres. Sans hésiter, elle a pointé sa langue sur la fente du bout, où gouttait du lubrifiant naturel, elle l'a recueilli, l'étirant en un fil délicat qui s'est brisé, en partie sur sa joue et l'autre sur ma cuisse. Elle a arrondi ses lèvres pour suçoter mon gland, puis elle l'a enfoncé un peu plus dans sa bouche, a sucé encore et aspiré, j'ai senti sa langue jouer avec l'orifice.

Qu'elle reçoive mon bout gonflé dans sa chaleur moelleuse, l'un dans l'autre, intime contre intime, j'étais touché par autant d'abandon, une sorte de sacrifice, ça me rendait tellement sensible. Trop, un frisson m'a refroidi. Soudain je me suis dit qu'elle devait pas, tout s'embrouillait, Jacky m'avait interdit de sortir mon zguègue, à moins que ce soit la fois d'avant, je me souvenais plus. Et le consentement, j'en avais pas parlé, alors qu'elle s'apprêtait à me faire une fellation, il s'agissait d'une étape importante, une pénétration. Ses yeux ont cligné de surprise quand je me suis retiré :

Il faut pas que tu fasses ça. Ou alors juste… Si je peux juste rentrer et sortir quatre fois ?

Hein ?

Elle s'est mordu la lèvre, son tic quand elle est contrariée, avec un bord inférieur de la bouche qui se cale sous les dents et qui ressort en un bourrelet à l'opposé. Ma queue mollissait. Surtout j'étais terriblement gêné :

Oh non, non désolé, pourquoi j'ai demandé ça. Il faut pas.

Ben si, t'inquiète, je peux le faire…

Ah bon vraiment ? Mais c'est parce que t'as l'habitude ? Ou juste, tu l'as jamais fait et t'es d'accord ?

Je me suis entendu parler, c'était bien moi, mais je comprenais pas bien où je voulais en venir. Elle non plus :

Comment ça j'ai l'habitude ?

La question la plus directe aurait été, est-ce que tu suces ? Mais askip faut pas le dire, alors que j'ai une image plutôt positive de la salope. Pour moi, c'est le contraire d'une insulte, je suis fascinée par les femmes qui gèrent leur liberté et l'assument, donc j'adore les salopes, mais impossible d'utiliser un tel vocabulaire. Et il y a quand même une question à se poser, est-ce que je le prendrais bien si ma petite amie se trouvait dans la catégorie en question ? Eh bien ça ne me dérange pas. Je l'ai déjà ressenti avec les Italiens, jaloux de ce qu'elle a appris avec eux, mais pas de leur relation. D'où ma question sur sa pratique de la pipe, parce que ç'aurait remis en question la manière dont je l'avais léchée, tout un engrenage dévalorisant, je finirais par me trouver nul, alors que quelques minutes avant je me considérais comme le champion de la lèche.

J'ai secoué la tête en lui disant :

Laisse tomber. Ça se passait bien et j'ai merdé.

J'ai remis mon pantalon, vérifié le tomber sur les baskets et enlevé quelques poussières, comme si ça pouvait me redonner de la dignité. Elle a remis son pull. On a balayé l'eau et les débris de la carafe, puis épongé les flaques.

Je me suis coupé l'auriculaire, ça saignait beaucoup, elle est allée chercher un pansement. Au lieu de déchirer l'enveloppe, soulever les protections et placer l'adhésif autour de ma plaie dans un geste délicat, elle me l'a jeté, tout emballé, sur les genoux. Ça m'a navré davantage.

Juste au moment où on s'habituait à nos ébats, sans appréhension ni angoisse, c'était déjà fini, terminée la complicité, retour à la maladresse, à la poubelle tout ce qu'on avait construit.

Rien ne me reste dans les mains, à peine je commence à maîtriser et tout s'échappe.

Alors que je m'étais imaginé déjeuner avec Constance, mélanger à deux les ingrédients d'une salade, les partager dans le même plat, des bouchées entrecoupées de baisers, quelques mots d'amour, on en avait jusqu'à maintenant échangés si peu, eh bien je me suis retrouvé congédié sur le trottoir, ridicule et la faim au ventre. Refuser une fellation, quelle idée, faut vraiment être débile pour fuir un tel moment. En plus, à sa manière perchée et spontanée, Constance avait joué de nos corps avec un tel naturel. Tandis qu'avec Nanine, c'est davantage fabriqué, comme si elle était influencée par des décennies d'attitudes séductrices, y a moins de surprise. Je juge pas, c'est pas moi qui vais donner des notes, juste je constate. Comme d'habitude j'aime bien les deux.

Avec tout ça, je suis arrivé en retard en cours. Tout ce qu'on venait de vivre, ou de rater, me tournait dans la tête. Je réussissais pas à garder les yeux ouverts, alors je me suis calé sur le côté pour que la prof me voie pas dormir. Mais ça n'a pas marché longtemps.

Léo ? Qu'est-ce qu'il y a d'intéressant par la fenêtre ?

J'ai sursauté, puis j'ai répondu.

La mort de mon week-end…

Des ricanements, j'avoue ça m'a remonté, l'épisode minable avec Constance m'avait déprimé. La prof a frappé de son stylo sur le bureau.

Chut ! Tu te concentres un peu, je te prie.

Désolé madame, je ne sais pas ce qui me prend, encore des préoccupations débiles d'ado. C'est nul comparé à la physique-chimie.

Nouvelle rigolade dont j'étais fier, on m'arrêtait plus. C'est à ce moment-là que j'ai senti un truc visqueux me couler d'une narine, j'ai d'abord cru à de la morve, juste au moment où tous les regards étaient tournés vers moi. Quand je me suis essuyé d'un coup de poignet, l'ovation générale a tourné au dégoût, je saignais du nez. J'en avais partout sur la chemise. On m'a tendu un rouleau d'essuie-tout, mais ça n'a pas suffi, direction l'infirmerie. J'ai bifurqué aux toilettes pour calmer l'écoulement. Je payais mon insolence avec la prof, ma vie nocturne, cette question grotesque, je peux entrer et sortir quatre fois ? et la culpabilité d'avoir été fou avec Nanine. Ça s'arrêterait jamais de saigner.

Ça a pourtant fini par se calmer. J'ai retiré ma chemise pour la nettoyer dans le lavabo. Mais l'intercours a sonné, des troupeaux de lycéens ont envahi les couloirs. Liang et Aksel ont débarqué avec deux copains, la bande qui se muscle, pratique l'escalade à Fontainebleau, compare leur résistance à l'alcool et connaît déjà la marque de sa future voiture. C'était pas rien d'assumer mon topless, plutôt chétif, alors qu'ils sont mats et durs.

Mais c'est du sang. T'as tes règles ou quoi, Léon ?

Aksel a désigné l'amas d'essuie-tout ensanglanté sur le rebord du lavabo, les coulures rosées sur la céramique blanche et les traces de sang séché qui traversaient mon visage. Ses potes ont pouffé en une fois, presque en sourdine, ça rigole pas fort les mâles alpha. J'ai répondu :

Aksel, les règles, ça sort pas par le nez, mais par le vagin. Tu vois, cette partie de l'anatomie féminine que je n'ai pas. Un cours du programme de troisième. Tu l'as redoublée pourtant. T'as loupé le cours les deux fois ?

Un de ses potes a encore ri, le gars qui capte pas où est son camp, toute sa disponibilité de cerveau servait à ses muscles.

N'importe quoi. Je sais ce que c'est. Mais t'es bien le genre à avoir tes règles, avec tes idées et ta touche de meuf.

Aksel parlait en grognant, jambes écartées, je l'ai imité en mode hargneux et j'ai tendu les bras vers lui pour essorer ma chemise. Ses baskets ultra blanches se sont retrouvées criblées de gouttes rosâtres, ça l'a pétrifié, son regard se déplaçait entre ses chaussures et moi. Avec sa poigne de sportif, il m'a chopé par le bras pour me sortir des toilettes.

Avec ta lessive et tes règles, tu vas chez les pisseuses. T'as rien à foutre chez nous.

Et il m'a poussé au point de me faire tomber, un de ses potes m'a balancé la chemise et l'essuie-tout souillé. À l'heure où tout le lycée se déplace d'un cours à l'autre, ils ont tous assisté à mon humiliation, mais personne s'est inquiété de moi, ou m'a tendu une main, pas un non plus pour l'engueuler. Ça changeait pas de d'habitude, hein, aucune surprise, on se soucie pas vraiment les uns des autres, mais en meretrouvant ciblé, j'ai ressenti l'injustice et la violence. Tout le monde devrait faire un petit stage de victime pour gagner en empathie.

J'avais même Liang en face de moi, mon plus vieil ami, qui de toute sa hauteur m'observait étalé par terre sans me secourir, il dodelinait de la tête d'un air désespéré. Ça a été plutôt dur, rabaissé à ce point-là devant tout le lycée et lui qui ne bougeait pas. Un sentiment de gâchis et une énorme tristesse me serrent la gorge à y repenser.

Aussi loin que je me souvienne, il est dans mes parages. On était déjà ensemble à la crèche, puis niveau après niveau on s'est suivis, pas forcément dans la même classe, mais quinze ans de vie collective partagée. On connaît le bâtiment par cœur, ses couloirs et ses recoins. Les mêmes anecdotes sur ce prof de sport qui nous barbe avec sa calligraphie, ce surveillant qui profite de n'importe quelle occasion pour être un mauvais DJ, le dragon à l'accueil, l'heure du goûter, Capri Sun et Napolitain au supermarché. Je délire ou on a forcément dû construire quelque chose ? C'est quoi l'amitié si ça peut s'arrêter d'un seul coup sans prévenir ? Déjà que je me pose des questions sur l'amour, si même ce truc simple d'être ami avec quelqu'un est si compliqué et périlleux, y a une solution ? Ou alors quoi, faut juste renoncer ?

En attendant, des gloussements et des doigts tendus me désignaient, moi et mon torse imberbe. Malgré l'interdiction, quelques-uns avaient sorti leur téléphone pour me filmer. J'ai accroché la chemise à mon index et l'ai balancé sur mon épaule pour, d'un déhanché de mannequin, parcourir les quelques pas qui m'ont mené aux toilettes des filles.

J'ai placé ma chemise devant la soufflerie du sèche-main, elles ricanaient, moi pas trop, au moins les mâles alpha viendraient pas me chercher à cet endroit.

De retour à la maison, si j'avais pu passer inaperçu, filer de la porte d'entrée à mon lit sans parler à qui que ce soit. Raté. Mon père venait de recevoir une notif au sujet des cours séchés, j'ai sorti le même prétexte qu'au lycée, une erreur de lecture du planning. Mais il m'a pas lâché et a embrayé sur la mononucléose, est-ce que j'avais prévenu Constance ? J'ai essayé d'abréger, mais toujours pas moyen de l'arrêter, il a continué, Charlotte avait appelé, il savait que je me trouvais chez eux ce midi :

C'est sûrement pour ça que tu n'as pas réussi à comprendre ton planning ?

J'ai toussoté. C'était pas fini. La mère de Constance avait eu une idée. J'ai pensé Quoi encore ? Elle proposait qu'on tire une leçon de la mononucléose. Puisque notre relation devenait sérieuse, pourquoi ne pas nous préoccuper de notre santé sexuelle. Mon père trouvait ça formidable, tout un discours de Charlotte qui l'avait impressionné et qu'il m'a répété, comme s'il l'avait appris par cœur, au sujet de la charge contraceptive portée pendant des décennies par les femmes. Les temps changeaient, elle était persuadée que j'accepterais de la partager et suggérait que, Constance et moi, on se rende ensemble chez le médecin. Je me suis dit De quoi elle se mêle, la belle-mère ? Mais bon, vu que la seule réponse admise c'était youpi formidable, à moi le partage de la charge contraceptive.

Quand j'ai enfin réussi à fuir le daron, j'ai traîné sur les réseaux. Et là, une dinguerie, on voyait que moi, je pouvais même pas lire tous les commentaires tellement y en avait. Deux camps s'opposaient, celui qui se foutait de moi en repostant la vidéo où j'étais par terre, l'autre qui préférait celle où je me dandinais façon mannequin. Le deuxième camp gagnait largement, beaucoup me défendaient, me trouvaient trop Gucci et adoraient ma façon de marcher.

Et décidément, une gloire n'arrivant jamais seule, je me retrouvais aussi sur l'Insta @quidortencours, quelqu'un m'avait pris en douce pendant ma sieste en physique-chimie. S'il y a un compte où je veux apparaître, c'est bien celui-ci, trop drôle. En commentaire, j'ai posté la photo avec les strip-teaseuses, en mode grosse frime. La nuit, voyez-vous, je dessine des femmes à poil dans un strip club. Les commentaires ont fusé, en quelques minutes j'ai explosé les records, puis ça s'est propagé tellement vite sur tous les autres réseaux. Je tenais ma vengeance contre Aksel, il devait être dégoûté, Liang pareil, lui de toute façon, je voulais lui parler, fallait qu'on se voie pour s'expliquer.

Alors j'ai réalisé. Comment tournent les pensées ? Celles qui se pointent sans prévenir, pas vraiment des réflexions, mais ces idées qui surgissent par impulsions, à peine on en prend conscience, elles s'effacent déjà pour laisser place à la suivante, dans un enchaînement presque automatique. Quelle obsession prendra le dessus dans ce flux spontané et incessant ? Quels personnages de nos vies s'imposeront en priorité ?

Qu'est-ce qui m'a pris ? La première motivation du post avec la photo au cabaret était évidente, la popularité, un moyen d'en mettre plein la vue à tous ceux qui me méprisent depuis si longtemps. En second plan je visais Aksel, l'humiliation que j'ai subie, normal que je réagisse. Cette simple photo, diffusée des dizaines de fois, clic clic clic clic, tous ces ricochets me réjouissaient.

Jusqu'au dernier impact, carrément négatif, lui, quand Constance sera frappée par la lumière de son écran.

J'ai prévenu mes parents que je sortais. Mon père a râlé qu'il avait fait des courses et préparé le repas, c'était pas un resto ici, fallait peut-être prévenir. Et il a ajouté :

Tu devrais être puni, t'as séché, quand même.

Et on n'a pas dit que tu te mettais à travailler ? a surenchéri ma mère.

J'ai expliqué que j'allais chez Liang, copier ses fiches de révisions justement, il en avait d'avance en SES, ça me serait bien utile pour le DST à venir.

Ben, vous vous êtes pas embrouillés ? a commenté ma sœur.

Apparue comme à son habitude de derrière la cloison, elle s'invitait dans la conversation. Toute ma famille me harcèle. Le regard des parents est passé d'elle à moi et entre eux, en autant de points d'interrogation. J'ai dit N'importe quoi à ma sœur, mais si elle était au courant pour Liang, c'est qu'elle avait vu les photos et lu les commentaires, donc si elle savait, Constance aussi. Fallait que je bouge. Mon père a brandi sa spatule :

Tu veux pas qu'on te garde une part ?

Mon blouson déjà enfilé, j'ai soupiré en mettant mes chaussures : Non.

Avant que la porte claque, j'ai juste eu le temps d'entendre Héloïse :

Vous dites rien ? Vous le laissez partir ? Bien joué le bluff, préparez-vous, je vais m'y mettre aussi.

Avant de courir chez Constance, je devais sortir Bella.

Courvoisier ne portait pas de peignoir ni de pantoufles, mais une chemise sous son pull et un pantalon avec un pli, plutôt élégant. Il a regardé derrière moi.

Ben, t'es tout seul ?

Vous avez dit quoi ?

Je lui ai laissé un message pour qu'elle vienne me voir. Avec mon aide, ses problèmes avec la copro, terminé, faut juste que je lui explique ce qu'il faut faire.

Il parlait de Nanine. Aucune idée de ce qu'il avait imaginé, mais je la voyais mal tenir une réunion avec lui pour échanger à propos de l'immeuble.

Comment vous l'avez contactée ?

Ben avec un téléphone, c'te blague, un rendez-vous sur son répondeur, ou je sais pas comment ça s'appelle, la boîte vocale là.

Ah ça ? elle écoute jamais.

Oh ben, si les gens font pas d'efforts aussi. Tu lui expliques que je vais bien m'occuper d'elle. Tu dois lui dire de venir ici. Elle doit comprendre qu'elle a besoin de moi.

Hors de question de jouer les intermédiaires, je devais gérer mes propres emmerdes, concentration là-dessus et pas autre chose. Je suis parti sans trop lui répondre.

Constance ne lisait pas mes messages, mes appels tournaient dans le vide et personne ne répondait quand je sonnais chez eux. Enfin je crois, la caméra de leur interphone rend parano, je me suis figuré qu'ils refusaient de m'ouvrir par solidarité avec leur fille. En tout cas, impossible de joindre ma petite amie, probablement parce que j'en avais plus.

J'ai débarqué chez Liang, deux trois trucs à régler avec lui. Il a haussé un sourcil en voyant Bella, mais il souriait beaucoup plus que la dernière fois. Quand je me suis assis sur son canapé, tout de suite il m'a félicité pour ma photo géniale avec les strip-teaseuses, mais en connaisseur, il ne se laissait pas piéger par Canva, malgré la qualité du montage photo.

C'est une vraie photo, j'ai dit.

Arrête, ça se voit les mains sont pas nettes, tiens regarde-la, elle a six doigts.

Il m'a montré la main de la fille aux rollers qui tenait celle de Nanine, forcément y en avait plusieurs, il en a convenu. Et cette partie bizarrement colorée résultait du reflet de costumes dans un miroir, le bazar dans les loges du Rouge Cerise, pas des imperfections du logiciel graphique.

C'est vrai, alors ?

À plusieurs reprises, je lui avais parlé de Nanine sans qu'il me croie, mais j'ai répété que les courses pour elle, mes visites dans son studio ou au cabaret, ses copines dans les loges, oui, tout était vrai.

Tu devrais m'emmener, il a ajouté. Là, carré, je te croirai.

T'es sérieux ? Tu me ghostes la moitié du temps. Tu m'as pas défendu aujourd'hui avec Aksel. Et je devrais t'emmener ? Je suis pas sûr.

Non, mais là, ça va beaucoup mieux. Surtout maintenant, avec la photo, t'as dead ça.

Ça va beaucoup mieux ? Qu'est-ce qu'allait pas ?

Rhô, t'inquiète. C'est juste que tu restais derrière tu vois. Rien de méchant, mais reconnais que t'as du retard.

Il me considérait donc comme une personne porteuse de handicap. J'ai demandé :

Du retard ?

Reconnais, la mode ça t'emmerde, c'est ta mère qui t'achète tes fringues, non ? Tu connais rien au rap. Pis tu fais aucun sport, franchement, avoue que t'en as besoin. T'es toujours comme un bolos avec tes carnets. Tu mets rien sur Snap, même pas de flammes, zéro story. Normal que t'aies pas d'amis. Avec les filles, ça va mieux grâce à Constance, mais bon, toi-même tu dis que rien se passe entre vous, si vous êtes juste potes c'est pas la peine.

Pour quelqu'un qui s'exprime pas beaucoup, eh ben Liang se rattrapait. Souvent, je me demande quel effet je produis sur les autres, quelle est mon image ? comment ils me trouvent ? Je pense pas qu'on sache qui on est vraiment. Eh bien Liang m'offrait cette opportunité. Mal sapé, donc, pas très cultivé musicalement, mal gaulé et mal baisé, je maintenais un sourire sur mon visage, mais mon menton tressautait. Alors j'ai brandi l'image où je me retrouvais entouré de trois filles et de Jacky quasiment nues.

Merde, c'est qui qu'a du retard ? T'en as des photos comme ça ?

J'avoue.

Tu crois que Nanine, c'est le genre à se mettre avec des gamins qu'éjaculent de la pisse ?

L'expression du grand-oncle était sortie malgré moi. Liang a levé les deux mains en signe de paix pour me calmer :

Non, frère, t'as changé, maintenant t'es à l'aise et tout. Tu sors avec elle ?

J'ai haussé une épaule, sans dire oui ni démentir. Il a tapé ses poings l'un contre l'autre, ça doit être un signe viril, puis m'a pris dans ses bras, j'ai senti ses biceps musclés dans mon dos.

Tu pourras m'emmener avec toi si j'ai une fausse pièce d'identité ?

Il doutait de rien, convaincu que son accolade maladroite avait tout réparé et qu'il m'accompagnerait.

Les gens sûrs d'eux me fascinent. Juste avant, Courvoisier était persuadé que Nanine viendrait la voir, uniquement parce qu'il le veut. Avec Liang, pareil, soudain très intéressé par le cabaret, il pense pouvoir s'y rendre avec moi. Les deux, en fin de compte, poursuivent un seul et même objectif, ken Nanine. Peut-être que j'agis pareil, à guetter les occasions pour en profiter, mais pas au niveau de ces deux gars, enfin j'espère, pourvu que j'aie un poil plus de principes.

Je suis à nouveau passé en bas de chez Constance, j'ai levé la tête vers leur fenêtre, pas de lumière allumée. Aucun de mes messages lu.

Au parc, les arbres semblaient muets sans leurs feuilles, ils luttaient dans leur raideur, souffraient, les moignons de leurs articulations pas loin de céder. Quand ils sont verts, exubérants, ils s'étreignent branches contre branches et feuilles dans feuilles, en passant au jaune, les contacts s'appauvrissent pour devenir frôlements et maintenant il ne reste plus rien. Impossible pour eux de se rappeler de l'éclat de l'été, atteints par les rafales d'automne et la tristesse de la lumière, tout secs, ils ruminent seuls.

J'ai consulté la page Wikipédia de l'amitié où sont énumérés les partages qui la définissent, valeurs morales, entraide, écoute réciproque, échange de conseils, soutien, loisirs et admiration, pas une case cochée avec Liang. Fallait que j'assume enfin de pas avoir d'amis.

J'ai rendu Bella à monsieur Courvoisier encore en tenue de ville.

Tu l'as pas prévenue ?

Il continuait la discussion qu'on avait commencée plus tôt. Je suis resté vague. Il s'est énervé tout seul :

Oui ben, elle veut régler ses problèmes ou pas ? Je peux pas le faire à sa place, hein ! Pis quand ce sera trop tard, faudra pas venir pleurer.

J'ai haussé les épaules, il a claqué la porte sans dire au revoir.

Aucun problème, avec lui je veux bien abandonner les politesses.

Nanine m'a ouvert. Elle portait une tenue moins sophistiquée qu'au cabaret, mais ça ressemblait quand même à un déguisement, une jupe en daim très courte, une chemise nouée sous les seins et des bottes de cow-boy. Je l'ai suivie dans le studio. Quand elle me connaissait moins, elle prenait un temps sur le pas de sa porte avant de me recevoir, maintenant elle ouvre et, en confiance, se place tout de suite de profil pour m'accueillir.

J'ai une séance dans vingt minutes. Tu veux un croque-monsieur et un Coca ?

Oui, je voulais bien, la faim avait fini par monter. J'ai pris le Coca de ses mains, elle a sorti des croques de l'emballage pour les mettre dans le micro-onde.

Alors, avec ta copine ?

Mes épisodes charnels avec Nanine se limitent à leur espace-temps, bien qu'ils se soient produits plusieurs fois, on ne les a jamais mentionnés, ce qui les rend inexistants dans notre réalité. Finalement c'est déjà le cas dans ma vie de tous les jours, nos relations sont cachées, cloisonnées, même Jacky ne sait pas, les parents n'ont aucune place chez Nanine et elle n'entre pas dans le monde de Constance.

Je lui ai répondu :

D'abord j'ai dead ça. Tu peux pas imaginer comment j'ai assuré. Pis après, pas terrible.

Ben alors ? Qu'est-ce qui s'est passé ?

J'ai demandé de rentrer et de sortir.

T'as dit quoi ?

Dans sa bouche, j'ai voulu rentrer et sortir quatre fois.

Mais pourquoi quatre ? elle s'est marrée.

Je sais pas. Mais je l'ai pas fait, hein, alors qu'elle était d'accord en plus.

Nanine ne comprenait rien, quelle idée d'avoir refusé, en plus ça semblait bien parti, une occasion d'expérimenter dans de bonnes conditions et je l'avais laissée filer. J'ai évoqué l'angoisse, cette barrière invisible, malgré l'impression d'être sûre de moi, je me retrouvais pétrifié sans comprendre d'où ça venait. Je lui ai avoué :

J'ai peur. C'est difficile de savoir quand on peut y aller ou pas. Pis Jacky qui me répète de pas sortir ma bite, ça aide pas.

Elle m'a servi le croque dont le fromage crépitait, mes dents se sont enfoncées dans le sandwich. C'est la tendresse qui rend cette malbouffe jouissive, ces empilements de trucs diversement mous, l'onctuosité du pain, le friable du jambon et le moelleux du fromage. Le plaisir monte jusqu'aux gencives. Sans oublier la satisfaction de me rebeller, jamais on mange ce genre de plats sous vide à la maison, ils me voyaient pas et le savaient pas, mais je me réjouissais de défier leurs valeurs. Quand je serai adulte, juste parce que ça suffit avec la prudence et les précautions, je deviendrai comme Nanine, à privilégier l'achat de produits avec des tas de composants en E, des nitrites et un mauvais Nutriscore, dans un emballage à l'impact nocif sur l'environnement.

D'accord t'as peur, mais faut accepter. Encore plus à ton âge. Et t'as le droit de t'arrêter, passer à autre chose, t'aurais pu continuer à la caresser ou recommencer à la lécher. Même une pause, ça peut être bien. Vaut mieux pas se faire une montagne du cul.

Une montagne ?

Elle s'est assise, m'a piqué un morceau de croque. Pour elle, le cul se pratique avec tranquillité, elle ne comprend pas pourquoi les gens se précipitent pendant leurs relations sexuelles, comme s'ils voulaient finir le plus vite possible, sûrement parce qu'il y a quelque chose de honteux, elle sait pas trop. Alors que ce serait mieux de prendre son temps, au moins pour chercher ses préférences et celles des autres.

Sa séance allait commencer, elle voulait que je me dépêche. La bouche pleine, j'ai pointé mon croque pas fini de mon couteau : Je peux pas rester ?

Si, bien sûr. Mais pas de bruit, le client doit pas t'entendre du tout.

Encore en train de mâcher, j'ai pincé deux doigts devant mes lèvres pour promettre le silence. Nanine a passé le rideau violet, j'ai englouti une dernière grosse bouchée et j'ai posé mes couverts comme si je jouais au mikado pour tendre l'oreille.

Un début de conversation banal, elle voulait savoir ce qu'il désirait, il a à peine répondu, alors elle a présenté la marchandise, est-ce qu'il préférait les seins ou les fesses ? De face ou de dos ? Ni les fesses ni les seins, il préférait de profil, pas pénible le gars. À entendre les froissements, j'ai compris qu'elle s'exécutait, aucun son du côté du gars. Ça a continué comme ça, bruits de tissus et gémissements de plus en plus forts. Quand il a ordonné :

À quatre pattes. Laisse le slip ici.

Je me suis levé au ralenti pour m'approcher du rideau violet, les sons stimulaient l'imagination, mais c'était tellement frustrant ces perles qui séparaient sans isoler.

Une métaphore de ma vie charnelle, la sensation de la toucher sans vraiment l'atteindre, jamais libre, me palucher en scred dans les toilettes, tenter de rentabiliser deux heures dans l'appart de Constance ou dans le mien, m'interrompre en pleine action avec elle ou Nanine, faire le mur pour aller au cabaret et, là, soulever lentement des billes violettes reliées par un fil.

La vision, d'abord floue, m'a forcé à ajuster ma position, en ciblant le lit de Nanine avec l'ouverture dans le rideau, un œil fermé, c'est là qu'elle est apparue. Elle se tenait à quatre pattes, les seins hors de la chemise, la jupe remontée à la taille, la culotte à mi-cuisses et ses bottes de cow-boy toujours en place. Elle s'est cambrée, appuyée sur ses avant-bras, ses tétons frôlaient le drap, tête de profil et majeur dans le rond de sa bouche. Je ne voyais pas sa main entre ses cuisses, mais quelque chose s'y jouait d'après ses gémissements.

Lorsqu'une sonnerie a retenti, elle s'est assise au bord du lit devant l'objectif, les jambes croisées, sa poitrine s'est étalée quand elle s'est penchée en arrière. Elle lui a dit :

Le temps est écoulé, mon trésor.

Tu bouges pas, je paye tout de suite le package. Accroupie, tu me le fais accroupie ?

Bien sûr trésor, suffit d'envoyer le tip par message, tu connais le tarif pour les extras. Juste une petite pause et je me reconnecte.

Elle a coupé. Je me suis faufilé vers ma place sur le canapé. Ses bruits de bottes m'ont prévenu qu'elle revenait, elle a balancé les perles violettes sur le côté d'une main assurée. Elle était rhabillée, ses seins couverts et sa jupe remise en place.

T'as vu le temps demain ? Y a une sacrée tempête qu'est prévue !

Sérieux, tu parles météo entre deux séances ?

Elle s'est marrée, elle pouvait même débattre de politique, se plaindre des impôts ou de la reconnaissance de son secteur professionnel, comme au comptoir du bar-tabac.

Puis avec ce mec, elle a ajouté, pas de pression, il est plutôt tranquille.

Je l'ai questionnée sur les gars pas tranquilles. Elle devait se concentrer davantage pour les chelous, celui qui aimait les ballons, elle devait en gonfler et s'asseoir dessus pour que ça pète, régulièrement elle salissait ses bottes au parc dans la boue pour les nettoyer devant un client, un autre envoyait son foutre par UPS pour qu'elle le boive, elle le remplaçait par du sirop d'orgeat, le plus tordu téléphonait à sa mère en matant Nanine.

Franchement, les gens de l'immeuble me trouvent bizarre, je peux te dire que je suis drôlement normale. Je préfère ma vie.

En parlant de ça, monsieur Courvoisier voudrait te voir pour régler tes problèmes de copro, il t'a laissé un message.

Quels problèmes ? D'façon, laisse tomber, je sais pas m'occuper de ces trucs-là. Ça va passer.

J'ai haussé les épaules. Elle s'est servie à boire dans un grand verre rose avec une paille en forme de cœur. Quand elle a aspiré, le Coca a zigzagué dans les courbes jusqu'à sa bouche, ça a produit un glouglou de succion. Je l'observais, elle me regardait l'observer, alors nos liens secrets sont revenus de là où ils se cachent. La chaleur d'un seul coup, j'ai retiré mon pull pour me mettre en tee-shirt. Elle m'a tendu la paille pour que je boive, le Coca a suivi à nouveau son chemin rigolo, mais on riait pas du tout. On a commencé à s'embrasser, le goût de la boisson mélangé à nos salives, elle a plaqué sa main sur mon entrejambe, j'ai touché ses fesses. Une notification a retenti, je m'en suis pas occupé, mais Nanine ne participait plus, son corps contre moi alors qu'elle tournait son visage pour checker son téléphone. Fallait qu'elle y retourne.

Quand elle a ouvert le rideau pour se rendre dans la chambre, j'ai eu l'impression qu'elle le maintenait pour moi, en tout cas elle n'a pas protesté quand je l'ai suivie.

Elle m'a indiqué un placard pour que j'en sorte un gros pot. Elle l'a dévissé, il contenait une substance visqueuse et translucide. Puis je l'ai aidée à déplacer une planche sur le matelas. De la commode aux sextoys, elle a sorti un gode de taille moyenne, d'un bleu carrément électrique, et l'a mis sur la planche. Après un flottement, elle m'a glissé :

Tu veux rester ?

J'ai hoché la tête. Je me suis installé sur un siège dans l'ombre.

Le téléphone sur le trépied, boîte à lumière allumée, elle a démarré la vidéo et a accueilli le mec avec des petits mots ridicules, avant de reprendre sa pose à quatre pattes, les seins hors de la chemise, la jupe remontée et le slip mi-cuisses. Elle a léché la ventouse du gode pour la coller sur la planche, puis, du plat de la main, elle a prélevé du gel pour badigeonner la bite en plastique. Du lubrifiant bien sûr, mais je pouvais pas imaginer que ça existait en aussi grande quantité, rien à voir avec les flacons qu'on voit au supermarché.

La tienne aussi est bien dure, hein ?

Le bleu du sextoy luisait. Elle suçait le gland avec langueur et branlait la base. Le mec ne disait rien, ne gémissait pas non plus. Ensuite le rythme s'est intensifié, elle abaissait sa bouche vers la main qui remontait, puis en sens inverse, pour se réunir à nouveau, et ainsi de suite avec énergie, les bruits de succion résonnaient. Ça m'a rappelé la façon dont elle m'avait branlé dans l'escalier de service. Je me suis caressé en restant discret.

Nanine a enlevé sa culotte, en la laissant accrochée à une de ses bottes, pour s'accroupir, genoux écartés, le gode se dressait devant sa fente. Cette chatte cachée par un objet encore plus dépravé, délicieuse cette manière d'en rajouter, les secrets du métier. Elle s'est caressé les seins et pincé les tétons, avant de se soulever pour placer le dôme du gode contre sa vulve. Elle a massé ses grandes lèvres à deux mains, le mouvement les écartait légèrement. La fente s'est ouverte pour épouser le gland, sans forcer, elle a juste bougé le bassin pour s'y frotter.

J'ai jamais vraiment apprécié le maquillage ou le vernis, ces faux ongles qui limitent les gestes me paraissent même ridicules, mais j'avoue, ça me fait bander. Plus exactement, les voir posés près de son sexe m'excitait, rose fuchsia sur le rouge humide ou sur le bleu pétant. Comment expliquer que des morceaux de plastique coloré rallongeant les doigts provoquent une telle réaction ? La réponse se trouve peut-être dans l'exagération de la féminité. Ou c'est plutôt la vulgarité, ces accessoires que je découvre chez Nanine et au cabaret, chaussures plateforme, strings, soutiens-gorge de tous styles, rouges si possible, maquillages outrés, postures obscènes, tout ça s'oppose à la grâce, mais stimule les fantasmes.

J'ai arrêté de me toucher par-dessus mon jean, c'était trop dur de pas pouvoir empoigner ma bite, valait mieux résister totalement qu'à moitié. Je n'osais pas la sortir, peur du bruit pour le client et de la déranger pendant son travail, pis j'allais pas lui imposer ma queue, ça a beau être son métier, elle a peut-être pas envie qu'on lui en mette une de plus sous le nez.

Elle a regardé la caméra en face pour interroger son client, savoir s'il était prêt, un son de gorge en réponse. Elle contrôlait, tous à ses pieds, le gode, le client, ceux à qui elle revendrait cette vidéo et moi. Le bleu a commencé à disparaître en elle. Ses râles, je me suis questionné sur leur sincérité, mais ils étaient si convaincants qu'on s'en foutait. Ils convenaient aussi au mec derrière son écran qui s'exprimait enfin avec des Allez vas-y, Qu'est-ce que t'es bonne, T'aimes hein ? T'aimes ? Soudain il a prévenu que la purée allait sortir.

La jouissance muette de ce mec m'a sidéré. J'aurais bien aimé l'entendre. Il craint peut-être, comme moi, le ridicule.

Ils se sont dit au revoir pendant qu'elle se rhabillait, elle a encore discuté de la tempête à venir, j'en revenais pas, puis elle a repris son téléphone sur le trépied. Et s'est approchée de moi comme si de rien n'était. Ma présence pendant la vidéo avec le gode bleu, encore un moment qui partait dans notre espace-temps, aucun commentaire.

Nanine avait besoin d'aide avec ses bottes, tellement belles, mais trop difficiles à retirer. Sa jambe levée pour que j'attrape le talon, de son côté elle retenait l'arrière de la cuisse, c'est vrai que j'avais du mal. En plus son entrejambe s'ouvrait devant moi, elle avait remis sa culotte, mais j'étais troublé parce que, sous le tissu, cette fente venait de recevoir un phallus bleu. J'ai enfin réussi avec la botte, sa chaussette tire-bouchonnée sur sa cheville, deuxième pied, j'avais pris le coup.

Une bouteille de désinfectant dans une main, essuie-tout dans l'autre, elle a aspergé la planche de plusieurs pschitt. Elle m'a désigné le gode : Va le nettoyer s'te plaît. D'abord j'ai hésité, comme si son contact allait me transformer en débauché irrécupérable, une première de toucher une autre bite que la mienne, même en plastique.

Je l'ai saisi par la ventouse, le gland a dodeliné d'un côté et de l'autre. Elle m'a prévenu : Pas trop chaude l'eau, faut pas que ça fonde.

Devant le lavabo, j'ai attendu que l'eau tiédisse. Le lubrifiant avait recouvert le plastique d'une sorte de vernis, j'ai remarqué des dépôts blanchâtres, sans doute ses traces à elle, j'ai approché une narine, mais j'ai seulement senti l'odeur du néoprène, alors j'ai tiré la langue pour lécher, mais pareil, rien que des saveurs chimiques. Alors, plus que ça à faire, j'ai astiqué le bleu, ébahi par le réalisme des détails.

De retour dans la chambre, j'ai vu Nanine dégrafer son soutien-gorge en soupirant et en massant les marques rouges sous les seins, puis elle a joué des hanches pour retirer la jupe. Elle m'a montré la commode où je devais ranger le gode, je savais très bien où il devait aller, mais j'ai joué les innocents : Quel tiroir ?

Quand elle est partie vers la salle de bain, elle m'a dit :

J'arrête pas d'être fatiguée, limite je me sens pas bien depuis hier, je sais pas ce que j'ai.

Moi j'avais une petite idée, décidément cette mononucléose ressemblait à un chewing-gum collé sous la chaussure.

Elle est revenue, ses yeux paraissaient plus petits sans le maquillage, ses joues brillaient de crème et ses cheveux lâchés adoucissaient son visage. Elle faisait son âge, mais paradoxalement, quelque chose d'enfantin se dégageait de son naturel.

C'est possible que ce soit moi, ta fatigue, j'ai été malade la semaine dernière, une mononucléose.

Ah ? J'ai déjà chopé bien pire, t'inquiète.

Et elle a ouvert son lit d'un grand geste, puis s'est enfouie dans la couette. Je me suis retenu de courir pour la rejoindre, la chatouiller, me coller derrière elle en cuillère et me blottir dans sa chaleur. Elle m'a demandé :

Tu claques la porte en sortant ?

J'ai hoché la tête. Dans la cuisine, j'ai nettoyé les restes de mon croque.

Je me suis arrêté au-dessus du vide en spirale du grand escalier de l'immeuble. La pluie tombait fort, griffait la grande verrière et tambourinait sur le toit, le vent sifflait à travers les vitres. Je suis resté un certain temps immobile, puis un grand soupir est sorti, toutes mes envies sont tombées sur le lino, fallait bien retourner à la maison.

Mon père s'était endormi en m'attendant dans la cuisine, il ronflait légèrement. Je l'ai secoué pour qu'il se réveille.

Je m'inquiétais de te savoir dehors avec la tempête qui commence, il a dit d'une voix ensommeillée.

C'est pas très grave d'être mouillé par la pluie.

D'autant qu'elle te mouille pas. Tu passes entre les gouttes ou t'étais dans l'immeuble ? il s'est marré.

Moi pas. J'en peux plus d'être surveillé, de leurs principes de précaution, ils me rappellent les alertes météo avec leurs vigilances de couleurs, tellement fréquentes qu'on n'y prend plus garde. Pour eux l'avenir est synonyme de danger depuis notre naissance. Je veux bien que ce soit leur rôle et que les perspectives soient pas radieuses, mais faut pas exagérer. Mon père me saoulait, vraiment, je l'ai laissé avec son plaid pour rejoindre ma chambre.

Pour une fois ma sœur dormait. L'eau frappait le volet. La tempête faisait trembler l'immeuble. Me sentir au chaud et au sec sous un toit m'a rassuré, mais il me manquait quelque chose. Je me suis glissé dans mes draps froids pour une personne.

Depuis que les câlins avec mes parents ont cessé, je me couche comme un grand, sans tendresse, c'est plus de mon âge de me réfugier dans leur lit à cause des cauchemars. Finis les câlins faciles quand ils pouvaient me porter, des petits pieds dans une main et la tête du nourrisson au creux du coude, me bercer ou me prendre sur leurs genoux pour me consoler, maintenant je ne tiens plus nulle part. Pourtant, les angoisses sont toujours là. Mes nuits n'ont pas de compagnie, depuis des années je dors entouré par le rigide des bords de lit, seul contre mes démons nocturnes.

J'ai rabattu la couette sur moi, comme l'avait fait Nanine, quel idiot de ne pas avoir osé rester avec elle. Ç'aurait été tellement réconfortant de dormir près de son corps chaud. Une frontière entre sa profession et les sentiments doit exister, je me situe plutôt du côté de l'affection, même si je n'ai pas atteint ce degré d'intimité où l'on impose naturellement sa présence. J'aurais pu implorer, lui faire des yeux liquides comme ceux de Bella, insister, oui elle avait annoncé qu'elle était fatiguée, et alors ? J'aurais pas été le premier relou à l'emmerder. Mais sûrement qu'elle m'aime bien parce que je suis justement pas comme ça.

# 10 décembre

La pluie avait faibli, mais le vent tournait dans tous les sens, chacun relevait son col et se serrait dans son manteau, les yeux plissés contre les bourrasques et le buste en avant.

Dans la cour du lycée, j'ai tout de suite repéré un groupe de filles. Quelques copines de Constance, catégorie bonne meuf, gardaient leur posture habituelle, leurs bras collés dans la longueur du corps et les jambes croisées, les queers avec leurs bras en Y qui s'agitaient, plutôt normal aussi, mais quelque chose clochait dans la réunion de ces deux camps, habituellement séparés.

Constance au centre, entourée des féministes, dont Mimosa, elles m'ont pointé du doigt. J'ai regardé derrière, au cas où, mais j'étais bien la personne concernée, sans avoir été consulté, j'avais changé de camp. D'habitude ma place est plutôt de leur côté, alors c'était carrément surprenant que je me retrouve avec les oppresseurs, dominants et autres bitocentrés. J'aurais presque pu éprouver de la fierté, mais non, d'après leur tête ça semblait pas une bonne nouvelle.

Une onde de culpabilité m'a traversé, entre la photo avec les strip-teaseuses, la demande à Constance de rentrer et sortir quatre fois et mes allusions sur son habitude de la pipe, j'ai grimacé. Qu'est-ce qui allait me tomber dessus ?

Une copine de Constance, celle qui me tourne le dos dès que j'approche, est venue vers moi avec un petit sourire, pour m'escorter et me placer près de ma petite amie en me pressant légèrement le bras. Puis elles se sont toutes éloignées, discrètes, mais pas trop, observant par en dessous.

Oui, bon, on va pas faire ça là, a balancé Constance.

Faire quoi ?

On se rejoint devant le parc à la sortie des cours.

Et elle a viré d'un quart de tour pour partir brusquement, je me suis retrouvé bien seul au milieu de tous les lycéens, mon malaise clairement visible.

Quand je suis entré dans le bâtiment, quelque chose avait changé, d'habitude je marche comme un pauvre gars, sans amis, écrasé par l'indifférence, mais là quelqu'un m'a fait un clin d'œil, trois mecs qui discutaient se sont retournés pour me féliciter, des pouces levés et des tapes sur l'épaule, j'ai même entendu que j'assurais. Mon ventre se durcissait d'une anxiété, une mauvaise nouvelle se préparait avec Constance, c'était certain, pourtant plus j'avançais dans les couloirs, plus je me sentais comme le héros du jour. L'accueil réservé par les féministes et les copines de Constance, même pas une dizaine, contrastait tellement avec cette ambiance, ce n'étaient pas seulement les gars qui me félicitaient, les filles aussi me souriaient. Je savais que la photo de moi au cabaret avait percé, mais à ce point-là, avancer avec la certitude d'être considéré, ça changeait tout, sûr que je trébucherais pas.

Un symbole danger, alerte tempête, était accroché à la petite grille du parc. J'ai aperçu Constance, la main sur l'épaule tenant son tote bag, la tête en avant, le dos voûté et le bas du corps qui suivait. D'un geste, j'ai indiqué la pancarte qui nous empêchait de rentrer au parc, mais elle m'a ordonné : Tu viens. On s'est dirigés vers le grand portail, encore une possibilité de passer par là, on l'a franchi, mais après quelques pas, coup de sifflet, un gardien nous a aboyé dessus en agitant les bras : C'est fermé !

J'ai levé une main pour l'apaiser et on a rebroussé chemin. Il courait déjà dans l'autre sens, un coup de sifflet furieux à chaque fois que son pied droit touchait le sol, vers une dame en conflit avec son parapluie retourné. Alors Constance en a profité pour se faufiler derrière sa guérite, je l'ai suivie, une rafale nous a poussés dans le dos, ses cheveux se sont rabattus sur son visage. On s'est collés à la paroi, je la regardais, contrairement à elle qui restait de profil, j'ai pas osé enlever une mèche logée entre ses lèvres. Le gardien accompagnait la dame et son parapluie vers la sortie, il a poussé le grand battant derrière elle.

On va être enfermés, j'ai dit, inquiet.

Ben c'est le but.

J'ai noté son ton méprisant, normal hein, puisque je l'avais encore jamais entendu. Pliée en deux, elle a avancé en contournant un bosquet, puis un autre, je l'ai imitée, on s'est enfoncés dans le parc. Avant de traverser une allée, Constance a regardé à droite à gauche et s'est précipitée, j'ai couru aussi. Une fois au sommet d'une petite colline, on s'est assis, cachés par un bosquet d'arbustes.

La noirceur du ciel ardoise rendait les couleurs plus intenses par contraste, le vert des sapins teinté de bleu, la lumière des fenêtres découpée d'or et les tracés géographiques des vaisseaux sanguins sous la peau de Constance. Ça soufflait beaucoup, des tas de vieilles feuilles volaient, du branchage, un sac plastique a atterri sur mes genoux, les écorces craquaient. Notre position semblait pas terrible, juste à côté d'un grand arbre âgé, son angle de chute m'inquiétait, mais le pire restait à venir. Constance a pris la parole :

Je suis pas jalouse, parce que si on est jaloux ça finit jamais, ça veut dire que je pourrais en vouloir à ta sœur. C'est pas logique. Même ta photo avec des filles nues, ça pourrait passer, c'est pas très agréable, mais bon. Le problème c'est que tout le monde vient m'en parler.

Qui ?

Ceux qui me veulent du bien, ceux qui t'aiment pas. Vraiment chiant. Je sais pas quoi répondre, c'est ta vie, mais bon ça devient un peu la mienne. Qu'est-ce que je leur réponds ? C'est qui ces filles ?

C'est ma voisine, l'endroit où elle travaille, avec ses amies.

Sa manière calme d'aborder le sujet ne correspondait pas au côté brut et tranchant de ce qu'elle cachait. L'intérieur de mon crâne bourdonnait, je sentais l'importance de l'enjeu, sans savoir où nous allions exactement. Je redoutais que la vérité sorte d'une parole maladroite.

Constance grelottait, j'ai ouvert ma veste pour l'accueillir et elle s'est blottie contre moi, sa chaleur se mêlant à la mienne, tandis que l'autre partie de mon ventre restait froide. Ça n'a duré qu'un instant, pas une étreinte d'amoureux, plutôt un moyen de se donner du courage, puis elle s'est à nouveau détachée et a refusé ma veste.

Les copines ont trouvé bizarre la mononucléose, en plus de la photo, moi j'y ai pas pensé, mais c'est vrai que tu cumules.

Dans le dur, on s'y trouvait. De mes souvenirs de Nanine, mes rires avec elle et Jacky, les défilés de filles nues, de tas de paillettes et de plumes, l'importance du maquillage, les perruques à crêper, je me suis rappelé distinctement sa langue enroulée à la mienne. Elle et moi, on s'était embrassés, pelotés, elle m'avait branlé et je l'avais observée se masturber, je suppose que c'est tromper. Constance m'a regardé d'un air encourageant :

Tu peux me le dire…

Je l'ai embrassée.

Qui ?

Nanine, la voisine. Celle qu'a le costume blanc en dentelles.

C'est la dame que t'as embrassée, mais enfin ? La dame ?

Constance s'est dressée, oubliant le gardien.

Je te parle même pas de l'infidélité. Juste, ça se fait pas de collectionner des relations, on est pas des montres ou je sais pas, des paires de baskets. Je comprends pas que t'aies agi comme ça, je te croyais différent. T'es qu'une grosse erreur, oui, c'est ça une grosse erreur.

Des gouttes nous sont tombées dessus, énormes et visqueuses, quasiment surnaturelles à trembler après leur mort sur le sol.

En descendant de la colline, les pas de Constance s'enchaînaient tellement vite qu'elle aurait pu tomber, mais la colère l'escortait. J'ai suivi avec précaution. Elle a pris la grande allée sans plus se cacher, je gardais une certaine distance derrière elle, carrément lâche.

Les grosses gouttes de pluie tombaient à un rythme régulier. Elle s'est vivement retournée, son buste penché en avant, un poing serré sous sa gorge :

Depuis la rentrée tu me promets des dessins, c'est toi qui m'as proposé, moi j'ai rien demandé, alors je les attends. Et sur la photo je vois que t'en as fait pour d'autres. Franchement, t'as aucun respect pour moi.

Son poing s'est déployé pour m'empêcher de parler, volte-face et elle a rejoint la sortie. Au loin, j'ai aperçu le gardien, un coup de sifflet n'a pas tardé à retentir.

Une fois hors du parc, elle a continué son chemin sans se retourner, je l'ai vue passer le coin de l'avenue. Je me suis arrêté sur un banc, la pluie m'a empêché de sortir mon carnet ou mon téléphone, y avait plus qu'à penser.

Pas encore certain de ce qui venait de m'arriver, d'accord je l'ai vexée, mais ça va passer. Et de quel droit elle m'oblige à passer aux aveux pour un baiser ? Elle exagère, j'ai même pas couché avec Nanine. Ni avec elle d'ailleurs, on va pas être exclusif alors qu'on n'est pas allés jusqu'au bout, faudra sûrement un peu plus d'engagement avant d'échanger des vœux et de se jurer fidélité. De quoi elle m'a traité ? de grosse erreur, un peu fort hein. Bon d'accord, j'ai manipulé tout le monde, Constance en premier, Nanine en exagérant mon innocence et mes parents en les prenant pour des cons. Au moins, voilà la confirmation que je ne la mérite pas. Tout le monde va pouvoir se réjouir d'avoir eu raison.

## 14 décembre

Je me sens saturé, le genre de trop-plein qui rend indécis et paralyse, où commencer dans une telle confusion ? Autant continuer à ne rien entreprendre, rester discret, pour éviter une autre révélation ou une nouvelle connerie.

La pluie ne cesse pas. J'observe les gouttes sur la vitre, elles ne la frappent pas, mais y surgissent comme si elles naissaient du verre, puis elles prennent des voies transversales, sans chuter tout droit comme la logique voudrait, mais en rampant sur le côté par saccades et à l'aveugle, pour chercher une deuxième goutte perdue comme elle. Une fois la jonction effectuée, elles descendent ensemble, juste un peu, encore quelques soubresauts de travers pour en chercher d'autres puis, après plusieurs rassemblements, elles trouvent la force de se suicider en tombant de la fenêtre.

Je réussis même pas à me rabattre sur les études, ma concentration est nulle, je préfère dessiner et écrire mon journal.

Au lycée, en mode automatique, si au moins j'avais le cran d'assumer jusqu'au bout en arrêtant les études.

Avec les notes qui dégringolent, les parents ont contacté les profs un par un, j'ai longtemps été transparent pour eux aussi, ça me fait tout drôle d'attirer leur attention, même de manière négative. La responsable de niveau va me recevoir pour qu'on trouve une solution, ça promet d'être passionnant ce rendez-vous, moi je vois rien d'autre que des impasses.

En revanche je suis devenu fréquentable pour mes camarades, surtout les mecs évidemment, fascinés par le strip club que je leur décris, ils m'écoutent, captivés, je ne me lasse pas de raconter, on peut compter sur mon imagination pour broder sur ce que j'ai vu, pendant ce temps-là au moins je ne rumine pas.

Car, le reste du temps, tout ce qui s'est passé avec Constance défile dans ma tête, nos débuts, là où ça a ripé, comment j'aurais pu mieux me comporter, la manière dont la honte me ronge, pourquoi je me retrouve dans une telle situation, l'absurdité de blesser quelqu'un qu'on apprécie, la mesure de mes regrets. Le film se rejoue sans cesse, en avant en arrière, time lapse, ralenti, arrêt sur image, mon cerveau utilise tous les effets vidéo pour manipuler la perception des événements et rythmer cette rupture.

Assez souvent je considère que j'ai tort, pourtant un oui mais vient stopper la culpabilité, avant qu'elle ne reprenne aussitôt, pour être à nouveau interrompue, c'est épuisant pour mes méninges et mes sens. J'ai même du mal à le retranscrire ici tellement c'est confus et désordonné.

Comme je sais toujours à peu près où Constance se trouve, je l'évite en prenant d'autres chemins que les siens. Et dans la cour, maintenant que je suis entouré, je risque pas de croiser son regard.

À la maison, mes parents ne savent pas comment réagir à mon silence. J'avoue, ça doit être désagréable d'avoir un de ses gosses complètement renfermé, mais c'est ma méthode pour avoir la paix. Ils n'ont même pas posé de questions à propos de Constance. Je sais pas si ma sœur est au courant de la rupture, mais elle me fait la gueule parce que je fais la gueule, me reprochant la sale ambiance. Je mange pas beaucoup, ça amplifie leurs angoisses, mais j'ai pas faim. Histoire de rester poli je débarrasse ma table et tout, je range ma chambre, pas trop d'écrans, qu'ils n'aient rien à redire.

Je continue de sortir Bella, même pas pour l'argent, puis comme disent les vieux, rien de tel que prendre l'air. Courvoisier a sèchement parlé de Nanine :

J'ai toujours pas vu ta copine.

J'ai haussé les épaules. Il n'insiste plus, ne me retient plus par la laisse, fini les échanges, pas trop tôt.

# 16 décembre

Quand j'ai vu les parents autour de la table de la cuisine, j'ai su que ça serait encore ma fête. Ils formaient un bloc, quasiment en prière, assis à une table morte, objet funéraire de leurs espoirs.

Mon père a tiré une chaise pour que je m'assoie. Ma mère a poussé son portable devant moi avec la photo du Rouge Cerise. J'appréhendais des reproches à propos de la rupture, mes réponses étaient prêtes, ma vie privée ne les regardait pas, comment pouvaient-ils se mêler de mes affaires personnelles, non, mais, laissez-moi vivre, toussa, aucun compte à leur rendre, mais qu'ils aient eu accès à cette image, la preuve de mes nuits au cabaret, grosse surprise.

Ah on voyait clairement mon air idiot, entouré de fesses et de poitrines nues, impossible de nier, c'était bien leur fils. J'aurais pu reprendre l'idée de Liang, un montage Canva, mais pour limiter les dégâts, valait mieux pas les prendre pour des abrutis.

J'ai fait des dessins.

La première réplique que j'ai trouvée pour me justifier, pas brillant, en pointant une de mes œuvres de l'index, malheureusement celle que la rolleuse avait coincée sous ses seins. Ma mère a attaqué direct :

On avait compris. On voudrait juste savoir ce que tu faisais là-bas ?

Comment vous avez eu la photo ? j'ai demandé.

Tu réponds à ta mère, a répliqué mon père.

Ben vous êtes pas obligés de tout savoir.

Léo, va pas trop falloir jouer au con.

C'est une histoire de clés. Nanine me les avait données pour que je livre ses courses, mais je les ai laissées à l'intérieur. Et j'ai dû aller la prévenir au cabaret.

Madame Ouerimini te donne les clés de chez elle, de mieux en mieux, a noté ma mère.

Ça s'appelle un cabaret ? mon père a haussé un sourcil ironique.

C'est pas interdit aux moins de dix-huit ans ce genre d'endroit ?

Ma mère, cherchant ce qui est autorisé ou non, je le sentais pas, elle risquait d'appeler le strip club pour les avertir qu'ils enfreignaient la loi en accueillant un mineur, voire d'alerter les flics.

Si, mais j'ai pu rentrer pour les clés.

Non, mais, les dessins ? Ma mère a brandi le téléphone : Tu n'y es pas allé juste pour les clés, tu es resté le temps d'en faire plusieurs.

Ben, j'allais pas refuser.

Mon père s'est reculé sur le dossier de sa chaise, ça lui a doublé le menton et le ventre, il a soupiré fort. Ma mère secouait la tête en se la tenant entre les mains. Ma sœur est apparue dans le chambranle avec une brosse à dents dans la bouche, comme d'habitude, elle avait tout écouté :

C'est de son âge de sortir, non ?

Les parents étaient suffisamment énervés, fallait pas qu'elle s'en mêle, j'ai agité la main pour qu'elle parte, mais elle est restée.

Et Constance, elle a vu cette photo ? a demandé ma mère.

Ben, si vous l'avez vue, elle l'a forcément vue. Et bien avant vous, a répondu Héloïse.

J'ai acquiescé.

Et elle t'en veut pas ?

J'ai penché la tête, cherchant comment évoquer les répercussions de cette photo sans que ça retombe sur Nanine. La présence d'Héloïse m'a donné le courage de me défendre :

J'ai pas à vous raconter ce qui se passe avec ma petite amie.

Mon père a ordonné à ma sœur de retourner dans la salle de bain. Puis il s'est approché très près de moi :

Je ne te parle pas de vie privée Léo, mais de mensonges. Que ce soit avec nous ou n'importe qui, tu ne peux pas baser une relation sur des tromperies.

Ça n'est pas possible d'agir comme ça, nous on te fait confiance, a repris ma mère.

Si ces endroits sont interdits aux mineurs, il y a une raison. T'es puni, tu sors plus, a conclu mon père.

Me punir ? J'ai dix-huit ans dans quatre mois et vous pensez que ça peut encore marcher vos méthodes ?

Et, comme ça, je les ai laissés en plan pour rejoindre ma chambre.

La phase rebelle se manifeste enfin, finis les mensonges et l'hypocrisie, il faut une opposition frontale pour obtenir mon émancipation. Et je vais pas choisir l'option douce, celle du mec qu'éjacule de la pisse, mais plutôt celle d'un bon gros mâle qu'éclabousse son foutre partout. Je regrette juste de pas avoir commencé plus tôt, rien de plus agréable que jouer les méchants, putain je vais être odieux. Ras-le-bol de leur vie minable, ras-le-bol de leur minuscule appartement, ras-le-bol de leur job de merde. Ils me poussent à étudier, mais quels exemples ils offrent, à gagner si mal leur vie, c'est eux qu'auraient dû aller un peu plus à l'école avant d'avoir des gosses.

Je suis tellement en colère. Je vais tout détruire, surtout leur foi en moi et leurs espérances en mon avenir. Fini de me plier à ce qu'ils décident. À quoi ça sert d'être gentil ? À quoi ça sert d'être poli ? Les bonnes manières permettent de ranger les jeunes dans des cases, les enfoncer dedans pour les mouler, je vais devenir grossier, ne plus respecter les règles, emmerder tous ceux qui me font chier. L'éducation et le bien parler ne servent qu'à nous rendre dociles. C'est une comédie. Pourquoi je devrais obéir ? Ils écoutent eux ? Non, ils ont leurs idées arrêtées, des arguments pour sauver leurs petits principes sans en démordre. Les parents nous infantilisent, se méfient de nous, nous empêchent d'avoir une vraie personnalité, c'est leur faute si nos vies puent, ils nous poussent à gagner en respectabilité pour ne surtout pas les dépasser, des fois qu'on soit moins minables qu'eux.

C'est Nanine qu'a raison avec son métier de pas se préoccuper des convenances, tant mieux si elle se prostitue en plus d'être camgirl, pas complètement libre, mais sûrement plus qu'eux, mieux vaut tailler quelques pipes que se retrouver soixante-douze mille huit cents heures de sa vie dans un boulot vide. Tout ça pour prendre un emprunt, enrichir les banques, se retrouver face à des connards en cravate qui donnent des leçons, bosser pour acheter acheter acheter. N'importe quoi l'égalité, brûler des voitures a finalement du sens comparé à l'embrigadement de ces vies de merde, travail à chier et procréation de morveux.

Voilà ce que nous préparons, Constance et moi, penchés l'un vers l'autre avec nos émotions, des phrases de trois mots qui s'articulent avec des cœurs, les petits fiancés qui prévoient un voyage à Capri, se tiennent la main dans la rue, grapillent dans le même plat ou se serrent sur un seul siège quand la place manque, ils s'aiment tellement, non c'est toi qui raccroches.

À la place, je décide de me planifier une addiction aux prostituées, en payant pour m'assurer qu'elles sont d'accord, j'éviterai tout préalable social, droit au but, tomber le masque, se retrouver dans une chambre avec chacun un intérêt, la fin des recherches de conciliation et de tendresse, bienvenue dans le dur.

## 17 décembre

Quand j'ai vu que mes parents se trouvaient encore autour de cette table, la lumière identique, leurs habits et leurs têtes pareils que la veille, ça m'a fait penser à un escape game d'horreur, enfermé à jamais en leur présence dans la cuisine, même ma petite sœur pourrait pas m'aider, impossible de sortir d'ici, à chaque espoir, bim, de retour dans ce tribunal infernal. Avec le même geste qu'hier, mon père a tiré la chaise pour que je m'assoie. Il a dit :

Charlotte a appelé.

Elle arrêtait pas de pleurer, s'est exclamée ma mère. Qu'est-ce que tu as fait à Constance ?

Elle a tapé sur la table plusieurs fois, tellement en colère, je la vois rarement dans cet état.

On a rompu c'est tout.

C'est encore une histoire avec la voisine. Hein ? Le coup de la photo. Ou encore pire ? Je ne veux pas apprendre qu'il y a pire !

Ma mère me criait dessus comme jamais, mon père a posé une main sur son avant-bras pour la calmer.

Alors, déjà, ma relation avec ma petite amie ne vous regarde pas. Sa mère, je vois pas de quoi elle se mêle. Et pourquoi tout est encore de ma faute ? C'est Constance qui veut plus de moi, elle a dit que j'étais une erreur, une grosse erreur. OK?

Une honte m'a traversé, j'avoue, d'utiliser les mots de Constance pour me disculper, mais ma mère me faisait peur. Mon père s'est radouci :

On dirait que t'es pas au courant?

J'ai commencé à m'inquiéter. C'est vrai que j'avais rien vu, toute la journée au lycée, à quelques mètres d'elle, au milieu de tous ces élèves qui, eux, savaient. Moi, ex petit ami, avec une énorme affection pour sa belle personne, même si je m'en défends, non seulement je n'ai rien remarqué, mais mon comportement insupportable, vas-y que je rigole et que je tape sur les épaules de tous ces cons, l'effervescence autour de moi m'a empêché de remarquer quoi que ce soit.

Il a fallu que ce soient mes parents qui me l'apprennent. D'un doigt pointé vers moi, ma mère répétait le mot chauve, en boucle, même qu'elle a utilisé le mot en polonais *łysa*, Constance s'est rasé la tête. Un vide s'est creusé en moi, comme une paille aspirant l'air de mon ventre, souffle court et les pulsations de mon cœur qui cognaient :

Je l'ai pas vue aujourd'hui. Je savais pas.

Vous avez rompu depuis combien de temps?

Mon père essayait de comprendre, un flot de questions allait s'abattre sur moi. Je m'en souviendrai du mardi de la tempête où elle avait rompu, une semaine jour pour jour. Aucune envie de m'expliquer avec lui, ce n'est pas à eux que je devais rendre des comptes, j'ai répondu de manière lapidaire :

Ça fait pas longtemps.

Tu aurais pu nous le dire.

Comment on va faire avec les Mandrelli ? ma mère a enchaîné. Je suis tellement gênée. C'est sûr que l'apéro de la semaine prochaine est annulé.

Quel apéro ?

J'en revenais pas qu'ils les aient invités dans mon dos. Mon père s'est justifié que l'histoire de la photo les avait empêchés de l'évoquer. Ça ne m'a pas attendri, pas du tout, des échanges avec les parents de Constance sans m'en informer, c'est-à-dire qu'ils intervenaient dans ma vie. De l'ingérence, j'ai lu ce mot quelque part en sciences politiques, eh bien c'est exactement ce qui m'arrivait, le petit État qui se retrouve écrasé par des pays dominants. Alors j'ai balancé :

J'en peux plus de votre manière de considérer Constance et sa famille. C'est moi qui choisis ma petite amie, pas vous. Vous la défendez tout le temps. La pauvre Constance, la fragile Constance, la gentille Constance, merde à la fin, pourquoi jamais l'inverse ? Bien sûr elle a aucun défaut, alors moi j'ai forcément tort. Vous avez pensé qu'elle pouvait me rendre malheureux ? S'il faut se raser la tête pour être la victime, ben je vais m'y mettre, mes propres parents se rangeront enfin dans mon camp. Comment ça se fait que vous la soutenez et pas moi ? C'est pas votre rôle de vous préoccuper de votre fils et prendre sa défense ? Moi aussi je souffre d'une rupture, ce serait bien de vous demander dans quel état je suis.

Ma tirade les a touchés, ils se sont regardés, le front plissé. Même moi je sentais à peine la supercherie. Ma mère a répondu qu'elle comprenait mon chagrin et s'inquiétait beaucoup pour moi. C'était soi-disant la raison de cette discussion.

Mais, aussitôt après, elle est repartie dans son délire en chargeant Nanine, la seule responsable de tous nos ennuis, c'était grâce à son expérience de la manipulation des hommes qu'elle m'avait incité à blesser Constance, blablabla. Mon père, lui, a insisté pour savoir ce qui s'était passé exactement. Chacun d'eux retombait dans ses habitudes, l'une qui accusait Nanine et l'autre avec ses questions, la nausée. Je leur ai expliqué que Constance et moi n'avions besoin de personne pour décider d'être ensemble ou de rompre. Et je disais la vérité, j'avais choisi tout seul de me diriger vers Nanine, sans forcément me détourner de Constance, j'ai voulu vivre deux histoires en parallèle. Mais mon père ne s'est pas arrêté :

Quelque chose est arrivé pour qu'il y ait tous ces problèmes, j'en suis sûr. Elle n'est pas enceinte, au moins ?

Par provocation, j'ai failli lui demander de qui il parlait, Nanine ou Constance ? mais je me suis malheureusement retenu. Aucune d'elles ne pouvait l'être de toute façon, ou en tout cas pas par mes gamètes, vu mon statut de puceau toujours pas réglé. J'ai préféré me lever, leur tourner le dos et partir en claquant la porte.

Une fois dehors j'ai envoyé des tas de messages à Constance, aucune réponse, même pas de vu, comme si elle avait déconnecté son téléphone. Alors je suis allé sonner chez les Mandrelli. Mon prénom annoncé à l'interphone, ouverture de la porte, le hall en marbre, le petit ascenseur, le tapis central sur le parquet de l'étage, tout feutré, ma sœur bruyante m'a manqué d'un seul coup.

À la sortie de l'ascenseur, Fabrizio m'attendait sur le seuil, en chemise et chaussures à bout pointu. Sa carrure imposante semblait encadrée par le chambranle. J'ai craint un acte violent, un coup de poing, mon nez cassé, des coulées de sang, j'aurais hurlé mon amour inconditionnel, en suppliant de ne pas m'en vouloir pour le crâne rasé, Fabrizio et sa famille devaient me croire, Constance avait tellement d'importance pour moi, je n'avais aucune intention de lui faire du mal, il me fallait une seconde chance, laissez-moi aimer votre fille.

Sauf que le combat ne se situait pas là, aucunement revanchard ou triste, il m'a annoncé qu'elle ne désirait pas me voir, rien à ajouter, je suis parti.

## 18 décembre

La soirée d'hier a été folle. Après être passé chez Constance, impossible de retourner à la maison, je me suis arrêté dans un bar pour me poser, écrire et clarifier les choses, c'est là que j'ai eu l'idée de me rendre au cabaret. Et j'ai fait n'importe quoi.

Une fois arrivé, le vigile m'a juste salué, il s'était habitué à moi, moi à lui, je le craignais plus. Et sans ses intimidations je l'ai trouvé beaucoup moins costaud, petit surtout, à peine à la hauteur de mon épaule.

La descente dans le rouge, troisième fois et ça m'impressionnait déjà moins. J'avais cru voir des drapés de velours précieux, des alcôves accueillantes et de la décoration soignée, mais les tissus sont de mauvaise qualité, un crépi poussiéreux, des sièges aux revêtements tachés, pourvu que ça ne soit pas ce qu'on imagine, et une moquette usée jusqu'à la trame. La lumière rouge ne cherche pas à sublimer le désir, mais à masquer la misère.

Dans les loges, le bordel m'a semblé beaucoup moins rigolo. Pour des femmes qui passent leur temps à s'apprêter, elles pourraient quand même ranger et nettoyer. La robe ultraserrée de Cornes Rouges craquait aux coutures, la fille en résilles jaune fluo avait des plaques de fond de teint mal étalées, l'infirmière se curait le nez et les cheveux gras de la patronne.

Dans un coin, la rolleuse tenait une petite machine sur un sein, j'ai d'abord cru à une mise en beauté, mais pas du tout, il s'agissait d'un tire-lait, je voyais clairement la quantité de liquide augmenter dans le biberon. J'ai détourné le regard, mais pas pour les mêmes raisons que d'habitude.

Nanine en dentelles blanches, un costume déjà vu, s'est approchée de moi avec un geste tendre. Après ma rupture avec Constance et l'engueulade des parents, ambiance opposée, adieu le gosse insupportable qu'on réprimande pour son immaturité et bonjour le jeune homme digne de considération. Elle a posé sa paume sur ma joue, c'est son truc d'aimer cette partie du visage, son genou a frotté le mien. Ma main s'est posée sur sa hanche en dentelles. J'ai levé mon visage vers elle, avec l'assurance d'un acteur de cinéma, pas le type viril, mais celui qui est connu pour sa mignonnerie et qui transmet l'émotion par sa délicatesse.

Jacky est sorti du coin bureau à ce moment-là, il a vu, évidemment il voit tout.

Le livreur de beurre est monté en grade, il a dit.

Nanine lui a mis une tape sur l'épaule en souriant. Gêné, le gamin en moi déjà de retour a rougi, envolée la maturité.

Quelques filles, dont Nanine, sont parties en salle. J'ai brandi mon stylo pour celles qui restaient, qui voulait un portrait ? Je m'attendais à ce qu'elles réclament toutes, une frénésie avec une liste d'attente, quelques-unes vexées, obligé d'en promettre pour plus tard.

Une nouvelle a relevé la tête, mais personne d'intéressé, sans compter la rolleuse qui produisait du lait, trois filles finissaient des papiers administratifs, d'autres se dépêchaient de se préparer et un influenceur filmait Jacky pour une interview. J'ai eu une pensée pour Constance, à qui je ne donnais aucun dessin alors qu'elle aurait bien aimé.

J'ai rejoint la salle. Au comptoir, la barmaid m'a reconnue : Te revoilà ? Elle m'a servi le soda de circonstance.

Tout s'est éteint pour un numéro, entrée de Jacky éclairé par une poursuite, des cuissardes hautes à lacets sur ses jambes écartées, bas résille et porte-jarretelles, veste cintrée, appuyé sur une canne et le visage baissé sous son haut-de-forme. Au rythme lent d'une chanson, il s'est cambré de manière lascive, pour se plier en deux, monter et descendre son cul. Sur le refrain qui faisait quelque chose comme, *At the bodyshop, doing something unholy, ooooh eh oh eh oh*, il a levé sa jambe très haut, pour ensuite effectuer des pas chassés en mode danseur de claquettes et tourner sur lui-même. C'était beaucoup plus cabaret que les filles, ses compétences de danseur m'ont semblé professionnelles, pas étonnant qu'il ait signé pour une revue.

Un gars est venu s'asseoir sur le tabouret d'à côté, ni jeune ni vieux, mais un début de calvitie. Certaines parties de son visage était plutôt agréables, mais quelque chose ne fonctionnait pas dans l'agencement, la bouche par exemple avait une jolie forme, mais son sourire découvrait ses gencives et on ne voyait pas très bien la couleur caramel de ses yeux enfoncés. Il m'a offert un verre, j'ai expliqué que je ne buvais pas, mais il a secoué la tête, C'est pas poli de refuser. Et j'avais soif. La première gorgée de Moscow mule m'a brûlé, pas étonnant avec un nom pareil, j'ai retenu ma respiration pour avaler la moitié du verre.

De dos, Jacky tenait sa canne sous son cul très musclé, une fesse a rebondi, puis l'autre, comme des clins d'œil, les gens se sont marrés. Grâce à lui, le club accueillait un public plus jeune, queer, coloré et exubérant, qui connaissait les chansons par cœur, criait et sifflait. Les clients à l'ancienne se tenaient sur les bords, prudents et patients, ils retrouveraient peut-être leur place au centre puisque Jacky partait dans quelques semaines.

Le type m'a de nouveau offert un verre. Il me parlait de sa maîtresse, elle était atteinte d'une grave maladie, il devait cacher à son épouse qu'il avait du chagrin, c'était plus difficile à vivre que l'adultère.

Jacky a retiré son soutien-gorge, découvrant des cache-tétons avec pompons qu'il a fait tourner un par un, le public a ri, ça rappelait le coup des fesses. Soudain il est parti en salto arrière pour atterrir en grand écart. Les spectateurs ont lancé des Oh ! et des Ah !

Pour son final, il s'est allongé sur le ventre, se cambrant pour relever les fesses, le menton sur une main, il a mimé l'impatience en les remuant encore. Enfin, quelqu'un a compris et s'est déplacé pour mettre un billet dans son string, d'autres l'ont imité, le type qui me payait des coups y est allé aussi et il nous a recommandé une tournée.

Les filles sont revenues dans la salle. Quand Nanine est passée près de nous au comptoir, je l'ai retenue d'une main, trop fier de la présenter et de montrer que je la connaissais. Elle a décliné mon invitation et celle du type qui voulait lui offrir un verre.

Peu de temps après, il m'a discrètement montré un sachet de poudre blanche, de la cocaïne qu'il me proposait de partager. J'ai répondu :

Non merci, j'ai arrêté.

Dans ma tête, je me suis tapé des barres, cette anecdote serait répétée à tellement de gens, surtout mes nouveaux copains du lycée.

Quand il est revenu des toilettes, je lui ai parlé de Nanine, son profil OnlyFans, j'ai insisté sur la vidéo du gode bleu et lui ai conseillé de s'abonner. Mais ça l'a pas intéressé des masses, il a recommencé avec sa maîtresse, son débit s'arrêtait pas, ça devenait ennuyeux. Je me suis dit que j'allais rentrer.

Après, mes souvenirs sont vagues. Une histoire de vélo, je pédalais deux mètres avant de tomber, mon copain cocaïné se moquait, moi, plié en deux par terre. Et le pire c'est que je me trouvais pas saoul.

Dans le taxi, subitement le calme, c'était beaucoup moins drôle, tout s'est mis à tourner. Ma vision se divisait, les couleurs de la rue pénétraient dans la voiture, se projetaient sur le plafond et descendaient sur mes genoux, des rotations incontrôlables, impossible de les stopper. J'avais le hoquet, l'alcool me remontait dans la gorge, j'allais finir par vomir. Le chauffeur m'a tendu un sac en papier, il me surveillait dans son rétro, mais il m'a pas engueulé ni rien. Et je sais même pas comment la course a été payée. Ma première fois dans un taxi tout seul, à la fois adulte, mais ne contrôlant plus rien, peut mieux faire.

Impossible de savoir comment je suis monté chez moi, j'ai même pas pu chercher ma clé, je me suis assis et j'ai dû m'endormir. Plus tard j'ai été réveillé par des exclamations dégoûtées, ma mère me secouait en répétant : Il est pas mort ? Moi j'avais envie de rire, parce que j'étais vivant, pas très réactif puisque je réussissais pas à lui sourire pour la rassurer, mais vivant. J'ai finalement entrouvert une paupière, mon père tenait une cuvette, ma sœur se bouchait le nez en prenant une photo, ma mère l'a engueulée.

Il m'a porté dans la salle de bain, sans doute pour me déshabiller et me laver, je m'en souviens pas.

Le confort de mes draps, ça je m'en rappelle.

Et je viens de me réveiller au milieu de la matinée.

Je suis encore malade, envie de vomir, migraine, la totale, mais je me suis senti tellement bien hier en début de soirée, plus rien n'avait d'importance en dehors de la joie et de la beauté. Même les musiques démodées du cabaret me semblaient chouettes, voire carrément mystiques et envoûtantes. Chouette, par exemple, c'est un mot que je me refuse à utiliser, mais d'un seul coup il s'est invité dans toutes mes phrases. Un rien me transportait. J'ai bien passé dix minutes à délirer tout seul devant la boule à facettes, la métaphore de la vie que j'en ai tirée me paraît moins pertinente maintenant, mais sur le moment, entre les reflets scintillants symbolisant les étapes charnières d'une existence et les vastes zones d'ombre cent fois plus nombreuses, incarnant l'ennui, j'avais l'impression de tenir ma propre école philosophique. Tout prenait sens.

D'après les darons, l'alcool c'est nul, mais encore une escroquerie de leur part, les effets à long terme semblent pas terribles, à part ça, juste génial. D'ailleurs, si c'était si mauvais que ça, tout le monde refuserait de boire.

J'avoue, la deuxième phase de ma nuit a été douloureuse, aucune maîtrise, je m'entends encore m'exclamer Oh mais ça me fait rien, avant d'avaler un énième Moscow mule. Alors que je me suis ridiculisé en dansant avec la rolleuse, ou en inventant des folles nuits de baise avec Nanine, elle, je l'ai même forcée à m'embrasser en mode gros relou.

Ma première cuite, on va dire que c'est normal de pas gérer, mais comme le reste, il suffit d'apprendre, repérer les curseurs qui font basculer et arrêter à temps, je peux devenir un alcoolique qui maîtrise. Et puisque l'ivresse me plaît tant, la prochaine fois j'accepterai la coke, autant s'y mettre pour de bon. Je me prépare un bel avenir, mes parents seront ravis.

En attendant, je devais affronter ce jeudi de gueule de bois, le daron en tête, occupé à travailler dans la cuisine.

En pleine visio, il pouvait pas me parler, j'ai eu de la chance, mais son regard intense entre reproches et inquiétudes exprimait tout. Avant de sortir de la maison je lui ai fait un signe, il a retiré son casque et m'a ordonné de rentrer directement après les cours.

Sur le palier, l'odeur de vomi m'a frappé, immonde, la honte a surgi en même temps. Il allait falloir me dégager toute cette culpabilité si je voulais devenir un bon alcoolique.

Au lycée, impossible de repérer Constance, je ne savais pas où elle se cachait.

Dans la cour, des gars m'ont tapé sur l'épaule, me trouvant tellement drôle et trop intéressant, ils ont commencé à m'entourer, de plus en plus nombreux. J'avais posté plusieurs vidéos d'une lap dance de l'infirmière, alors que c'est strictement interdit de filmer les filles au cabaret, impossible de me souvenir comment j'avais réussi.

Ça me plaît pas trop de devenir ce mec qui se bidonne avec d'autres mecs, parce qu'une chienne, c'est comme ça que l'un d'eux l'a appelée, s'est trémoussée nue sur mes genoux. Je rêvais d'intégrer ce camp, mais ça ne me correspond pas, au fond je le sais depuis longtemps, mais on veut coller à un modèle, souvent des clichés, sans même en avoir conscience. On suit. Le puceau dessinant dans son coin me manque.

Des mecs se sont écartés devant moi, et là, qu'elle soit chauve, je n'ai vu que ça. Ses cheveux étaient l'incarnation de Constance, lisses d'un noir intense, qui entouraient son visage et le rendaient sage.

Elle lisait, seule, assise. Comme si elle avait pris ma place en bordure de la cour et moi la sienne au centre. Je pensais qu'on allait me détester, après la photo des strip-teaseuses tout le monde devait bien se douter que notre rupture était liée à cette histoire, mais personne ne m'en voulait, au contraire, ma popularité était encore montée d'un cran. À part pour Mimosa et les féministes qui me regardaient de travers, j'étais le lycéen du mois. Des terminales qui connaissaient Constance, quelques premières aussi, loin de se montrer solidaires, me faisaient les yeux doux, prêtes à ce que je les drague. Tout ça parce que j'avais rendu une fille malheureuse.

Je me suis dirigé vers elle. Avec sa collection de surligneurs, elle colorait les feuilles de *L'Allégorie de la caverne* que la prof de philo avait distribuées à tous ses élèves, j'avais les mêmes. Je me suis placé entre le soleil et Constance, sa main en casquette, elle ne voyait pas très bien :

Ah c'est toi ?

Rien de plus. Je me suis assis à côté d'elle, j'avais envie de la distraire en lui disant que sa nouvelle coiffure était stylée et que ça lui allait bien. C'est vrai que l'absence de cheveux rendait ses traits encore plus délicats, comme si c'était possible. Ç'aurait été bien aussi de lui présenter mes excuses. Et lui avouer qu'elle me manquait. Mais je me suis tu pour l'imiter en sortant mon Platon.

## 21 décembre

J'ai pas trop ouvert mon journal dernièrement. Au départ, je l'ai commencé pour relater la fin de ma virginité, persuadé que ça me prendrait quelques jours, et me voilà encore puceau quatre carnets plus tard.

À partir du moment où j'ai pris des notes quotidiennes, des événements charnels ont fini par se produire, ma vie s'est accélérée, comme si écrire avait démarré quelque chose. Mais c'est déjà fini, je me retrouve avec la famille dans la Creuse sans plus rien à faire et sans vie affective. Peut-être que les relations, sexuelles ou autres, ne se provoquent pas, faudrait rien entreprendre, se tenir prêt au cas où elles se présentent, mais surtout patienter tout en acceptant l'ennui, autrement dit beaucoup s'emmerder pour, de temps à autre, accéder à quelque chose de plus animé.

Ou alors, comme d'habitude, une séparation en deux colonnes, avec d'un côté la masse, enfermée dans une vie moyenne, et de l'autre quelques privilégiés qui accumulent tout le fun. En gros je suis condamné à la Creuse. Mon projet de rébellion n'a tenu qu'un soir avec le type cocaïné, mon avenir d'alcoolique, pareil, j'y arriverai pas. Déjà de retour comme un toutou dans les jambes de mes parents.

Pour réussir, faudrait une rupture violente, fuguer pour me retrouver dans une gare à boire des canettes de bière XXL. Curieusement, ne rien glander, le cul toute la journée sur des sols durs, doit exiger un courage immense, un état désespéré qui permet de défier la moindre convention. C'est pas mon cas et le sera jamais. L'autre option serait de se lancer avec passion dans des études supérieures, intégrer une grande école, à l'étranger si possible, envisager un avenir doré, voilà, suffit de mettre le nez dans Parcoursup et de se décider pour une filière ambitieuse. Ça me ressemble davantage, mais par manque de volonté, ma destinée se trouve inévitablement dans la colonne des moyens.

Lorsque j'ai commencé ce journal, je me trouvais assez mûr pour des expériences sexuelles, mais trop jeune pour le grand A, m'engager à mon âge ça me fait flipper. Maintenant que Constance ne veut plus de moi, je réalise que j'ai ignoré mes émotions. Quand j'étais avec elle, rien n'allait, ses défauts ceci, ma manière de me comporter cela, à se prendre la tête sans profiter, mais maintenant qu'on est séparés, je nous vois sous un jour idéal. C'est quand on sortait ensemble qu'elle aurait dû me manquer, que j'aurais dû ressentir l'urgence de la voir, planifier des sorties, pas uniquement penser aux séances de cul, tout simplement profiter. Je l'ai déjà pas mal dessinée et détaillée dans mes carnets, ça je sais faire, mais juste prendre du plaisir sans me trouver nul, sans lui reprocher les Italiens, ni me plaindre d'être puceau, ça semble simple maintenant. C'est bien moi, tiens, de l'apprécier parce qu'elle ne reviendra plus.

Heureusement que tout le monde ne réagit pas de cette manière, sinon l'amour n'existerait pas.

## 24 décembre

J'en reviens pas, me retrouver assis par terre dans le train, alors que je devrais être confortablement installé chez ma grand-mère. Tout est si confus, j'en tremble encore, il faut que je reprenne dans l'ordre pour éclaircir ce qui s'est vraiment passé.

Ce matin, je me trouvais donc dans la galaxie creusoise, exclusivement familiale, parents, sœur, grand-mère, tante et cousins, entassés dans une maison qui grince, quand j'ai reçu un appel de Nanine. Ça m'a fait tellement plaisir, en décrochant, plein d'entrain j'ai lancé Joyeux Noël, mais à l'autre bout sa voix faible et tremblante, à la limite de pleurer, m'est parvenue :

Ah oui, c'est vrai, joyeux Noël à toi aussi.

En fait, elle m'appelait pour un recommandé qu'elle avait dû aller chercher à la poste. Un avis d'infraction qui l'accuse de nuisances répétées et, plus grave, de se livrer à la prostitution, joyeuses Fêtes ! La lettre mentionnait des dates de visites de clients, des témoins qui les auraient vus et même un enregistrement. Elle n'en revenait pas, un enregistrement, vraiment ? Les gens n'avaient que ça à faire, fouiller la vie des autres ? Une mise en demeure du syndic était jointe au courrier, rien d'étonnant, la propriétaire de Nanine possède la moitié de l'immeuble, mais d'autres membres de la copropriété avaient signé aussi. Nanine pleurait, tout un immeuble ligué contre elle, c'était tellement désolant. Et dégueulasse, parce qu'elle avait accueilli quoi ? même pas une vingtaine de gars dans l'année, certainement pas des bruyants, ils n'avaient gêné personne. Cette lettre constituait la première étape avant la procédure d'expulsion devant le tribunal, pas évident qu'ils réussissent, mais une vengeance pareille à cause de sa mauvaise réputation et des amies qu'elle reçoit, c'était impensable des connards pareils. Elle m'a demandé :

Tes parents t'en ont parlé ?

Ils s'étaient bien gardés d'échanger sur le sujet. Nanine se renseignait pour savoir si ça valait le coup de se battre ou s'il valait mieux partir. À quoi bon rester dans un immeuble où personne ne veut d'elle ? Je ne savais pas quoi dire, ni comment l'aider, elle a raccroché.

J'étais sonné. Le téléphone sur mon ventre diffusait sa lumière, il est passé en mode veille, j'ai balancé mes jambes hors du lit pour me lever.

En bas, ça sentait bon le feu de bois et le café, image idéale du petit déjeuner avec la jolie table bien dressée, ma grand-mère, ma mère et ma sœur qui riaient, papa qui lisait un vrai journal en papier. J'allais tout gâcher.

Ma mère a tout de suite vu que ça n'allait pas :

Qu'est-ce qu'il y a ?

Sa question a alerté mon père qui a froissé son journal sur ses genoux pour me regarder. Je me suis adressé aux deux :

Vous êtes au courant du recommandé envoyé à Nanine ?

Heureusement, ma tante et mes cousins étaient sortis faire des courses. Ma grand-mère s'est occupée de la vaisselle pour se détourner de la conversation. Ma sœur a gonflé les joues en soupirant. Mon père a frotté son menton. Et ma mère a lancé un regard à chacun avant de répondre :

Oui, la propriétaire nous a annoncé qu'elle allait l'envoyer.

Ils m'ont expliqué que Nanine, avec toutes ses fêtes, rendait la vie de Sarah, sa voisine du dessous, tout simplement infernale. Et la propriétaire ne supportait pas l'idée d'une activité illégale dans son logement. Même si je savais qu'elle recevait quelques clients, j'ai pris la défense de Nanine et affirmé qu'une camgirl n'est pas légalement considérée comme une prostituée. Puis j'ai réalisé quel était le vrai sujet de cette discussion :

Vous avez voté pour à la réunion de copro ?

Bien sûr, s'est exclamée ma mère. Tu te rends compte de l'état dans lequel on te retrouve sur le paillasson ? C'est mieux qu'elle s'en aille.

Mais putain je me suis saoulé tout seul, elle était même pas avec moi quand j'ai bu. Et même Courvoisier a voté contre elle, je suppose, quel salaud. Vous savez qu'il avait promis de défendre Nanine, mais comme elle a refusé ses avances, il a changé d'avis.

Je me suis approché de mon père pour me pencher vers lui.

Et toi aussi, papa, t'as donné ton accord ? Là, avec ton petit journal, à donner des leçons de morale sur les inégalités. Mais dès que ça se présente chez toi, terminé, y a plus personne. En plus là, vous devenez carrément complices des oppresseurs. Vous êtes tous, mais tellement dégueulasses. D'accord, elle fait du bruit avec ses amis. Et alors ? Et même si elle reçoit quelques clients, il est vraiment là le problème ? Non, votre gros souci c'est d'être des petits propriétaires qu'ont peur de perdre quelques euros sur le prix du mètre carré. Y a pas plus mesquin. Alors qu'avec vos soi-disant valeurs vous auriez dû la défendre. Mais non, vous punissez une femme libre, juste parce qu'elle travaille dans le domaine du cul et qu'elle s'amuse. Et en plus de faire ce qu'elle veut, elle est pas très française ni très catho. T'arrêtes pas de bien insister sur son nom, Ouerimini, hein maman ?

Ma mère s'est indignée, Jamais, jamais, je n'ai pensé ou dit une chose pareille. Mon père l'a soutenue. Mais j'ai continué sur le même ton :

Vous nous expliquez qu'il faut combattre la stigmatisation et avoir des valeurs, que c'est plus important que l'argent ou d'être connu. Ben vous, vous avez rien de tout ça, pas de valeurs ni d'argent !

Ma grand-mère a lancé un Oh ! de reproche, mes parents ont dégluti et ma sœur a regonflé ses joues.

Je suis monté pour remplir mon sac, toutes mes affaires en vrac, puis j'ai dévalé les escaliers pour mettre mes chaussures. Ma mère s'est précipitée vers moi :

Mais tu vas où ? Il va où ? C'est Noël, tu ne dois pas rentrer trop tard !

Elle s'adressait à moi, mais aux autres aussi, elle cherchait de l'aide. Mon père lui a entouré les épaules. Sans aucune hésitation, j'ai franchi la porte.

Ma sœur m'a percuté par-derrière et m'a pris dans ses bras en posant sa tête dans mon dos :

Tu te souviens comment je serai importante à l'EHPAD ?

Je me suis retourné pour lui répondre que j'étais pas près d'oublier. Elle m'a souri.

Quasiment aucune circulation sur cette route, ma grand-mère a choisi l'emplacement de sa maison pour cette raison, j'ai donc dû marcher une demi-heure jusqu'à la départementale où j'ai fait du stop sous une pluie horrible.

Lorsque j'ai reconnu la voiture de ma grand-mère qui approchait. Papa s'est arrêté à mon niveau, je l'ai ignoré, il m'a suivi au ralenti et a baissé la vitre.

Je t'amène à la gare.

Si on retourne chez mamie, ça marchera pas, je repars tout de suite.

Il m'a promis, j'ai cédé et j'ai tellement apprécié le chauffage, tu parles d'un rebelle, trois quarts d'heure de fugue.

Reconnais que tu nous as fait passer un trimestre de merde, il a dit.

On est d'accord, c'est moi qui vous ai fait passer un trimestre de merde, c'est pas Nanine. Elle y est pour rien.

Vu son hochement de tête, il semblait de mon avis. Il a conduit un peu, ensuite il a repris :

Quand vous êtes tout bébé, on se persuade qu'en vous apportant de l'amour et tout ce qu'il vous faut, vous grandirez sereinement. Que tout se passera bien. Mais souvent vous n'êtes pas d'accord. Des trucs idiots comme manger des légumes ou se couvrir, très vite, même à trois-quatre ans, vous refusez. Vous exprimez déjà des choix qu'on n'avait pas prévus. Tu ne te souviens pas ? Quand tu avais onze ans, tu répétais : C'est pas toi qui décides ma vie !

Il a souri à cette anecdote maintes fois racontée, je me suis radouci.

En tout cas, ça fait dix-sept ans qu'on te guide malgré tes refus. Alors c'est dur de s'arrêter d'un seul coup, on essaie de ne plus nous en mêler, mais ça n'est pas évident. Tout ça pour te dire que je m'inquiète sûrement trop, certains de tes choix ne nous plaisent pas, à ta mère et à moi. Mais je te comprends.

Tu me comprends ?

Une partie de moi voudrait te retenir tandis que l'autre voudrait te conseiller d'en profiter. Tu sais… Non tu ne sais pas, mais je n'ai jamais fait d'écart. Je ne regrette pas… Oh, et puis après tout, si, je regrette. Mais ça ne signifie pas que je n'apprécie pas ma vie. Simplement, j'aurais aimé en expérimenter d'autres. Je voulais devenir grand reporter, tu vois, mais depuis vingt ans je suis dans un bureau. Et ce que tu vis, toi, la liberté avec laquelle tu agis, je l'envie.

Mais je suis pas quelqu'un de bien.

Ça m'est tombé dessus par surprise, le chagrin est monté, mon visage s'est crispé et j'ai baissé la tête pour cacher mes pleurs dans mes mains. Papa s'est garé sur le bas-côté pour me serrer dans ses bras.

Tu es quelqu'un de bien.

J'ai fait du mal à Constance. Et elle me manque.

Tu l'as rendue triste, mais je suis sûr qu'elle pense aussi que tu es quelqu'un de bien.

Je me suis opposé, pas à son étreinte, mais à ce qu'il disait.

C'est pas vrai, elle m'a traité d'erreur. Et Nanine, elle va se faire virer à cause de moi, je fais n'importe quoi. Je suis qu'une merde.

On n'expulse pas les gens du jour au lendemain, ne t'inquiète pas, il y a des lois qui protègent les locataires. Et tu es quelqu'un de bien, c'est pour ça que tu as du chagrin. Et cette peine, tu la vis violemment parce que tu as éprouvé beaucoup d'amour, c'est proportionnel. Tu devrais presque te réjouir de tes pleurs, ça t'apprend que tu as vécu quelque chose d'important. Si tu savais, ces émotions, l'amour, Constance, la douleur de la rupture, toutes ces choses, même ton aventure avec Nanine, peu importe ce qui s'est passé avec elle, un jour ça s'évanouit, les possibilités d'histoires. Ne me demande pas pourquoi. Mais quand tu arrives en fin de trentaine, c'est pas complètement la fin des sentiments, mais le cœur fatigue. Alors, va t'occuper de ce que tu juges bon de faire, je te dépose à la gare. Et tu ne peux pas imaginer à quel point je crois en toi.

Il pleurait aussi, on a reniflé tous les deux. Je lui ai dit :

Tu me fais confiance, mais t'es pas complètement rassuré, hein ?

Je suis mort de peur.

Il m'a regardé, on a pouffé et je lui ai filé un mouchoir.

Il n'y a pas de place assise dans le train, mais je me suis trouvé un coin par terre. Les gens n'arrêtent pas de m'enjamber pour aller aux toilettes ou au wagon-bar.

Je comprends rien aux adultes. Ils envoient un avis pour expulser Nanine, mais mon père m'assure qu'elle pourra finalement rester chez elle. Il regrette sa vie trop sage, mais s'angoisse dès que je sors des rails. Ces derniers jours il me reproche tout, rien ne va, mais aujourd'hui il me donne raison et m'accompagne à la gare.

Malgré son âge, il est aussi indécis que moi. Alors, quoi ? Toute ma vie je vais me coltiner ce manque d'assurance, ce besoin permanent d'être conforté et ce doute qui me colle à chaque décision ? En gros, je ne serai jamais tranquille. Oubliée l'image du daron stable, qui échange chaleureusement avec sa femme et guide ses enfants, ne faites pas ça et apprenez ceci, j'ai l'impression que ça n'arrive jamais. Papa insinue d'ailleurs que c'est une bonne chose et que je devrais en profiter. Comme s'il me conseillait de saisir les opportunités et d'écouter mes envies, parce qu'apparemment à partir de quarante ans, il ne se passe plus grand-chose. Un peu plus du double de mon âge et c'est terminé. Je viens de prendre un coup de vieux.

J'ai sonné chez Courvoisier, les pantoufles, l'œilleton, la chaîne de sécurité, j'ai eu droit à toute la cérémonie avant qu'il n'ouvre. J'ai caressé Bella quand elle est sortie d'entre ses jambes pour me fêter. Ça m'a pas empêché de balancer mes reproches, il s'est justifié qu'il n'avait pas eu le choix, tous les copropriétaires étaient contre Nanine, mes parents en tête, il avait dû suivre.

Manquerait plus que je me fâche avec tout le monde pour cette femme, il a conclu.

Cette femme ? Vous l'appeliez pas comme ça quand vous l'avez invitée chez vous, hein ?

Mais, qu'est-ce que t'insinues ? Et de quoi tu te mêles d'abord ? Je vais pas rendre des comptes à un gamin.

Et pourquoi pas ? T'as peut-être deux trois comptes à rendre à la jeunesse, vieux con.

Il a attrapé Bella par le collier pour la rentrer, avant qu'il claque la porte, j'ai eu le temps de caresser une dernière fois les vagues de poils blonds qui ondulent sur son dos.

Après avoir sonné à plusieurs occasions chez Nanine dans l'après-midi, elle a fini par m'ouvrir, il était sept heures et demie.

Ah, c'est toi ? elle a dit.

D'habitude, elle se met spontanément de profil pour que j'entre, mais elle a hésité en restant de face, puis s'est décidée à m'accueillir.

Jacky mettait le couvert, une belle table de fête pour six, des copines allaient arriver, avec les couleurs rouge et vert, des paillettes partout, des bougies, le chemin de table, plusieurs verres par personne, des sous-assiettes, les porte-couteaux, c'était leur truc de transformer une vulgaire table pliante dans un studio mal chauffé en un soir de gala. Personne ne m'a invité à m'asseoir.

T'es pas dans la Creuse ? elle m'a demandé.

Le coup du recommandé, ça m'a choqué, fallait que je revienne pour te voir. Mes parents, je suis désolé, ils ont vraiment pas arrangé les choses. J'ai honte.

T'inquiète, tout l'immeuble s'y est mis. Fallait pas venir pour ça. Personne va me virer ce soir de toute façon. Pis ça va rien changer que tu sois là.

Je me suis dit, c'est vrai, je sers à rien d'autre qu'à foutre la merde. Jacky m'a expliqué que Nanine ne se ferait pas virer, comme mon père, il disait qu'il fallait des justifications beaucoup plus solides pour une expulsion.

Je sais de quoi je parle, il a conclu, j'ai fait quatre ans de droit avant de devenir une grande folle.

Tout va bien alors ! je me suis exclamé.

Sauf que je veux pas rester, a continué Nanine.

Voilà, elle veut pas, a répété Jacky.

Comment veux-tu que je continue à habiter ici ? Que je voie tous les jours ces cons, que je leur dise bonjour et merci, alors que j'ai envie de les insulter. Ça va pas être possible.

Ils nous trouvent tous trop sympas avec nos paillettes, a ajouté Jacky, trop rigolos, trop originaux, mais faut pas que ça dépasse.

La propriétaire se permet de me juger, a continué Nanine, mais encaisser de l'argent pour un logement pourri et humide, aucun scrupule. Ça fait trente ans que je me cogne leur mépris. Et à la fin, de toute façon, ce sont toujours les mêmes qui trinquent. Ça va pas m'empêcher d'avancer, qu'est-ce que tu veux que je fasse ? je vais trouver une solution. On va dire que toute cette histoire est un signe, je dois passer à autre chose. Allez, allez, c'est mon dernier Noël ici. On s'amuse, on n'y pense pas… L'année prochaine, je serai sous un cocotier avec mon millionnaire.

Un cocotier à Berck-Plage avec un millionnaire en dirhams, a répondu Jacky.

Nanine lui a donné une tape sur l'épaule, puis s'est adressée à moi :

Toi, tu vas retrouver ta famille et nous on va faire notre Noël de dégénérés. Ils sont là, tes parents ?

J'ai préféré mentir et raconté qu'ils arrivaient.

Elle m'a raccompagné dans le couloir. Il y a eu un silence, elle m'a attrapé la main :

Tu sais que mon vrai prénom c'est Yasmine ?

J'ai secoué la tête en un non.

Tu seras toujours mon fou, d'accord ?

J'ai acquiescé et souri. Et elle m'a roulé une pelle, une de ses pelles de pute, je l'écris comme un compliment, vraiment, il faudrait transformer ce mot pour qu'il définisse une apothéose, comme on dit que la rose est la reine des fleurs, sa pelle était la putain des baisers.

Alors que tout le monde se retrouve devant son pétillant, des petits fours et sa famille, je m'enfouis au fond de mes draps froids, seul, avec une frontale, pour écrire sur mon carnet. Dans l'avenue, en bas, le flot des voitures diminue. Des éclats de gaieté s'échappent des appartements.

Les Mandrelli doivent être entourés d'oncles, de tantes et de cousins, la décoration de Noël chaude et dorée, Charlotte et Fabrizio enjoués, les enfants à côté de leurs cadeaux sous le sapin. Au moment de danser, ils se souviendront vaguement de Léo et de sa famille, surtout cette chanson sur laquelle les deux familles se sont amusées, mais il faut les laisser loin derrière, ils n'ont été qu'une erreur.

J'imagine Constance dans une chemise ample, son décolleté rond et laiteux, au moment où elle se penche, la vertèbre qui saille. Ses cheveux ont repoussé de quelques millimètres, son visage lumineux, la perfection de ses oreilles, ses yeux aiguisés, la blancheur d'une dent qui apparaît quand elle pince sa lèvre, le moelleux de sa bouche.

Je viens de ressentir une contraction violente dans la poitrine gauche, carrément une douleur, comme si des mains avaient traversé ma cage thoracique pour m'agripper le cœur, le presser, chaque battement contraint. Ça fait mal. J'aimerais dormir.

# 1er janvier

La semaine dernière, Maëla m'a envoyé une invitation pour le réveillon, ainsi qu'à cent vingt autres personnes environ. On se connaît pas très bien, j'ai probablement reçu un message de sa part grâce à mes exploits au strip club.

Je n'avais aucune envie de revoir tout ce monde, ni de leur parler, certain de m'ennuyer, sans compter mon mépris pour ces rassemblements de moutons où l'on se force à célébrer des dates imposées, la corvée. Mais je devais absolument m'y rendre. J'y suis allé tard, exprès, pour éviter les silences gênants du début de soirée, espérant que mon arrivée passe inaperçue.

En approchant, j'ai entendu les basses résonner, pourtant de l'extérieur, rien ne distinguait le petit pavillon des autres, serrés et alignés dans leur banalité.

Une fois dans l'entrée, chaleur sèche et musique assourdissante, ça m'a oppressé. Une appréhension m'a envahi, comme au lycée, mais en pire. Chaque visage, au lieu de se perdre dans la masse indistincte de la cour, prenait forme et devenait capable de me juger.

Dans la cuisine, Constance aidait Maëla à distribuer serviettes, couverts, paquets de chips et gobelets. Ses cheveux repoussaient, drus et noirs, l'implantation dessinait un rectangle sur le front et des arcs de cercle aux tempes, une couverture unie qui semblait douce. J'ai résisté à l'envie de les caresser. Je me suis mis à laver la vaisselle, elle a essuyé, on a parlé. Des espèces de retrouvailles, je me suis senti mieux, moins angoissé. D'autant qu'elle m'a proposé de la suivre, on a rejoint le centre de la fête.

C'était électrique, la réunion de terminales surexcités, dépressifs ou joyeux, dans une ambiance gonflée par les basses et l'alcool, il se passerait forcément quelque chose, des moqueries et des indélicatesses, des unions attendues ou surprises, une colère, les inévitables vomis, peut-être un coma éthylique, allez, sûrement des pleurs.

Tout le monde attendait quelque chose de plus grand, l'effervescence collective, danser et chanter en chœur, éclater de rire autour du canapé, les cocktails bricolés dans la cuisine, les débats pseudo-philosophiques dans le couloir, cette communion en une unité, celle de personnes aimantées par leur âge, l'appartenance à une génération, pas de place pour les à peine plus vieux ni les plus petits, un sentiment de lien profond. Bien que personne ne semblait en avoir conscience et malgré son côté fugace, cette cohésion vibrait en nous, aussi intense que le son.

Assis sur une chaise bancale qu'on partage à deux, d'autres installés à nos pieds, une vodka pomme à la main ou un sex on the beach, beaucoup d'enthousiasme, des rigolades, et peu importe si la blague nous a échappé, c'est là que tout se justifie. Qu'est-ce qu'on fait dans le quotidien, à part se battre contre l'absurde ? eh bien là, ça prend tout son sens, même sans avoir besoin de le dire, on se promet à soi-même de continuer et de recommencer chaque jour, juste pour de temps en temps retrouver ce sentiment partagé. Ce lien qui nous motive à persévérer.

J'ai osé montrer à Constance le sac que j'avais apporté contenant les carnets où je l'avais dessinée. Elle me l'a quasiment arraché des mains, l'a pressé contre sa poitrine avec un sourire et m'a pris la main pour m'entraîner. On a traversé l'ambiance gonflée de musique, où ils sautaient et criaient, *freed from desire na na na na na na na*. Sur le moment j'ai traduit par *liberté du désir*, mais maintenant je réalise que c'est *libéré du désir*, tellement paradoxal, pour une bande de jeunes en pleine maturité hormonale.

Constance m'a guidé vers les escaliers. On a enjambé des gars et des filles, des couples se bécotaient de partout.

Enfermés dans la salle de bain, elle s'est assise contre la baignoire, je l'ai imitée. Elle a sorti les carnets, un par un, en prenant son temps pour regarder. De temps à autre elle me montrait un dessin qui lui plaisait ou l'étonnait, ça nous replongeait dans nos moments passés. Mes croquis servaient au moins à témoigner d'une partie de notre histoire. Bien sûr, celui où elle accouche d'un paréo sur une souche l'a choquée, elle a mis un coup de pied dans ma basket, j'ai dit aïe. Mais les autres nus, plus classiques, l'ont touchée.

Elle s'est approchée pour m'embrasser après m'avoir montré le dessin d'un de nos baisers, elle a retiré son haut pour reproduire une pose, tête penchée, une main descendant sa bretelle de soutien-gorge. Quelques pages plus loin elle a enlevé sa jupe et sa culotte pour se retourner et placer le croquis correspondant à côté de ses fesses. Enfin Constance m'a déshabillé en me disant :

Maintenant, nous pouvons peut-être commencer.

Achevé d'imprimer en avril 2025
sur les presses de Présence Graphique
N° d'impression : 042581196

*Imprimé en France*